Delírios do poder

Delírios do poder

Paulo Curi

TALENTOS DA LITERATURA BRASILEIRA

novo século®

São Paulo, 2016

COORDENAÇÃO EDITORIAL
Vitor Donofrio

EDITORIAL
João Paulo Putini
Nair Ferraz
Rebeca Lacerda
Vitor Donofrio

GERENTE DE AQUISIÇÕES
Renata de Mello do Vale

ASSISTENTE DE AQUISIÇÕES
Acácio Alves

AUXILIAR DE PRODUÇÃO
Emilly Reis

PREPARAÇÃO
Alessandra Miranda de Sá

DIAGRAMAÇÃO E CAPA
Vitor Donofrio

ILUSTRAÇÃO DE CAPA
Alexandre Santos

REVISÃO
Willians Calazans

Texto de acordo com as normas do Novo Acordo Ortográfico da Língua Portuguesa (1990), em vigor desde 1º de janeiro de 2009.

Dados Internacionais de Catalogação na Publicação (CIP)

Curi, Paulo
Delírios do poder
Paulo Curi
Barueri, SP: Novo Século Editora, 2016.

(Talentos da Literatura Brasileira)

1. Literatura brasileira. 2. Literatura fantástica brasileira I. Título

16-0534 CDD-869

Índice para catálogo sistemático:
1. Literatura brasileira 869

NOVO SÉCULO EDITORA LTDA.
Alameda Araguaia, 2190 – Bloco A – 11º andar – Conjunto 1111
CEP 06455-000 – Alphaville Industrial, Barueri – SP – Brasil
Tel.: (11) 3699-7107 | Fax: (11) 3699-7323
www.novoseculo.com.br | atendimento@novoseculo.com.br

novo século®

Para minha esposa, Silvia Maria. Uma permanente
fonte de inspiração em minha vida.
Para minhas filhas, Fabiana e Fernanda, pelo
entusiasmo e apoio incondicional, desde o início.
E para todos aqueles que me incentivaram e,
por meses, me ouviram pacientemente falar
repetidamente sobre este livro.

[PREFÁCIO]

Paulo Curi é um narrador, sem nenhuma dúvida. A linguagem ágil, dinâmica e despojada, mas ainda assim elegante, tem inclinação cinematográfica. É um aspecto relevante do livro que empolga e prende o leitor do início ao fim.

A condução da trama merece ser ressaltada, porque não lhe escapa pormenor, e, se algo se insinua em suas páginas sem aplicação imediata, adiante, no decorrer da leitura, é amarrado à estrutura do romance.

Em seu primeiro livro, ele está longe de ser um principiante, utilizando-se das palavras com fluência irreparável. É o florescer de um novo talento da literatura brasileira.

O romance traz em suas páginas uma mensagem subliminar, servindo como denúncia da corrupção e do viés autoritário presentes em muitos países da América do Sul. No entanto, traz também uma alusão utópica: de que os Anjos Celestiais estão realmente olhando por todos nós e estarão prontos para intervir todas as vezes que o mal extrapolar os limites.

Delírios do poder é um prazeroso entretenimento e uma leitura indispensável para quem aprecia se transportar para um mundo do qual gostaria de fazer parte.

Ivana Curi
Pedagoga e escritora

[1]

Eliza esperava com ansiedade na recepção do Hotel Luxor Palace, um dos mais luxuosos de San Juan, a capital da Província do Sudeste.

Depois de muita insistência, enfim conseguiu uma entrevista exclusiva com Jorge Stabler, ministro de Minas e Energia.

Eliza Huppert é jornalista do *Diário de San Pietro*, o principal jornal da Capital Federal e um dos três mais importantes do país. É uma profissional respeitada e especializada em matérias investigativas envolvendo políticos, empresas e instituições do sistema financeiro. Trata-se de uma jovem bonita e cheia de energia, que gosta de roupas confortáveis e despojadas. Apesar de ter um ar angelical, que aparenta fragilidade, isso não corresponde à realidade.

O chefe da recepção foi ao seu encontro:

– Srta. Huppert! Pode subir ao segundo andar. O ministro a aguarda na sala 208, que fica bem em frente ao elevador.

– Obrigada. Pensei que ele não me atenderia nunca.

Dois militares fardados estavam na porta da sala, parecendo cães de guarda prontos a avançar sobre qualquer intruso.

– Sou a jornalista Eliza Huppert. Marquei um encontro com o ministro Stabler.

Um deles pediu a mochila que ela carregava, abriu o zíper e vasculhou tudo o que tinha lá dentro, enquanto Eliza observava surpresa aquela atitude exageradamente invasiva.

– Desligue o celular, moça – ordenou e ficou observando até ela cumprir a ordem.

O mais desagradável ainda estava por vir. O segundo homem pediu que ela levantasse os braços e se encostasse na parede, para que ele a revistasse. Ela cogitou não aceitar aquela humilhação, mas não podia perder a chance da entrevista.

Sem demonstrar nenhum constrangimento, o homem apalpou seu corpo dos pés à cabeça, procurando por algum objeto suspeito. Só parou quando se certificou de que ela não levava nada escondido. Talvez receasse que ela estivesse com algum microtransmissor camuflado.

Sem falar uma única palavra, ele abriu a porta e fez sinal para que ela entrasse. O outro se expressou grosseiramente:

– Nada de fotos, muito menos gravações.

Na sala estavam o ministro Jorge Stabler e outro militar um pouco mais velho, que vestia um uniforme impecável e forrado de brasões e medalhas. Eliza prontamente o identificou. Era o general Hector Amon, ministro da Defesa. *O que esse homem está fazendo aqui?*, pensou desconfiada.

– Sente-se aqui, senhorita – disse o general, puxando uma cadeira próxima ao ministro Stabler, que apenas observava à mesa de reuniões.

O general se afastou e foi sentar-se no outro extremo da mesa, mas continuou olhando fixamente para Eliza. Insistia em manter um semblante enigmático, que provocava calafrios.

– Estou à sua disposição, jornalista Huppert. O que posso fazer por você? – perguntou educadamente o ministro Stabler.

– O assunto se refere à Usina de Processamento e Armazenagem de Urânio em Santa Fé, no norte da Província do Centro-Oeste.

– Sim, temos uma usina em Santa Fé.

– Eu gostaria que explicasse, ministro, por que dobraram o número de funcionários operacionais daquela usina.

– Bem, a razão é muito simples. Detectamos algumas falhas operacionais e concluímos que aconteciam devido ao número insuficiente de funcionários, por isso fizemos contratações adicionais.

– Mas não houve nenhum aumento de produção?

– Não, não houve. Estamos produzindo os mesmos volumes de antes.

– Não é o que constatei, ministro.

– Como assim? Não estou entendendo o que quer dizer.

– Para ser bem direta, presenciei um carregamento no meio da madrugada, que foi entregue na Base Aérea Simón Bolívar, em San Martin, e depois registrei imagens desse mesmo material sendo embarcado em um avião de carga na pista da base aérea. Como o senhor me explicaria isso?

O ministro empalideceu. Franzindo a testa, recostou-se na cadeira, sem saber o que dizer. O general Amon decidiu intervir:

– É claro que podemos explicar, senhorita. Temos algumas operações que são coordenadas pelo Exército, mas não temos tempo para detalhar isso agora. Eu e o ministro temos um compromisso e teremos que deixar essa informação para mais tarde.

– Como quiser, general.

– Deixe os dados do hotel onde está hospedada e o número do seu telefone celular, que mais tarde entrarei em contato para continuarmos a entrevista. Mandarei alguém buscá-la – ordenou o general.

Nitidamente, o clima ficou tenso. Eliza anotou os dados em uma folha de papel e a entregou ao general.

Apesar do desconforto, e de o general continuar a parecer frio e impassível, era evidente que não havia gostado nem um pouco do que tinha ouvido. O ministro Stabler, visivelmente nervoso, evitava fazer qualquer comentário.

Eliza deixou a sala e pegou um táxi na porta do hotel.

No caminho, ruminava os pensamentos que começaram a surgir em sua cabeça: *O general é um homem perigoso. Não gostei da forma como ele interrompeu a entrevista e pediu o endereço de onde estou hospedada.*

Tomou uma decisão: sair do hotel imediatamente.

Entrou pela recepção e pediu que fechassem sua conta. Subiu ao apartamento, socou as roupas em uma mala e se retirou apressada. Dispensou o táxi oferecido pela recepcionista. Preferiu pegar um na rua, para não deixar registro de para onde ia. Tinha experiência com matérias investigativas, e sua intuição lhe dizia que tinha encontrado a ponta de um *iceberg*, mas que o terreno era perigoso e precisava tomar o máximo de cuidado.

Ligou para a companhia aérea e ouviu que o próximo voo, com lugares disponíveis para San Pietro, sairia à meia-noite e meia. Teria que perambular pela cidade para passar o tempo. Decidiu ir a um local onde pudesse se misturar às pessoas. Um shopping center.

Encontrou uma agência de correio e postou uma correspondência que havia preparado previamente.

•••

SAGUÃO DO AEROPORTO – 23h55

Eliza foi direto ao balcão da companhia em que tinha feito, por telefone, a reserva de uma passagem para San Pietro. Fez o *check-in* e embarcou sua mala de roupas, ficando com a mochila na qual levava o laptop, sua máquina fotográfica, documentos e todos os materiais sobre a investigação que vinha fazendo nas últimas semanas. Quando se virou para se retirar, foi surpreendida por três homens postados bem à sua frente. Estavam todos fardados. Eram jovens militares exibindo orgulhosamente o brasão do Exército.

– Srta. Eliza Huppert? – perguntou um deles.

– Sim, sou eu mesma.

– Sou o sargento Jonas MacClaude. Preciso que a senhorita nos acompanhe. O general Amon está à sua espera no hotel.

– Desculpe, mas esse encontro terá que ficar para outro dia. Estou embarcando de volta a San Pietro.

– Sinto muito, mas não podemos voltar sem a senhorita.

– Por acaso estão me prendendo?

– Não se trata disso, mas o general precisa falar com a senhorita com urgência.

Como descobriram que eu estava aqui?, perguntou a si mesma. Percebeu que estava sem saída. Não adiantava gritar nem pedir ajuda. Eram três militares fardados, que convenceriam qualquer um que tentasse ajudá-la. Tinha que pensar rápido.

– Tudo bem, eu irei com os senhores, mas primeiro preciso ir urgentemente à toalete.

– Não há problema. A senhorita pode ir que esperamos na porta.

Eliza preferiu não arriscar. Tinha que ficar longe daqueles homens. Melhor ainda, encontrar uma forma de se livrar deles.

Entrou no banheiro feminino para pensar com mais calma e se deparou com as amplas janelas basculantes que davam para a área de embarque e desembarque de quem chegasse ou saísse do aeroporto. Não teve dúvida. Abriu uma das janelas o máximo que pôde. Primeiro passou a mochila, em seguida deslizou o corpo pela passagem, aterrissando na calçada sob os olhares curiosos de quem passava.

•••

O sargento MacClaude andava de um lado a outro. Estava inquieto com a demora de Eliza.

– Ela está demorando muito – balbuciou entre os dentes.

– Vamos entrar. Temos que verificar o que está acontecendo.

Os três militares entraram na toalete, mas não havia mais ninguém ali. Examinaram cada cabine, na esperança de encontrá-la, mas foi em vão.

– O general vai nos esfolar vivos! – manifestou-se o sargento.

– Melhor falar que não a vimos – sugeriu o colega.

– É isso mesmo! Melhor dizer que ela não apareceu – confirmou o sargento, teclando o telefone para avisar o general. – Ela marcou assento para o voo da meia-noite e meia, mas ainda não apareceu por aqui, general.

– *Fiquem aí e, se ela aparecer, levem-na para o local que combinamos* – ouviu-se a voz do outro lado.

– Está bem, general.

•••

Eliza caminhava apressada pela calçada quando avistou um táxi que desembarcava um passageiro. Não perdeu tempo. O taxista ainda não tinha fechado a porta quando ela se meteu dentro do carro.

– Desculpe, moça, mas não sou autorizado a pegar passageiros aqui no aeroporto.

Ela tirou uma nota de cem dólares e entregou para o homem.

– Não vai deixar sua sobrinha na mão, não é mesmo?

O homem logo entendeu. Entrou no carro, apagou o luminoso e travou o taxímetro. Saíram do aeroporto sem nenhuma dificuldade.

Alguns quilômetros depois, ele estacionou no acostamento.

– Muito bem, moça... Acho que temos que conversar.

– Obrigada por sua ajuda, senhor, mas eu precisava sair de lá.

– Tudo bem, mas e agora? O que pretende fazer?

– O senhor está livre para uma corrida bem longa?

– Quão longa seria essa corrida?

– Quatrocentos quilômetros.

– Isso vai lhe custar um bom dinheiro.

– Não há problema. Se o senhor estiver disposto a ir, eu pago o preço justo.

– Então, vamos em frente. É só me dizer para onde.

[2]

San Pietro, a Capital Federal, localizada no centro do país, é uma metrópole com avenidas largas e bem planejadas, cortada em toda a sua extensão por um dos maiores lagos do mundo em região urbana, com mais de 120 quilômetros quadrados de área: o Grande Lago do Rio San Lorenzo.

O estreito rio nasce na Província do Norte e atravessa todo o país, até desaguar no oceano Atlântico, na Província do Sul. Ele passa serpenteando no meio da cidade, tendo surgido a partir do represamento controlado de suas águas para a construção de uma hidroelétrica no extremo sul de San Pietro.

A cidade tem duas grandes avenidas paralelas às margens do Grande Lago, uma de cada lado, que se estendem do extremo norte ao extremo sul, a Avenida Marginal Leste e a Avenida Marginal Oeste.

Existem sete pontes que ligam o lado leste ao lado oeste da cidade. Seis delas foram batizadas com nomes de capitais das províncias, e a ponte principal, bem em frente à Praça dos Três Poderes, recebeu o nome de Ponte San Pietro, mesmo nome da Capital Federal. Foram construídas nas áreas com menor distância entre as margens, mas, mesmo assim, têm quase três quilômetros de extensão.

Os gigantescos mastros de concreto armado, com mais de quarenta metros de altura, no formato de um "Y" invertido, ligam as duas laterais das pontes. Equilibrados por um leque de cabos de aço com duzentos milímetros de diâmetro, são tão belos que parecem esculturas de arte.

As estruturas estão apoiadas em robustos pilares retangulares, que submergem para o fundo das águas do Grande Lago.

San Pietro é o centro do poder, onde funcionam as mais altas cortes do Judiciário, o Congresso Nacional, que abriga deputados e senadores, Ministérios e o Palácio Presidencial, residência oficial do presidente da República.

Na Praça dos Três Poderes, com o formato de um triângulo equilátero, na área central do lado oeste, bem em frente à ponte San Pietro, ficam os prédios mais importantes da cidade: o Palácio da Justiça, o Congresso Nacional e o Palácio Presidencial, um em cada ponta da praça.

No centro da praça, uma obra de arte que é orgulho dos moradores da cidade: um lago artificial, também no formato de um triângulo, tem suas bordas revestidas com mármore de Carrara e é cercado por canteiros de plantas coloridas, onde se destacam lírios-amarelos, lírios-vermelhos e tulipas brancas. Sobre as águas, reinam imponentes flores de lótus de variadas cores. No meio do lago, ergue-se uma magnífica escultura de aço, com doze metros de altura, reproduzindo três homens com os braços entrelaçados e em círculo, representando a harmonia entre os três poderes da República.

[3]

Samuel Blummer terminou sua corrida matinal no calçadão, na margem do Grande Lago situada na área residencial sul, no lado leste da cidade.

Seu corpo atlético e os olhos esverdeados frequentemente despertavam olhares interessados das mulheres que também faziam suas caminhadas e estavam acostumadas a vê-lo quase todos os dias naquela mesma hora.

Blummer é um agente federal, integrante da Equipe de Operações Táticas da Agência Federal de Investigação. Não tinha a menor ideia de que naqueles próximos dias seria envolvido em surpreendentes acontecimentos, que nunca mais seriam esquecidos.

Entrou pela portaria do prédio onde morava e tomou o elevador em direção ao seu apartamento. Ao chegar lá, colocou a chave na fechadura e, quando a girou, estranhou que a porta estava destrancada. *Tenho certeza de que fechei ao sair*, pensou ele. Blummer era sempre muito cauteloso.

Abriu-a devagar e foi entrando sem fazer nenhum barulho, observando cuidadosamente tudo a sua volta. Pressentiu que alguém mais estava no apartamento.

•••

O homem dentro do carro, na frente do prédio, fez uma ligação no celular. Alguém atendeu do outro lado da linha.

– Diga logo o que você quer. Não tenho tempo a perder.

– Estávamos vigiando a entrada do extremo sul da cidade. Identificamos a jornalista chegando em um táxi. Nós a seguimos até aqui, e ela entrou em um prédio na área residencial sul, em uma travessa da Avenida Marginal Leste, perto da Ponte San Diego. Estou achando estranho, porque é o prédio onde mora o agente federal Samuel Blummer.

– Diabos! Ela vai dar com a língua nos dentes! Estamos perdendo tempo esperando desse jeito. Fique na cola dela e me mantenha informado. – *Vou ter que mudar os planos*, pensou. *O que será que ela quer com um agente federal?*

– Pode deixar. Ficarei de olho e aviso assim que ela sair – respondeu o homem dentro do carro.

•••

Blummer ouviu o barulho de água jorrando no chuveiro. Relaxou os músculos, abriu um sorriso no rosto e se dirigiu silenciosamente ao banheiro da suíte principal.

– Até que enfim ela voltou! – falou para si mesmo.

Abriu a porta devagar, mas ficou esperando do lado de fora.

Eliza fechou o registro da água e abriu a porta do *box* para pegar a toalha, sem encontrá-la. Levou um susto quando Blummer surgiu com a toalha estendida entre as mãos e a enrolou em seu corpo nu, ao mesmo tempo em que a envolvia com seus braços fortes em um afetuoso abraço.

– Essa foi uma ótima surpresa para começar o dia – disse ele.

– Eu estava com muita saudade do seu abraço – respondeu ela, beijando seus lábios com o desejo acumulado por tantos dias de ausência.

Durante alguns instantes, trocaram carícias, mas ela logo o empurrou em um gesto carinhoso, porém decidido.

– Não posso demorar. Preciso me trocar e ir para a redação.

– Você tem coragem de ir e me deixar assim? – disse Blummer, olhando para a ereção mais rígida de que se lembrava ter tido nos últimos meses.

Eliza segurou a toalha com uma das mãos e desceu com a outra até encontrar o volume armado na frente do short que Blummer vestia.

– Hum! Seria mesmo um desperdício – respondeu ela, deixando cair a toalha que tinha em volta do corpo.

– Sei que seu editor não vai reclamar se chegar um pouco mais tarde.

– Acho que não. Terá sido por um motivo justo.

Blummer a tomou nos braços e a levou para o quarto, onde a colocou delicadamente na cama. Tirou a camiseta e a jogou de lado. Livrou-se do tênis que usava e soltou o cordão que segurava o short, mas este ficou preso no obstáculo que se mantinha rígido e firme em seus propósitos. Desceu a mão para desobstruir a passagem da peça, livrando-se dela.

Deitou-se com suavidade sobre Eliza, como se fosse uma pluma solta ao vento. Os dois corpos se uniram. Seria um cenário perfeito para uma pintura do francês Henri de Toulouse-Lautrec.

•••

Era o descanso de dois corpos que tinham se encontrado em um mar de êxtase, com a cumplicidade do amor que traziam na alma e no coração.

Eliza apoiava a cabeça no ombro de Blummer, que divagava, pedindo que aquele momento não terminasse nunca.

– Eu te amo... – sussurrou no ouvido dela.

Aquela frase singela e verdadeira a despertou para a realidade, e ela se deu conta de que precisava mesmo ir. Apoiou a cabeça na palma da mão, o cotovelo dobrado sobre o colchão, e passou a mão carinhosamente sobre o rosto dele, dando-lhe um beijo nos lábios.

Ele sentiu os lábios dela ainda quentes, e uma faísca de desejo se acendeu novamente entre eles. Mas ela tinha que ir.

– Eu também te amo! – falou Eliza com voz carinhosa, quase sussurrando.

– Fique mais um pouco – pediu ele, como uma criança solicitando o aconchego do colo da mãe.

– Não posso. O dever me chama; preciso ir para o jornal.

– Por que a pressa, Eliza?

– Tenho muitas coisas a discutir com o editor-chefe e bastante trabalho a fazer.

– Você não dá notícias há semanas. Por onde tem andado?

– Estive em muitos lugares, mas outra hora eu explico.

– Estou sentindo um certo mistério no ar.

– Sam, estou com uma matéria muito importante e sigilosa, que envolve o alto escalão do governo, e tenho que chegar à redação para apresentá-la e fechar o assunto com meu editor-chefe, para que saia na primeira página do jornal de amanhã.

– Por que não me conta o que está acontecendo?

Eliza relutou por um instante, pensando em contar sobre a matéria e o susto com os militares enviados pelo general, mas não queria quebrar o acordo que ambos mantinham: nenhum deles falaria sobre o próprio trabalho, para não misturar as coisas.

– Combinamos que eu nunca falaria sobre minhas matérias antes de serem publicadas. Amanhã você vai ver na primeira página do jornal e certamente nos noticiários da televisão. Vamos lá... Pelo menos tome um banho e coloque uma roupa para me levar até a redação do jornal, porque estou sem carro. Cheguei aqui de táxi – disse ela, decidida a não falar sobre o assunto.

– Está bem – respondeu ele resignado, conhecendo a habitual teimosia de Eliza em manter o acordo que tinham feito.

•••

Blummer e Eliza tinham se conhecido havia dois anos, quando ela publicara uma matéria sobre fraudes na concessão de empréstimos a pensionistas da Previdência Social.

Na época, Blummer atuava no Departamento de Crimes contra o Sistema Financeiro e fora designado pela Agência para fazer as investigações. Tinha feito contato e marcado um encontro com ela na sede do jornal.

Com os detalhes fornecidos por Eliza, Blummer investigara mais a fundo o assunto, descobrindo que uma quadrilha agia dentro do Ministério da Previdência Social, cobrando comissões para credenciar agentes financeiros que ofereciam créditos aos milhões de pensionistas.

Quando estava chegando perto dos principais responsáveis e, principalmente, do ministro da pasta, fora afastado do caso e transferido para a Equipe de Operações Táticas.

O diretor-geral da Agência Federal havia indicado outro agente para dar continuidade às investigações. No final, o caso não dera em nada e fora arquivado por falta de provas. O diretor Octávio Carter, recém-nomeado, começava a impor sua influência na estrutura da Agência Federal de Investigação.

A sintonia entre Blummer e Eliza surgiu assim que se olharam pela primeira vez.

Pouco tempo depois de se conhecerem, Blummer a convidou para um jantar no Jean Pierre Bistrô, o lugar mais apropriado da cidade para um encontro romântico quando um homem quer agradar e impressionar uma mulher.

Durante o jantar à luz de velas, Blummer se mostrou um verdadeiro *gentleman*, desses que cumprem os mínimos detalhes do ritual de gentilezas. Quando ele a deixou na porta de casa, Eliza foi surpreendida pelo beijo mais carinhoso que um dia pensou em receber de alguém. *Meu Deus! Achei que homens assim não existissem mais. Será que estou delirando?*, pensou ela.

No rádio do carro tocava “Against the wind”, com Bob Seger.

•••

Blummer tomou um banho rápido e, enquanto se trocava, observava Eliza fazendo a maquiagem na frente do espelho, seu semblante e o brilho nos olhos deixando transparecer o enorme afeto que sentia por ela.

Blummer se vestia com discrição. Quase sempre usava calça jeans, camiseta básica branca ou preta, um blazer escuro ou uma jaqueta. Calçava sapatos marrons confortáveis e com sola de borracha, como convém a um agente federal.

Eliza vestiu uma blusa branca sem mangas e uma jaqueta clara, calças jeans que realçavam as bonitas curvas do seu corpo e uma botinha de cano curto com um salto confortável. Olhou para ele e perguntou:

– Então, estou bem assim?

– É claro que está, meu anjo. Você está sempre linda.

– Bom, vamos, que já estou atrasada e tenho muito a fazer hoje.

Eliza não imaginava que aquele dia ficaria marcado para sempre em sua vida.

•••

O homem dentro do carro parado na frente do prédio fez de novo a mesma ligação.

– A jornalista está saindo e, como eu pensava, junto com o agente Samuel Blummer.

– Vá atrás deles, mas sem chamar a atenção. Devem estar indo para o jornal. Se mudarem o trajeto, me informe imediatamente.

– Ok. Deixa comigo.

•••

Pouco tempo depois, Blummer parou o carro na frente do prédio que era sede do jornal de San Pietro, na Avenida Marginal Leste, região norte da cidade.

– Passo na sua casa hoje à noite?

– Não, querido. Hoje tenho muito trabalho. À noite quero descansar. Quase não dormi nos últimos dias e estou exausta. Ligo para você amanhã.

– Está bem, meu anjo. Bom trabalho. Depois, descanse. E ligue assim que estiver livre – falou Blummer, despedindo-se e beijando Eliza nos lábios.

A jornalista saiu do carro e entrou pela portaria do prédio rumo ao saguão onde ficavam os elevadores, e Blummer a observou até perdê-la de vista, para depois partir em direção ao trabalho.

•••

No dia seguinte, eram quase treze horas quando Blummer saiu para o almoço, estranhando que Eliza ainda não tivesse retornado suas chamadas. O celular estava desligado. E ele também estava intrigado por não ter lido nem ouvido nenhuma notícia sobre a matéria que ela havia comentado.

Blummer e Eliza se amavam, mas mantinham um relacionamento um pouco fora do convencional. Cada um morava em seu apartamento, para preservar certa privacidade e liberdade individual, principalmente pelo tipo de trabalho que faziam. Ambos tinham a carreira como prioridade. Casamento ou filhos não estavam nos planos; achavam que seria impossível conciliar o trabalho com as responsabilidades de uma família.

Estava relutante em ir procurá-la pessoalmente. Não sabia ao certo se ela já estava disponível e não costumava impor sua presença se ela assim não o desejasse. Resolveu esperar, na esperança de que ela ligasse no começo da noite.

Blummer foi para cama mais tarde que de costume. Eliza não ligou, e o celular dela continuava desligado. Sentia-se incomodado com a falta de notícias e também por ela não ter respondido a nenhuma das inúmeras mensagens que ele havia deixado na caixa postal. Começava a tomar forma um sentimento de preocupação, e ele não tinha um bom pressentimento.

[4]

No outro dia bem cedo, Blummer se deixou vencer pela ansiedade. Decidiu ir ao apartamento de Eliza, que ficava a poucos minutos do prédio onde morava.

Abriu a porta com a cópia da chave que tinha e entrou no apartamento. De imediato, percebeu que ela não estava. Seu instinto apurado o levou a vasculhar com cuidado cada cômodo.

A cama perfeitamente arrumada, nenhuma louça na pia, toalhas secas no banheiro. Não encontrou nenhum sinal indicando que Eliza houvesse estado no apartamento no dia anterior.

Blummer deixou o apartamento com o semblante sério, expressando mais que preocupação. Estava aflito e com medo de ter acontecido alguma coisa com ela. Pegou o carro e dirigiu diretamente para o jornal, onde pretendia falar com o editor-chefe de Eliza.

Entrou na Avenida Marginal Leste em direção ao norte de San Pietro. Estacionou o carro na avenida, quase em frente à sede do jornal. Entrou no prédio e pegou o elevador no saguão principal. Parou no quinto andar, onde ficava a sala de redação, que reunia os jornalistas. Olhou de longe e confirmou que Eliza não estava em sua mesa.

Dirigiu-se ao balcão, onde ficava uma atendente de recepção.

– Por favor, preciso falar com a jornalista Eliza Huppert.

– Desculpe, mas Eliza está fora há vários dias.

– Ela não esteve no jornal dois dias atrás?

– Senhor, Eliza está fora há mais de vinte dias – insistiu a moça com uma certa nota de arrogância na voz.

Blummer havia chegado ali com a sensação de que havia algo errado. Agora, diante da resposta da recepcionista, ficou ainda mais angustiado, passando a ter certeza de que alguma coisa havia acontecido. A situação exigia uma mudança de atitude. Tirou suas credenciais do bolso e se apresentou:

– Sou Samuel Blummer, agente federal, e preciso falar com o editor-chefe do jornal com a máxima urgência.

– Só um momento que vou anunciá-lo – respondeu prontamente a recepcionista, agora mais solícita, para em seguida levá-lo à sala de Lucas Davison.

O editor-chefe era um típico rato de redação: baixinho, uma saliente barriga presa pelas calças sustentadas por suspensórios, os poucos e desarrumados fios que ainda restavam na cabeça e óculos permanentemente pendurados na ponta do nariz. O homem era uma figura, mas muito simpático e educado.

– Obrigado por me atender, senhor Davison. Estou preocupado com Eliza Huppert. Dois dias atrás eu a deixei na porta de entrada do jornal e agora fui informado de que ela não apareceu e está fora há mais de vinte dias.

– É verdade, agente Blummer. Ela está fora há uns vinte dias. Nosso último contato foi por telefone, três dias atrás. Estou ansioso pela volta dela, porque está trabalhando em um caso muito importante, que certamente dará bastante repercussão. É surpreendente saber que a deixou na entrada do prédio dois dias atrás; aqui ela não apareceu.

– Senhor Davison, pelo que sei, Eliza trabalhava em uma matéria relacionada à corrupção no governo, por isso acredito na possibilidade de ter acontecido alguma coisa com ela. Preciso ter acesso ao sistema de segurança do prédio imediatamente. Poderia me encaminhar para o setor responsável?

– É claro, agente Blummer. Venha comigo até o oitavo andar. Vamos ajudar no que for preciso. Eliza é muito querida por todos nós e não podemos nem imaginar que algo tenha acontecido a ela.

Chegaram ao oitavo andar e foram diretamente para a central de segurança, uma grande sala onde estavam os monitores que mostravam imagens: da garagem, da recepção, dos elevadores e de todos os andares do prédio. Tudo comandado por Arthur Soléro, um militar aposentado, um pouco fechado, mas muito atencioso.

– Olá, Arthur. Este é o agente federal Samuel Blummer. Ele está investigando o desaparecimento de nossa repórter Eliza Huppert e precisa da sua ajuda.

– Estou à disposição. Vamos ajudar no que ele precisar.

– Bem, senhor Soléro, gostaria de ver os vídeos do saguão de entrada, dos elevadores e das saídas da garagem do prédio, de dois dias atrás, a partir das oito da manhã – pediu Blummer.

– Sim, não há problema. Em poucos minutos teremos isso na tela do monitor – respondeu Arthur.

Arthur Soléro recuperou as gravações das câmeras dos locais, da data e do horário solicitados por Blummer, e logo apareceram imagens de Eliza entrando pelo saguão de entrada do prédio e tomando um dos elevadores.

– Aí está! – extravasou Blummer. – Vamos ver as gravações do que ocorreu no elevador.

– Só um minuto, Blummer. Já vamos ver.

As gravações mostraram Eliza no elevador junto com dois homens. Um deles colocou um lenço sobre o rosto dela, provavelmente embebido em clorofórmio, e ela desfaleceu em poucos segundos. O elevador chegou à garagem do subsolo, onde ela foi retirada pelos homens.

Blummer se empertigou na cadeira, sentindo um arrepio subir pela espinha. Contraiu os músculos da face, e o medo pela segurança de Eliza dominou seu raciocínio por alguns segundos; porém, logo recuperou o controle.

– Mostre os vídeos da garagem.

As imagens foram para lá. Eliza sendo colocada dentro de um furgão branco, embora não fosse possível identificar as placas.

– Vamos ver as gravações das saídas – pediu Blummer.

– Aí está, Blummer. Veja… É o mesmo furgão.

– Certo, Soléro. Congele a imagem na placa do veículo.

– Pronto, Blummer. A placa é TFSN 7701.

– Muito bem, Soléro. Agora temos certeza de que Eliza foi sequestrada. Por favor, faça cópia destas imagens em um pen drive que levarei para a sede da Agência Federal a fim de descobrir quem são estes homens e identificar o veículo usado.

– Está bem, Blummer. Aguarde apenas alguns minutos.

Arthur Soléro gravou as imagens no pen drive e o entregou para Blummer. Antes de sair, agradeceu e pediu para Lucas Davison manter absoluto sigilo sobre o sequestro de Eliza. Ele tomaria todas as providências seguintes.

[5]

Alguém dentro do prédio do jornal fez uma ligação. Um homem atendeu ao telefone do outro lado da linha.

– O idiota do Soléro entregou cópia dos arquivos para o agente Blummer.

– Inferno! Incompetente! Por que não destruiu logo os registros?

– Ora, não é assim tão fácil. Está tudo protegido por senhas complexas. Só consegui entrar no sistema quando o Soléro começou a vasculhar os arquivos.

– Você destruiu os registros ou não?

– Sim, aquilo que interessa está tudo apagado, mas foi logo depois que ele fez a cópia.

– Você é mesmo um imbecil. Agora vou ter que dar um jeito de pegar essa cópia de volta – respondeu o homem, irritado, desligando o telefone.

•••

Blummer dirigia o carro, mas seu pensamento estava na imagem de Eliza sendo carregada pelos homens que a tinham sequestrado. Era aterrorizante pensar nela nas mãos daqueles canalhas, mas tinha que se manter calmo para ter clareza e objetividade no raciocínio.

Chegou ao prédio da Agência Federal de Investigação, no lado oeste da área central de San Pietro. Subiu diretamente ao sexto andar do edifício, onde ficava a sala de Xavier Martinho.

Xavier era um delegado federal experiente, que trabalhava na Agência há muitos anos. Um homem de aproximadamente cinquenta anos, alto e forte, com cabelos grisalhos e um bigode bem aparado, que cultivava com esmero. Era o chefe da Equipe de Operações Táticas, um grupo de elite da Agência Federal de Investigação, criado para dar apoio de campo às diversas investigações em curso na agência. Ele era o chefe direto de Samuel Blummer.

– Xavier! Preciso falar com você com urgência – pediu Blummer, entrando na sala sem bater na porta.

– Olá, Blummer. O que houve? Você me parece preocupado.

Blummer contou o que tinha acontecido com Eliza e o que descobrira nas gravações do sistema de segurança do jornal. Pediu que a investigação ficasse sob sua responsabilidade, porque temia pela vida dela.

– Tudo bem, Blummer. Mas você sabe que esse tipo de investigação não é para o nosso departamento.

– Eu sei, Xavier. Só que não vou conseguir pensar em mais nada enquanto não encontrar Eliza.

– Vamos assumir o caso, inserir em nosso sistema e torcer para que o diretor Carter não interfira.

– Obrigado, Xavier.

– Deixarei a investigação sob sua responsabilidade, mas me mantenha informado de tudo – exigiu Xavier.

– Está certo. Talvez eu precise de ajuda da equipe interna para buscar informações em nosso banco de dados sobre os homens que aparecem nas gravações e, também, sobre o veículo que foi usado no sequestro.

– Ok, Blummer. Vou instruí-los para dar todo o apoio que você precisar.

Blummer deixou a sala de Xavier e seguiu em direção a sua mesa. Ligou o computador, inseriu sua senha e começou a procurar informações sobre a placa do veículo. Porém, por mais que tentasse, não conseguia encontrar nada.

Passado algum tempo, percebeu que o sistema fazia um permanente *loop*, voltando sempre ao mesmo ponto. Por mais que insistisse, não conseguia nenhum resultado. Como estava perdendo muito tempo, decidiu procurar informações com Gilles Nordson, o responsável pelo banco de dados da Agência.

Quando se preparava para sair da sala, o telefone sobre sua mesa tocou. Blummer atendeu e ouviu uma voz forte que não conhecia:

– Samuel Blummer?

– Sim, sou eu mesmo.

– Tenho informações importantes sobre o sequestro da jornalista, mas não quero me envolver nesse caso. Venha agora à toalete no primeiro andar que estarei esperando para informar o que sei – ordenou o homem ao telefone.

– Estou indo agora mesmo – respondeu Blummer.

•••

Samuel, ainda bebê, fora abandonado dentro de um cesto na porta de um seminário de padres jesuítas, localizado em uma área rural nas proximidades de San Juan, Província do Sudeste do país. Padre Charles, que o encontrou, enxergou uma aura celestial que envolvia o menino e resolveu acolhê-lo.

Um casal, já com idade avançada, a quem padre Charles tinha dado abrigo muitos anos atrás e que vivia em uma pequena casa na propriedade, ajudou a cuidar da criança, fazendo isso com muita dedicação.

O Sr. Joseph acumulava dezenas de livros sobre Anjos Celestiais, sendo assíduo leitor de tudo o que achava a respeito do assunto na biblioteca do seminário. Decidiu fazer uma homenagem ao Arcanjo Samuel, a quem dedicava fervorosa devoção, dando o mesmo nome ao menino.

O tempo passava, e padre Charles percebia que, a cada dia, aumentava mais a afeição do casal por Samuel, e que ele crescia sem que surgisse nenhuma informação sobre sua origem. Padre Charles usou de sua influência junto às autoridades do cartório local para que ele fosse registrado, tendo como pais o Sr. Joseph Blummer e sua esposa Julia.

E assim surgiu Samuel Blummer, que cresceu recebendo amor e atenção dos seus pais adotivos e dos padres jesuítas, que davam toda a assistência para que ele cumprisse com seus estudos.

Porém, no mesmo ano em que fez quinze anos, Samuel perdeu sua mãe adotiva, logo após ela ter completado 86, e, poucos meses depois, o pai adotivo também faleceu, aos 88 anos. Ele seguiu recebendo a proteção e a atenção dos padres, até se formar advogado na Universidade Federal de San Juan.

[6]

Samuel Blummer deixou a sala e tomou o elevador, descendo até o primeiro andar. Quando saiu, avistou de longe a placa luminosa da toalete no fundo do hall. Dirigiu-se para lá apressado, quase correndo.

Encontrou uma placa apoiada no piso: "Fechado para manutenção". Abriu a porta e foi entrando vagarosamente, observando o ambiente com cuidado. Mas o lugar estava vazio, e ele não encontrou ninguém. *Será que entendi errado?*, pensou. Continuou entrando, procurando em cada cabine pela qual passava.

Sentiu um vulto em suas costas e percebeu pelo espelho a presença de alguém que acabara de entrar: um homem alto, de pele clara, vestindo um colete e um boné usados por agentes federais quando em atividades de campo. No mesmo instante em que se virou, o homem apontou uma pistola com um dispositivo silenciador e disparou contra ele.

Não houve tempo para nenhuma reação. Blummer sentiu a dor aguda do forte impacto do projétil. As pernas dobraram, e ele tentou se apoiar na bancada de granito, mas já não tinha forças. Sucumbiu, deixando o corpo tombar vagarosamente.

Os batimentos cardíacos dispararam e logo começaram a diminuir, o coração quase parando de bater. A dor cessou e, em poucos segundos, tudo ficou escuro como breu para o agente Samuel Blummer. Ele estava estirado no chão frio e úmido da toalete, abatido pelo tiro, que o havia atingido na cabeça. O homem se aproximou, abaixou-se sobre o corpo e vasculhou os bolsos do agente, encontrando o pen drive. Depois, levantou-se e saiu rapidamente.

Alguns minutos depois, um funcionário da manutenção estranhou a placa na frente da porta e entrou na toalete para verificar.

Encontrou Blummer sobre uma enorme poça de sangue e saiu desesperado, procurando por ajuda.

Blummer foi levado ao Hospital Regional de San Pietro, ainda vivo, mas com diagnóstico desanimador. Estava em coma na UTI.

• • •

Informado sobre o trágico atentado, Xavier Martinho chegou ao hospital procurando pelo Dr. Ricardo Cocharan, neurocirurgião responsável pelo atendimento a Blummer. Queria informações sobre a situação.

– Como vai, doutor Ricardo? É um prazer revê-lo. Pena que em circunstâncias tão difíceis.

– É bom revê-lo também, Xavier, depois de tanto tempo – respondeu o médico, apertando sua mão.

Xavier Martinho conhecera o Dr. Ricardo Cocharan quando sofrera um grave acidente em uma perseguição policial e fora operado por ele no Hospital Regional.

– Qual é a situação dele, doutor?

– Tenho que ser franco, Xavier. A situação é crítica. A bala está alojada em uma região do cérebro que não possibilita uma cirurgia para extração – explicou o médico.

– Não há nada que possa ser feito? – insistiu Xavier.

– Por enquanto não há nada que possamos fazer. É um milagre ele ainda estar vivo. Se continuar estável, vamos reavaliar a situação e tentar alguma coisa, mas recomendo avisar a família para ficarem preparados para o pior.

– Este rapaz não tem família, doutor. Ele perdeu os pais ainda jovem, e a namorada está desaparecida – respondeu Xavier.

– Reze por ele, Xavier, porque seu estado é desesperador. Só um milagre poderá salvá-lo – concluiu o médico, deixando a sala da UTI.

[7]

ALGUNS MESES ANTES – PARTE 1

No moderno escritório da América Metais S/A, em um suntuoso prédio no centro comercial de San Juan, a capital da Província do Sudeste, maior e mais industrializada cidade do país, o telefone tocou na recepção da sala de Max Edward Schelman. A secretária atendeu e transferiu para ele, informando ser uma ligação do Ministério da Casa Civil do Governo Federal.

– Alô, senhor Schelman. Aqui é a secretária do ministro Enrico Maya. Ele gostaria de encontrá-lo amanhã, às catorze horas, aqui no Ministério, em San Pietro.

– Você sabe qual é o assunto? – perguntou Max.

– Não, ele não disse, mas pediu que eu falasse com o senhor com urgência e avisasse que é um assunto muito importante.

Schelman ficou um pouco indeciso, mas sabia que não poderia ignorar um pedido do ministro da Casa Civil, o homem mais influente do Governo Federal.

– Está bem. Pegarei um voo amanhã cedo e estarei aí no horário que ele pediu.

– Obrigado, senhor Schelman – respondeu a secretária, desligando o telefone.

• • •

Aos 47 anos, Max Edward Schelman era um respeitado empresário da área de extração e industrialização de metais. Herdara os negócios da família, iniciados pelo avô paterno. Era graduado em Administração de Empresas pela Universidade Federal de San Juan, com MBA em Harvard, nos Estados Unidos. Era um homem educado e elegante, que usava ternos caros e bem cortados, casado com a senadora Laura Bauer Schelman, herdeira de uma tradicional família da região sul do país.

Ela era advogada, mestre em Direito, professora titular licenciada da Universidade Federal de San Juan e filiada ao Partido Democrata (PD), principal aliado do Partido Social Trabalhista (PST), que estava há mais de seis anos no poder.

Uma mulher bonita, educada, inteligente e elegante, com bom trânsito nas diversas esferas do governo. Não haviam tido filhos e frequentemente surgiam boatos, nunca comprovados, dos romances clandestinos do marido, que ela tratava sempre com muita discrição.

•••

No dia seguinte, Max Schelman entrou na sala de recepção do Ministério da Casa Civil, na Capital Federal da República. A secretária o reconheceu de imediato e o cumprimentou:

– Boa tarde, Sr. Schelman. O ministro Maya o aguarda. Podemos entrar.

A secretária abriu a porta da sala do ministro: um ambiente amplo e bem decorado, com móveis em estilo clássico, confeccionados em madeira maciça escurecida. Nas paredes, diversos quadros de pintores expressionistas, como Franz Marc, Ernst Ludwig Kirchner e nada mais, nada menos que um Van Gogh – *A Igreja de Auvers-sur-Oise*. Na verdade, uma réplica bem-feita, pois o original estava no Musée d'Orsay em Paris, na França. Os desafetos do ministro espalhavam pelos corredores que ele tinha sido enganado por um falsário, mas quem o conhecia de perto sabia que ele tinha contratado um experiente pintor para fazer a cópia. Para os bajuladores, era uma perfeição, melhor até que o original.

Uma enorme janela de vidro permitia avistar parte do Grande Lago e a Praça dos Três Poderes, onde ficavam os mais importantes prédios da República: o Congresso Nacional, o Palácio da Justiça e o Palácio Presidencial, que abrigava o presidente da República, onde Enrico Maya pretendia se alojar um dia.

O ministro era um homem simpático, de fala mansa, com um leve sotaque do interior da Província do Norte. Não era muito alto e ostentava uma discreta barriga, que tentava esconder com caríssimos ternos de uma grife italiana.

Sua reputação era de ser o mentor de toda a estratégia que levara o Partido Social Trabalhista a conquistar a presidência do país. Nos meandros da República, todos sabiam que ele tinha força e poder de influência nos assuntos do governo, mas, principalmente, que era o conselheiro pessoal do presidente Inácio Cárdenas, que não tomava nenhuma decisão sem consultá-lo.

– Caro Max Schelman! É um prazer recebê-lo. Muito obrigado por ter atendido tão prontamente ao meu pedido.

– O prazer é meu, ministro. Estou à sua disposição.

– Obrigado, Schelman. Mas me diga... Como tem passado a senadora Laura Schelman, sua esposa?

– Ela está muito bem, ministro, trabalhando bastante, como sempre.

– Ótimo. Nós temos muito respeito e admiração por ela – expressou o ministro, tentando ser gentil.

– Obrigado, ministro. Mas, enfim, em que posso ajudá-lo?

– Vamos direto ao assunto. Queremos nomeá-lo presidente da Siderúrgica Nacional, nossa maior empresa e também uma das maiores do mundo – prosseguiu Maya. – O atual presidente não tem mais condições de permanecer no cargo. Ele vem sofrendo forte pressão da imprensa, dos acionistas minoritários e dos políticos de oposição. Precisamos substituí-lo o mais rápido possível. Temos que frear a onda de desgaste que o governo vem enfrentando com a opinião pública.

– Ora, ministro... Estou lisonjeado, mas isso me pegou totalmente de surpresa. Por quę acham que eu seria o homem certo para essa posição?

– É um respeitado empresário da área de extração e industrialização de metais, tem conhecimento técnico do assunto e credibilidade suficiente para sinalizar ao mercado que a empresa estará sendo administrada com transparência e profissionalismo – respondeu o ministro.

– Preciso refletir sobre o assunto. Nunca imaginei receber uma oferta dessa natureza.

– Mas esteja certo de que é o homem mais indicado para essa posição.

– Não tenho tanta certeza disso, ministro Maya. Não sou um político e tampouco ligado a algum partido. Tenho dificuldade de entender sua motivação para me indicar.

– A razão principal é sua ótima reputação e competência, Schelman.

– De qualquer forma, o assunto é um pouco delicado, ministro. Para aceitar essa nomeação, eu teria que me afastar das minhas empresas, e isso nunca esteve nos meus planos.

– Meu caro Schelman, não há necessidade de se afastar completamente das suas empresas. Com sua experiência e competência, pode acompanhar tudo um pouco à distância. E sei que conta com ótimos profissionais, que poderão tocar o dia a dia dos seus negócios com a mesma eficiência.

– Isso é certo, mas mesmo assim tenho que analisar tudo com calma antes de responder. E existe uma condição que considero fundamental.

– Então diga, Schelman. Qual é a condição?

– Preciso saber se teria carta branca para administrar a Siderúrgica Nacional sem interferências políticas – questionou Max Schelman, sabendo que o governo vinha interferindo em demasia na empresa, e que isso estava prejudicando seu desenvolvimento nos últimos anos.

– Claro, Schelman. Já discutimos internamente sobre isso e não lhe ofereceríamos a presidência sem lhe garantir essa condição. Tem a minha palavra. Queremos uma empresa próspera e que distribua lucros para seus milhares de acionistas.

– Está bem, ministro. Vou considerar e analisar sua oferta, e lhe dou uma resposta definitiva em alguns dias.

– Muito bem, Schelman. Estou contando com uma resposta positiva! Gostaríamos de divulgar sua nomeação antes da reunião anual da direção nacional do partido, daqui a dez dias. Certamente, haverá uma ampla cobertura da imprensa e não queremos deixar esse assunto pendente.

Max Schelman era bastante vaidoso, e muitas vezes seu ego profissional falava mais alto em suas decisões. Ser o presidente da maior empresa do país seria uma ótima oportunidade de ampliar sua influência no mundo dos negócios. Estava inclinado a aceitar a oferta do ministro.

Raciocinou que seria importante conversar com sua esposa, a senadora Laura Schelman, para conhecer um pouco melhor o terreno onde iria pisar.

Era muito provável que havia interesses políticos por trás dessa manobra do ministro. Ele sabia que os políticos sempre mexiam as peças para obter alguma vantagem. Como dizia o ditado popular: "Nos acordos entre políticos não existe almoço de graça".

[8]

ALGUNS MESES ANTES – PARTE 2

Após sair do gabinete do ministro, Max Schelman ligou para a esposa e foi diretamente para o apartamento funcional que ela ocupava durante o período de trabalho no Senado, na região residencial sul do lado oeste de San Pietro, onde ficavam os prédios com confortáveis apartamentos utilizados por senadores, deputados, ministros, juízes federais e altos funcionários do Judiciário, do Legislativo e do Executivo Federal.

Ele chegou primeiro, mas ela não demorou. Contou os detalhes da oferta do ministro Maya e conversaram um longo tempo sobre o assunto. Ela confessou que também considerava bastante estranho o convite do ministro.

Os democratas, partido da senadora, e o Partido Social Trabalhista vinham se desentendendo há algum tempo e estavam prestes a abandonar a coligação que tinham acordado desde a primeira eleição do presidente Inácio Cárdenas.

Frequentemente, ela mesma vinha fazendo críticas ao governo e continuaria a fazê-las sempre que pertinentes. Oferecer a presidência da maior empresa estatal do país ao seu marido não seria uma forma de acenar com uma trégua ou calar suas críticas.

Pensou que talvez o motivo fosse mesmo pela competência e capacidade do marido. Sem dúvida, ele poderia colocar a empresa no rumo certo, e isso seria muito bom para a desgastada imagem do governo. Mas, mesmo assim, o convite continuava sendo um mistério para ela. Difícil de entender. A senadora não sabia como aconselhar o marido.

Max Schelman procurava motivos para aceitar a oferta e por fim especulou:

– Tenho certeza de que tenho condições de fazer um bom trabalho na Siderúrgica Nacional, e seria uma ótima oportunidade para consolidar minha reputação de excelente administrador. Eu teria a chance de ampliar minha rede de contatos, o que poderia ser muito útil para os negócios das minhas empresas no futuro.

– Nisso você tem razão, querido, mas não esqueça que existem muitas interferências políticas dentro da Siderúrgica Nacional que podem dificultar seu trabalho.

– O ministro Maya me garantiu que eu teria carta branca e prometeu total apoio para eliminar as interferências políticas.

– Se você confia que ele vai cumprir... – especulou a senadora.

– Você acha que ele prometeu uma coisa que não poderá cumprir? – questionou Max.

– Não sei ao certo, Max.

– Mas, então, por que ele quer me nomear presidente da Siderúrgica Nacional?

– Existe um movimento no Congresso para a criação de uma Comissão Parlamentar de Investigação sobre a administração da Siderúrgica. Talvez ele imagine que poderá afastar essa ameaça com sua nomeação.

– Será que ele está apenas me usando para resolver um problema dele?

– O ministro Maya é, de fato, o homem mais poderoso do governo do presidente Cárdenas. É muito astuto e sempre tem segundas intenções nas suas decisões. Com ele, é sempre bom ter um pé atrás.

– A única forma é esclarecer novamente se de fato terei carta branca para administrar a empresa sem interferências políticas.

– Isso mesmo, querido. Faça isso antes de tomar sua decisão.

Max Schelman nutria algumas dúvidas sobre o caráter do ministro Maya. Apesar dos riscos, decidiu aceitar a oferta. Bastaria, apenas, que ele confirmasse mais uma vez o que tinha prometido no primeiro encontro que haviam tido.

Alguns dias depois, ligou para o ministro da Casa Civil.

– Bom dia, ministro. Como vai?

– Muito bem, Schelman. Espero ter uma boa notícia.

– Bem, ministro, decidi aceitar sua oferta, desde que ratifique sua promessa de que terei autonomia e seu apoio para administrar a empresa sem interferências políticas.

– Mas é claro, Schelman. Eu lhe dou minha palavra.

– Se é assim, aceito ser o novo presidente da Siderúrgica Nacional.

– Ótimo, Schelman. Então, estamos combinados. Gostaria de convidá-lo a estar presente na abertura da reunião anual da direção nacional do nosso partido, aqui em San Pietro, quando poderemos apresentá-lo pessoalmente aos integrantes da cúpula do partido.

– Tudo bem, ministro. Como quiser. Estarei à sua disposição.

– Obrigado e um forte abraço – concluiu o ministro, desligando o telefone.

Maya ficou radiante; estava dando tudo certo. Com Schelman na presidência da SN ele afastaria a ameaça de uma Comissão Parlamentar de Investigação que a oposição tentava criar no Congresso. *Agora, só preciso garantir que ele não crie problemas*, pensou Maya.

[9]

ALGUNS MESES ANTES – PARTE 3

O secretário de imprensa do Governo Federal distribuiu nota anunciando a nomeação do empresário Max Edward Schelman para presidir a Siderúrgica Nacional. Houve ótima repercussão no mercado financeiro, que registrou forte alta das ações da empresa na bolsa de valores.

A convenção anual reuniu os integrantes da direção nacional do Partido Social Trabalhista no elegante salão de convenções do Hotel Danúbio Palace, o melhor de San Pietro, localizado em uma região nobre da Avenida Marginal Leste, entre as pontes San José e San Martin.

A extravagante arquitetura do prédio chamava atenção e despertava a curiosidade de todos que visitavam a cidade.

O espaçoso salão com seus lustres de cristais Swarovski e granito italiano no piso estava finamente decorado. Era cercado por janelas de vidros transparentes, que permitiam ampla visão da piscina toda iluminada, bem no centro de um magnífico jardim. Ao fundo, o Grande Lago, com seus sofisticados barcos ancorados ao longo da margem.

A imprensa local e correspondentes dos jornais e redes de televisão de várias regiões do país estavam presentes para cobrir o evento.

A maioria dos participantes chegou com seus imponentes carros importados, que deixaram aos cuidados dos manobristas na recepção. Era o encontro das principais figuras do Partido Social Trabalhista, mas com a indisfarçável presença de todos os ingredientes do mais puro capitalismo que tantos condenavam em seus inflamados discursos na tribuna do Congresso.

Participavam da convenção apenas os dirigentes acompanhados das esposas. Era um momento de confraternização dos integrantes da alta cúpula do partido, mas o principal objetivo do encontro era discutir fórmulas para melhorar o desempenho do governo e planos para as eleições do ano seguinte.

No amplo salão, um exército de garçons distribuía canapés de caviar russo, salmão importado da Noruega e *foie gras*, completando com camarões graúdos gratinados com queijo roquefort. Para beber, uísque Johnnie Walker Blue Label e vinho francês Château La Grave. Tudo da melhor qualidade para agradar a "*new* elite" política da jovem República Costa do Sul.

O som ficava por conta de uma banda local, que executava um repertório eclético, mas de bom gosto. Todos circulavam pelo salão com muita descontração, em um clima de bastante cumplicidade e companheirismo. Alguns dançavam com seus pares, outros conversavam em grupo, mas tinham aqueles que preferiam cochichar ao pé do ouvido, como se estivessem compartilhando um grande segredo da República.

Max Edward Schelman estava desacompanhado da esposa; ela ficara retida nas reuniões com seus colegas do senado. De qualquer forma, ela não estava nem um pouco interessada em estar presente à convenção do PST.

Na primeira oportunidade em que Max Schelman ficou sozinho, Elizabeth se aproximou.

– Olá, Max. Há tempos que tenho curiosidade de conhecê-lo pessoalmente.

Elizabeth era uma mulher lindíssima. Cabelos castanhos claro cortados na altura do ombro, pele clara e macia, olhos verdes como esmeraldas e corpo esguio. Ela estava com um vestido colado, que mostrava suas insinuantes curvas quando se movia, desfilando sensualidade. Uma mulher deslumbrante, dessas que deixam os homens desnorteados ou com as pernas bambas.

Na verdade, sua beleza intimidava e poucos tinham coragem de se aproximar dela. Achavam que não teriam a menor chance. Mas não era o caso de Max Schelman. Quanto mais bonita, maior o desafio e a recompensa.

Ela estendeu a mão, ele a pegou delicadamente e a beijou, em um cumprimento elegante e educado.

– Certamente, nunca nos vimos antes. Eu nunca me esqueceria de uma mulher tão linda.

– Já estive em outros eventos em que você esteve presente, mas nunca me notou.

– Estou decepcionado comigo mesmo. Isso foi uma falha absolutamente imperdoável. Mas, afinal, você ainda não me falou o seu nome.

– Sou Elizabeth Cardenalli, consultora de eventos. O partido e algumas áreas do governo me contratam vez ou outra. Sou uma de suas admiradoras de longa data, Max.

– Isso é mesmo uma surpresa. Eu não podia imaginar que tinha uma admiradora tão linda como você – respondeu Max com falsa modéstia, tentando encontrar motivos para estender a conversa.

– Ora, Max... Você deve ter milhares de admiradoras.

– Estou certo de que nenhuma delas chega aos seus pés. O que acha de tomarmos um drinque em uma sala mais reservada para conversarmos com mais privacidade? – perguntou Max Schelman, encantado com a beleza da moça e já preparando o terreno para conseguir uma nova aventura, como era hábito quando encontrava uma mulher como Elizabeth.

Paciência não era parte da sua estratégia de ação, ainda mais naquela noite, que ele não tinha muito tempo.

– Acho uma ótima ideia, Max – respondeu ela, demonstrando estar disponível.

Pediram um drinque e foram para uma sala mais reservada, fora das vistas dos demais participantes da festa, onde ficaram por algum tempo trocando elogios. Era absolutamente perceptível que ambos tinham as mesmas intenções.

– Max, estou hospedada aqui no hotel, e nós podemos subir ao meu apartamento, onde poderíamos ficar mais à vontade. O que você acha? – indagou Elizabeth.

Max Schelman se surpreendeu um pouco com a desenvoltura da moça, mas isso não era problema para ele. Na verdade, facilitava bastante e abreviava o *script* que tinha planejado. Estava cada vez mais envolvido pelas provocantes insinuações que Elizabeth expressava sem qualquer constrangimento. Lembrou mais uma vez que não dispunha de muito tempo e logo teria que se retirar para se encontrar com a esposa.

Por um instante ficou em dúvida sobre se deveria resistir àquele momento e tabular um encontro para outro dia. Mas não se conteve diante da sensual beleza daquela deslumbrante mulher.

– Claro, seria ótimo. Mas temos que sair com discrição. Não quero que percebam minha ausência.

– Não se preocupe. Estão todos ocupados criticando uns aos outros. Estou na suíte 42. Eu saio primeiro e logo em seguida você vem. Deixarei a porta aberta.

Ele entrou na suíte que tinha uma iluminação suave, ouviu uma música romântica e logo a avistou. Estava segurando duas taças de champanhe e ofereceu uma a ele, que aceitou prontamente.

Brindaram e tomaram apenas um gole. Em seguida, com gestos delicados e carinhosos, ela tirou seu paletó, sua gravata e todo o resto. Ele a abraçou e deslizou os dedos pelas suas costas, abrindo o zíper do elegante vestido que usava. Ficaram nus, um diante do outro.

•••

Quando Laura Schelman entrou em seu apartamento passava de uma hora da manhã. Encontrou Max deitado na cama. Meio sonolento, ele perguntou:

– O que aconteceu? Por que você demorou tanto?

– Para ser honesta, não era nada importante. Coisas triviais que poderíamos ter resolvido amanhã durante as sessões do Senado. Discutimos uma proposta de um acordo formulado pelo PST para votar um projeto que está tramitando... Uma proposta sem pé nem cabeça. Não entendi por que perdemos tanto tempo discutindo aquela porcaria.

– Vamos dormir que amanhã eu tenho que pegar um voo de volta a San Juan e você tem as reuniões no Senado – disse Max.

– Está certo, meu bem – concordou ela, enquanto trocava de roupa para se deitar.

[10]

ALGUNS MESES ANTES – PARTE 4

A Siderúrgica Nacional tem seu escritório central em San Pietro. Um moderno espigão, todo revestido de granito cinza-escuro, com esquadrias de alumínio anodizado na cor bronze e vidros fumês nas janelas. Uma sede que o porte e a importância da empresa exigiam. Localizada na área norte da Avenida Marginal Oeste, algumas quadras depois do conjunto de prédios dos Ministérios, quase às margens do Grande Lago do Rio San Lorenzo.

Na segunda-feira de manhã, Max Schelman tomou posse na presidência da SN em uma reunião comandada por Juarez Donavan, presidente do Conselho. No mesmo dia, iniciou os trabalhos para tomar conhecimento das atividades da empresa.

Nas semanas seguintes, dedicou-se integralmente a destrinchar todos os negócios desenvolvidos pela Siderúrgica Nacional. Com sua experiência, conhecimento e habilidade com os números, não demorou para encontrar o principal motivo de a empresa estar apresentando resultados tão ruins. A companhia vinha gastando quase dois bilhões de dólares por ano com o pagamento de comissões de vendas a uma empresa com sede no Panamá, com o nome de Steel Corporation & Co.

Ele pesquisou sobre a empresa e descobriu que tinha origem perigosamente duvidosa, com sócios ocultos e endereço fisicamente inexistente. As características insinuavam uma empresa fantasma que recebia comissões de vendas, em percentagens muito acima do que seria de praxe, sobre praticamente todas as exportações realizadas.

Por que pagar para uma empresa de fachada por um serviço que não foi prestado? Isso está cheirando a um grande esquema de corrupção e desvio de dinheiro, pensou Schelman.

Determinou para que essa flagrante distorção fosse eliminada. Os demais diretores reagiram, apresentando o contrato aprovado pela diretoria e também pelos integrantes do Conselho.

Max não se deu por vencido. Ordenou ao Departamento Jurídico que tomasse providências para rescindir unilateralmente o contrato.

Foi, então, que Juarez Donavan, o presidente do Conselho de Administração, entrou intempestivamente em sua sala. Estava nervoso e bastante alterado. Diferente do comportamento sereno que habitualmente demonstrava.

– Esqueça esse assunto, Schelman. Esse contrato não pode ser quebrado.

Max Schelman levantou calmamente a cabeça e olhou fixamente para Donavan, que estava em pé a sua frente.

– Do que está falando, Donavan?

– Estou falando sobre o contrato com a Steel Corporation.

– Não podemos manter esse contrato, Donavan. A Siderúrgica Nacional vem pagando uma fortuna por serviços que não são prestados.

– Eu vou encurtar a conversa, Schelman. Esse contrato foi fechado por instruções diretas da alta cúpula do Governo Federal.

– Você tem algum documento que comprove essas instruções?

– Não, não tenho. Foi tudo feito na confiança.

– Está bem, Donavan. Eu vou apurar melhor esse assunto.

Max Schelman ligou para Enrico Maya, ministro-chefe da Casa Civil, pedindo uma audiência.

– Bom dia, ministro. Precisamos conversar com urgência. Temos um sério problema para resolver na Siderúrgica Nacional.

O ministro Maya ouviu e ficou calado ao telefone. Schelman insistiu:

– Alô! Ministro! Está me ouvindo?

– Sim, Schelman. Estou ouvindo. Por favor, aguarde um momento.

Maya se recostou na poltrona, tentando encontrar uma posição confortável para pensar. Sabia que não tinha como evitar esse encontro. Mas precisava ganhar tempo.

– Eu tenho estado muito ocupado, Schelman. Não posso atendê-lo por esses dias. Você terá que esperar duas ou três semanas.

– Sinto muito, ministro, mas o assunto é uma emergência e não será possível esperar tanto tempo.

Enrico Maya já esperava receber essa ligação. Só não imaginou que seria tão cedo. *Diabos! Ele descobriu muito mais rápido do que eu esperava*, pensou.

[11]

ALGUNS MESES ANTES – PARTE 5

Jorge Stabler era um renomado engenheiro de minas, professor universitário e autor de vários livros sobre extração e processamento de urânio. Um leal militante do Partido Social Trabalhista, que havia sido nomeado ministro de Minas e Energia logo no início do primeiro mandato do presidente Inácio Cárdenas.

Com o semblante mais sério que o normal, Jorge Stabler se despediu do homem que tinha acabado de atender em seu gabinete. Pediu que a secretária ligasse de imediato para Enrico Maya, ministro da Casa Civil.

– Ministro Maya! Preciso falar pessoalmente com o senhor sobre um sério problema que estamos tendo em uma de nossas instalações de produção e armazenagem de urânio no município de Santa Fé, no norte da Província do Centro-Oeste.

Enrico Maya conhecia Stabler de longa data e sabia que ele não pediria uma audiência se o assunto não fosse realmente importante. Abriu a agenda que tinha sobre a mesa e deu uma olhada no planejamento dos seus compromissos.

– Ok, Stabler. Pode vir amanhã, às dezessete horas.

• • •

O município de Santa Fé está localizado no norte da Província do Centro-Oeste, a 170 quilômetros de San Martin, a capital da Província.

O país dispõe de várias jazidas de urânio: nas Províncias do Sul, do Nordeste, do Norte e do Oeste, mas apenas três unidades de processamento e armazenagem. Uma delas está em Santa Fé, que recebe e processa o minério extraído das jazidas das Províncias do Norte e do Oeste.

A República Costa do Sul tem uma das maiores reservas de urânio do mundo. Porém, assinou acordos internacionais garantindo o uso apenas para fins pacíficos, exclusivamente para a geração de energia elétrica.

Existem protocolos de controle que devem ser rigidamente cumpridos e estão permanentemente sob a supervisão da Agência Internacional de Energia Atômica, com sede em Viena, na Áustria.

•••

Na quarta-feira, às dezessete horas em ponto, o ministro Jorge Stabler entrou na sala da recepção do Ministério da Casa Civil e logo foi atendido pela secretária.

– Olá, ministro Stabler. Como vai?

– Estou bem, obrigado. Tenho um encontro com o ministro Enrico Maya.

– É claro. O ministro Maya já está esperando. Vamos entrar.

Jorge Stabler entrou na sala e encontrou Enrico Maya sentado virado para a enorme janela, contemplando a vista para o Grande Lago e para o Palácio Presidencial, mas logo em seguida se levantou, indo ao encontro do ministro visitante.

– É um grande prazer revê-lo, ministro Stabler. O que posso fazer pelo senhor?

– Obrigado, ministro Maya, mas o assunto que aqui me traz não é muito agradável.

– Estou percebendo sua preocupação. O que está acontecendo?

O ministro, então, explicou por que estava tão preocupado.

As unidades de processamento e armazenagem de urânio estão sujeitas a um permanente sistema de controle estabelecido pela Agência Internacional de Energia Atômica. Entre os protocolos que devem ser cumpridos, estão os procedimentos de auditorias desenvolvidos por técnicos credenciados e treinados pela Agência Internacional. Esses auditores estão subordinados a uma unidade da Agência instalada em San Pietro.

Os auditores eram muito exigentes, mas, vez ou outra, deixavam passar alguns pequenos deslizes que não comprometiam a segurança.

Mas desta vez o caso é mais grave. Terei que ser recompensado para não apontar isso em meu relatório. Assim decidiu João Carlos Albertin, um dos auditores.

• • •

– É isso, ministro Maya. O auditor Albertin exige um pagamento de um milhão de dólares. Caso contrário, vai relatar os desvios de urânio U-235 que ele constatou existir na Usina de Santa Fé – explicou Stabler.

• • •

Das minas é extraído o dióxido de urânio (UO_2), misturado a argila, enxofre e outras impurezas. Esse material é enviado para as usinas, onde é limpo com elementos como ácido sulfúrico e transformado em pó. Submetido a uma sequência de processos, em altas temperaturas, ele se transforma em um gás com moléculas compostas por um átomo de urânio e seis de flúor, chamado UF6.

O UF6 é direcionado contra uma barreira com poros microscópicos para separar o U-238 do U-235, que é o material utilizado na produção de energia. O U-235 é separado do flúor e se transforma em tabletes sólidos.

Nas usinas de processamento, aumenta-se o percentual de U-235 artificialmente. Esse processo é conhecido como enriquecimento de urânio, e poucos países no mundo dominam essa tecnologia.

O urânio enriquecido com 2% a 4% de U-235 é suficiente para mover as turbinas das usinas nucleares, que geram energia elétrica.

O metal enriquecido a mais de 90% é usado para a fabricação das bombas atômicas. Alguns poucos gramas desse material causam mais destruição do que a que ocorreu no ano de 1945, na cidade de Hiroshima, no Japão.

[12]

ALGUNS MESES ANTES – PARTE 6

O ministro Enrico Maya levantou-se, andou vagarosamente pela sala. Pensativo, passou várias vezes a mão pela cabeça, para então dizer:

– Ministro Stabler, tenho que supor que já fez todas as tentativas para demovê-lo dessa chantagem. Estou certo?

– Sim, ministro. Fiz tudo o que estava ao meu alcance, mas ele está irredutível. Disse que precisa desse dinheiro e não vai recuar.

Maya era um homem perspicaz, com habilidade incomum para encontrar rapidamente soluções no caos. Por isso, era o homem forte do governo e braço direito do presidente Cárdenas.

– Está bem, Stabler. Se não há outro jeito, vamos pagar. Mas temos que exigir uma contrapartida.

– Uma contrapartida?

– Isso mesmo, uma contrapartida. Não podemos simplesmente pagar sem exigir alguma garantia que ele nos deixará em paz.

– E o que o senhor pretende?

– Fale com ele e diga que estamos de acordo em pagar, mas quero que ele faça um relatório dando um parecer afirmando que todas as atividades da usina, nos últimos doze meses, estão totalmente regulares – exigiu o ministro Maya.

– Acredito que não haverá problema, falarei com ele.

– Certo Stabler... Fale com ele – pediu Maya, e em seguida questionou Stabler: – Não entendo como ele descobriu.

– Acredito que foi uma falha esporádica devido ao pouco espaço disponível e às dificuldades técnicas de armazenagem. O auditor teve sorte ao encontrar um lote não identificado em nossos controles – respondeu o ministro Stabler.

– Peça que reforcem os procedimentos de controle dos volumes desviados. Não aceitarei mais nenhuma falha desse tipo – instruiu Maya.

– Eu já fiz isso, mas reforçarei todas as instruções – respondeu Stabler, manifestando em seguida suas preocupações pessoais sobre os acontecimentos: – Essa situação é muito arriscada. O assunto está ficando fora de controle e todos poderemos sofrer graves consequências se isso cair nas mãos da imprensa ou da Agência Internacional de Energia Atômica. Deveríamos parar com esses desvios.

– Não se preocupe. Está tudo sob controle e nada vai acontecer. Nós precisamos desse urânio – respondeu Maya, tentando acalmar Stabler.

– Quero que esteja ciente de que estou muito tenso com essa situação e estou inclinado a pedir demissão se isso continuar – insistiu Stabler.

– Calma, Stabler. Fique tranquilo que tudo será resolvido no tempo certo.

– Acontece, ministro Maya, que não tenho a menor ideia de para onde está indo esse urânio desviado, e isso me assusta. Pode estar sendo usado para fins escusos, contra ao que temos estabelecido na nossa Constituição Federal e nos acordos internacionais.

– Mais uma vez lhe peço calma, ministro. O que estamos fazendo é do interesse do país. Não há com que se preocupar – reafirmou Maya. – Vamos encerrar por hoje e avise-me quando o relatório estiver pronto, que marcaremos um encontro para fazer o pagamento.

– Está bem, ministro – concordou Stabler contrariado, despedindo-se em seguida.

Alguns dias depois, Stabler ligou para o gabinete do ministro Enrico Maya, informando que o relatório do auditor estava pronto e que ele queria marcar o encontro para entregá-lo e receber o dinheiro combinado.

– Muito bem, Stabler. Podemos nos encontrar amanhã, às nove da noite, no Hotel Danúbio Palace. Diga para ele ir sozinho, entrar na garagem e pegar o elevador direto para o quarto andar. Estaremos esperando na suíte 42.

– E faça a mesma coisa, Stabler. Vá também sozinho e separado dele – completou Maya.

– Está bem, ministro – concordou Stabler.

[13]

ALGUNS MESES ANTES – PARTE 7

O ministro Stabler e o auditor Albertin chegaram praticamente ao mesmo tempo na entrada da garagem do Hotel Danúbio. O sistema de segurança identificou a placa do veículo previamente autorizado e abriu automaticamente a cancela para adentrarem a garagem.

Tomaram o elevador e foram diretamente ao andar onde estava a suíte 42. Quando chegaram, depararam com dois seguranças, que fizeram uma minuciosa revista em ambos. Entraram na suíte, onde já se encontravam o ministro Enrico Maya e, para surpresa de Stabler, também o general Hector Amon, ministro da Defesa.

A suíte 42 era uma das mais confortáveis do hotel. Decorada com quadros e objetos de artistas locais, tinha uma sala de estar com dois sofás grandes com uma mesa de centro, aparadores laterais, TV e frigobar, e um ambiente de trabalho separado por portas de correr, com uma mesa de reuniões e oito cadeiras. Também tinha um amplo dormitório com cama *king size* e armários. Era locação permanente do Ministério da Casa Civil.

– Olá, Stabler e Sr. Albertin. Peço desculpas pelo incômodo das revistas, mas faz parte dos procedimentos de segurança – disse o ministro Maya, cumprimentando os dois.

– General, como vai? – perguntou Stabler.

– Vou bem, ministro. Obrigado – respondeu o general, apertando a mão do ministro.

Terminados os cumprimentos, o ministro Maya se dirigiu ao auditor.

– Albertin! Podemos começar nosso assunto?

– Como preferir, ministro.

– Tomei conhecimento das suas pretensões, mas estou achando sua exigência um tanto exagerada.

– Creio que não está analisando corretamente a situação, ministro. Existem desvios de quantidades significativas de U-235, e esse material vale uma fortuna no mercado paralelo.

– Meu caro Albertin, as coisas não são como imagina. Estamos trabalhando para atender aos interesses do nosso país.

– Eu acredito, ministro, mas, de qualquer forma, o que estão fazendo é irregular e meu silêncio tem um preço.

Albertin demonstrava segurança e não se intimidou diante dos dois homens mais influentes do governo. O general Hector Amon, que a tudo ouvia calado, resolveu interferir:

– Registrou essa irregularidade em algum relatório ou comentou com algum colega na Agência Internacional de Energia Atômica?

– Não registrei nem comentei com ninguém. Preferi conversar primeiro com o ministro Stabler para discutir uma recompensa pelo meu silêncio. E só faço isso porque estou precisando desse dinheiro neste momento – respondeu o auditor, demonstrando um falso constrangimento.

– Como podemos ter certeza da sua lealdade? – perguntou o ministro Maya, como se um chantagista pudesse ser leal com sua vítima.

– Dou minha palavra, ministro. Se eu tivesse relatado ou mesmo comentado com alguém, eu não poderia estar aqui.

– Trouxe seu relatório? – questionou Maya.

– Sim, está comigo.

– Então, gostaria de ver se está como combinamos.

O auditor abriu uma pasta que carregava, tirou uma brochura contendo várias páginas e entregou ao ministro.

– Aqui está, ministro. Pode conferir.

Enrico Maya folheou as páginas vagarosamente e parou por mais tempo naquela que continha a conclusão do relatório. Constatou que estava tudo conforme haviam combinado.

– Está tudo ok. Existem cópias? – perguntou o ministro.

– Sim, existem três cópias. Uma será enviada ao Departamento de Controle Interno da Agência em Viena. Outra, deixarei com Stabler, para arquivo do Ministério de Minas e Energia, e uma ficará no arquivo do escritório da Agência, em San Pietro – respondeu o auditor.

– Ótimo, mas quero pedir uma pausa para presentar meu colega, o ministro Stabler, como um reconhecimento ao seu trabalho à frente do Ministério de Minas e Energia – falou o ministro Maya, deixando o relatório sobre a mesa.

– Por favor, general. Poderia fazer as honras? – perguntou o ministro Maya.

– É claro, ministro.

O general abriu uma pasta que carregava e tirou uma caixa de madeira que continha um revólver, uma edição especial e comemorativa de cem anos desde a fundação do fabricante.

Abriu a caixa de madeira e se dirigiu ao ministro Stabler:

– É para o senhor, ministro. Sabemos que coleciona e aprecia armas de fogo, e adquirimos um exemplar dessa edição comemorativa. Pegue para sentir como é leve e fácil de manusear.

O ministro Stabler ficou encantando com o revólver, um Magnum 38 milímetros, edição especial, com um bonito cabo de madrepérola. Tirou a arma da caixa e a empunhou por alguns segundos, sentindo seu peso e o encaixe na mão.

Em seguida, o general colocou a caixa de madeira de novo em frente ao ministro, e ele depositou de volta o revólver.

– Magnífica arma, general! Agradeço a gentileza.

O general fechou a caixa e a entregou ao ministro Stabler.

– Então, aqui está, ministro. É sua.

– Obrigado mais uma vez, general.

O ministro Enrico Maya e o auditor João Carlos Albertin assistiram sem fazer comentários. Albertin não poderia imaginar que aquela não seria a última vez em que estaria frente a frente com aquela arma.

– Acho que agora podemos dar andamento a nossa negociação – expressou Maya se dirigindo a Albertin.

– Fiz o que combinamos, ministro.

– Certo! Espero que esse assunto tenha terminado aqui e que não tenhamos mais nenhum problema naquela unidade – exigiu o ministro Enrico Maya.

– Pode confiar, ministro. Não criarei mais nenhum problema.

– Vou confiar na sua palavra. O próprio ministro Stabler vai entregar o dinheiro – replicou Maya, que se afastou, chamando Stabler de lado.

O ministro pegou uma mochila preta que estava sobre o sofá e a entregou para Stabler.

– Aqui está. Confiram o dinheiro, para que não haja nenhuma dúvida.

– Ok, ministro. Farei isso.

– Use a área de trabalho e feche as portas de correr para terem mais privacidade. Eu e o general tomaremos um drinque enquanto esperamos.

O ministro Stabler pegou a mochila, chamou o auditor e entraram na sala de trabalho, fechando as portas de correr.

O ministro Maya e o general se serviram de um drinque e sentaram-se no sofá para esperar a conclusão do pagamento do acordo.

Terminaram a contagem e o auditor acomodou o dinheiro na mochila. Apertaram as mãos em sinal de um pacto de honra para o assunto morrer ali, e o auditor se dirigiu para a porta de saída.

– Bem, senhores, acho que está terminado. Eu cumpri a minha parte e vocês também, então, estou indo e estarei à disposição se precisarem de alguma coisa.

– Obrigado, Albertin. Não se esqueça de encaminhar seu relatório à Agência Internacional o mais rápido possível e enviar cópia do protocolo para o ministro Stabler – pediu o ministro Maya.

– Pode deixar, ministro. Vou registrar o relatório completo no sistema da Agência Internacional em Viena, amanhã cedo sem falta.

O auditor João Carlos Albertin apertou a mão de cada um deles e se retirou.

Assim que ele saiu, o ministro Stabler voltou a expressar seu desconforto com aquela situação:

– Ministro Maya, repetindo o que já manifestei anteriormente, estou decidido a pedir demissão do Ministério de Minas e Energia. Tenho sido leal ao partido, mas nunca imaginei passar por esse tipo de constrangimento.

– Ora, ministro, não seja tão sentimental. Esta situação é passageira... Logo teremos controle de tudo e não estaremos vulneráveis a ações desse tipo – explicou o ministro Maya.

– Não se trata de ser sentimental, ministro. Estamos indo por um caminho perigoso demais e que poderá não ter mais volta – respondeu Stabler, mais preocupado do que de costume.

– Fique calmo, ministro Stabler. Como ministro da Defesa posso lhe assegurar que o que estamos fazendo é do absoluto interesse da nação e não há com o que se preocupar – manifestou o general Amon, tentando acalmar Stabler.

– Seja como for, ministro Maya, peço que comece a procurar um substituto. Eu gostaria de deixar o cargo nos próximos trinta dias – retrucou Stabler.

– Tudo bem, Stabler. Vamos ver isso com calma. Primeiro, faça um *follow-up* e me informe assim que receber o registro do relatório do auditor Albertin na Agência Internacional. Quando esse assunto estiver totalmente resolvido, voltaremos a conversar sobre sua demissão – prometeu o ministro Maya, sem muita convicção.

– Então, terminamos por hoje? – perguntou o general Amon.

– Sim, terminamos – confirmou Maya.

O ministro Stabler pegou a caixa de madeira com o revólver que havia ganhado de presente e tentou acomodar em sua pasta, mas o general Amon o interrompeu:

– Desculpe, ministro. Dei-me conta agora de que os documentos de registro ainda não ficaram prontos. Por uma questão de segurança, acho mais prudente eu ficar com ele por enquanto e, assim que eu receber os documentos, envio para o senhor juntamente com o revólver.

– Está bem, general. Como achar melhor – respondeu Stabler, entregando a caixa para o general Amon.

O general pegou a caixa com o revólver e guardou em sua pasta. Despediram-se e foram saindo separadamente do apartamento.

Três dias depois, o ministro Jorge Stabler ligou para o ministro Enrico Maya na Casa Civil:

– Ministro Stabler! Como vai?

– Estou bem, ministro Maya. Estou ligando para informar que recebi a cópia do relatório do auditor Albertin, com o protocolo de arquivamento na Agência Internacional de Energia Atômica, em Viena. Está tudo conforme foi combinado.

– Ótimo, ministro Stabler. É bom saber que esse assunto está encerrado.

– Gostaria de marcar com o senhor para definir minha situação.

– Nos próximos dias estou atarefado, mas na semana que vem voltaremos a conversar sobre seu caso.

– Está bem, ministro Maya. Fico no aguardo. Obrigado.

Em seguida, o ministro Maya ligou para o general Hector Amon:

– Olá, general. Como vai?

– Tudo bem, ministro. O que posso fazer pelo senhor?

– O relatório do auditor já foi entregue na Agência Internacional e está conforme combinado. Podemos dar andamento à solução definitiva do problema – explicou o ministro.

– Certo, ministro. Vou tomar as providências – respondeu o general.

• • •

No dia seguinte, no final do expediente de trabalho, o auditor João Carlos Albertin deixou sua sala no prédio onde estava a Agência Internacional de Energia Atômica, na Capital Federal. Desceu pelo elevador e chegou até a garagem onde seu carro estava estacionado.

Entrou no carro, deu partida no motor e dirigiu buscando a saída. Usou seu cartão para abrir a cancela e ganhar a rua, seguindo em direção ao apartamento onde morava.

Quando saiu da região mais movimentada, Albertin teve uma enorme surpresa ao ver surgir no banco de trás um homem, que apontou uma arma para sua cabeça, ordenando que seguisse o caminho que iria indicar.

[14]

ALGUNS MESES ANTES – PARTE 8

Enrico Maya folheou a agenda sobre a mesa e conseguiu um encaixe em seus compromissos para atender Max Schelman, presidente da Siderúrgica Nacional.

– Está bem, presidente. Pode vir na próxima quarta-feira, às dezessete horas. Acho que não adianta adiar essa conversa.

– Ok, ministro. Estarei aí. Obrigado.

Na quarta-feira, na hora marcada, Schelman entrou pela sala da recepção do Ministério da Casa Civil e foi imediatamente atendido pela secretária, que pediu para ele aguardar alguns minutos, pois o ministro iria atendê-lo logo em seguida.

O telefone tocou e a secretária atendeu.

– Senhor Schelman, por favor, pode entrar que o ministro já vai atendê-lo.

– Presidente Schelman! Como vai? Prazer em revê-lo.

– Estou bem, obrigado, ministro. Mas preciso da sua ajuda.

– Mas em que posso ajudá-lo, Schelman? – questionou o ministro Maya, tentando parecer surpreso.

Max Schelman relatou tudo o que havia descoberto sobre os pagamentos que estavam sendo feitos à Steel Corporation. E que tinha recebido informações de Juarez Donavan, presidente do Conselho, dando conta de que aquela era uma decisão do alto escalão do Governo Federal.

– Por isso preciso do seu apoio, ministro.

– Mas para que exatamente precisa do meu apoio? – perguntou Maya, fazendo-se de desentendido.

– Para cancelar o contrato com a Steel Corporation.

Enrico Maya se empertigou na poltrona. Coçou a cabeça, passou a mão sobre a testa e não sabia bem o que dizer, coisa que raramente acontecia.

– Mas então, ministro, o que tem a dizer? – insistiu Schelman.

– Meu caro Schelman, não imaginei que tomaria conhecimento dessa operação tão rapidamente. Mas, de qualquer forma, sinto muito, eu não posso fazer nada... Não podemos mexer nesse contrato.

– Mas o que está me dizendo, ministro? Eu lhe informo sobre um esquema de desvio de dinheiro na Siderúrgica Nacional, e responde que não pode fazer nada? Não foi isso que combinamos quando me ofereceu a presidência.

– Ora, Schelman... Esse contrato já foi aprovado pela diretoria e pelos membros do Conselho. Não posso fazer nada para mudar. Estou pronto para apoiá-lo em qualquer outra situação, menos nessa.

– Mas, ministro, esse contrato está produzindo um prejuízo de quase dois bilhões de dólares por ano. Não podemos mantê-lo. Assim nunca conseguirei tornar a empresa lucrativa.

– Terá que encontrar outra forma de melhorar a performance da empresa. Esse contrato não pode ser cancelado, nem mesmo alterado – insistiu Maya.

– Temos que fazer alguma coisa, ministro. O senhor não está honrando a promessa que me fez.

– Esqueça esse assunto, Schelman. Cumpra o contrato firmado. É a única coisa que eu posso lhe recomendar fazer. Por favor, não insista.

– Mas essa decisão é contrária aos interesses da empresa. O senhor prometeu que me daria autonomia e total suporte para resgatar a rentabilidade da Siderúrgica Nacional. Isso não será possível se essa roubalheira continuar... Acredito que entende claramente que esse é um caso de corrupção e desvio de dinheiro público.

– Não seja tão dramático, meu caro. Infelizmente, como dizia Maquiavel, os fins justificam os meios. Não podemos alterar os acordos firmados. Eles garantem o apoio do Congresso ao nosso governo.

– Está me dizendo que esse dinheiro alimenta os partidos que apoiam o governo? É isso mesmo?

– É mais ou menos isso. Ora, você não é ingênuo. Deve saber como as coisas funcionam na política.

– Não, ministro. Eu nunca imaginei que o nível de corrupção na política chegasse a esse ponto.

– Isso é produto da nossa podre democracia e não há como mudar. Pelo menos por enquanto.

– Me desculpe, ministro, mas isso não é produto da democracia. É produto da negação dos princípios democráticos e da ambição desmedida de quem está no poder e quer impor seus desejos a qualquer custo.

– Pense como quiser, Schelman, mas não há o que fazer.

– Mas isso não pode continuar, ministro. O que pensaria o presidente Inácio Cárdenas sobre uma coisa dessas? – ainda insistiu Max.

– Ele diria exatamente a mesma coisa que estou lhe dizendo agora, então, vou repetir: deixe como está. Não há o que fazer – reafirmou o ministro, irritado.

– Bem, ministro, da forma como falou, presumo que não só o senhor, mas também o presidente Cárdenas é conivente com essa situação. Assim, não há outra forma de resolver isso; terei que declinar da posição de presidente da Siderúrgica Nacional.

O ministro já contava com essa possibilidade. Levantou-se da cadeira, andou pela sala passando várias vezes a mão pela cabeça. Seu semblante estava tenso e ele sabia que tinha uma situação difícil para resolver.

– Sr. Schelman, como já lhe expliquei, esse sistema sustenta nossas alianças que garantem maioria no Congresso. Nós dependemos dele para governar e cumprir os planos que temos para o país.

Eu tenho que dizer que é muito importante que permaneça na presidência da Siderúrgica Nacional. O senhor tem uma ótima imagem e enorme reputação no mundo empresarial – prosseguiu Maya –, e nós precisamos da sua presença para dar credibilidade à administração da siderúrgica. Se insistir em sair, não terei alternativa, serei forçado a usar as armas que tenho – concluiu o ministro, olhando firme para Max, num tom ameaçador.

– Mas do que está falando, ministro? Não estou entendendo sua ameaça.

O ministro continuou andando relutante pela sala, de novo passando a mão pela cabeça. Pensou: *Não posso permitir que ele deixe a empresa, não agora*.

Decidiu usar a carta que tinha guardada na manga. Seria uma situação uma tanto dramática, mas ele precisava manter na presidência alguém com a reputação de Max Edward Schelman.

Enrico Maya pegou seu laptop, abriu um arquivo protegido por senha e mostrou as imagens que reproduziam o encontro de Max Schelman com Elizabeth Cardenalli no Hotel Danúbio Palace.

Schelman ficou perplexo com o que viu. Seu sangue ferveu nas veias e o rosto ficou vermelho, mas logo todo o sangue se esvaiu e ficou pálido como uma estátua de cera. Os olhos estavam arregalados, as sobrancelhas arqueadas. Estava estático, parecendo congelado, e não sabia o que dizer. Fez um enorme esforço para se acalmar.

– Ministro, isso é uma criminosa invasão de privacidade! Vocês não podiam ter feito uma coisa dessas! – reclamou Schelman, com a voz, ao mesmo tempo, feroz e embargada.

– Sinto muito, Schelman. Mas precisamos que fique na presidência da Siderúrgica. E, se insistir em sair, seremos forçados a divulgar essas imagens e informar que foi demitido por conduta incompatível com as exigências morais e éticas do nosso governo. Acho que isso não vai ser nada bom para seus negócios, tampouco para sua esposa senadora. – Exigências morais e éticas do seu governo? Isso só pode ser uma piada de mau gosto!

Max Schelman estava atordoado. Nunca tinha imaginado cair em uma armadilha como aquela. Era inacreditável que estivesse sendo chantageado pelo mais importante ministro do Governo Federal. Mas por que ele estava fazendo isso?

A pergunta desanuviou seu raciocínio e de uma só vez entendeu que tinha caído em uma armadilha. Agora fazia sentido. Tudo havia sido metodicamente planejado. A realidade explodiu como um torpedo em seu cérebro.

Desde o início, Enrico Maya queria alguém com credibilidade no mercado para assumir a empresa e eliminar a pressão que o governo vinha sofrendo. Por isso Schelman tinha sido escolhido.

Com sua nomeação, a imprensa e os partidos de oposição recolheram as armas, e o governo ganhou tempo para respirar.

É claro que Maya sabia que Schelman logo encontraria os desvios de dinheiro na Siderúrgica Nacional. Por isso armou o encontro com Elizabeth, para produzir o vídeo da chantagem. Ele seria obrigado a ficar, para não liquidar com sua imagem e a da esposa senadora.

Um plano maquiavélico.

Completamente desorientado com aquela repugnante conclusão, Max não sabia o que fazer para salvar sua reputação. Pensar no desastre que aquilo seria para a carreira política da sua esposa o deixava ainda mais angustiado.

– Isso é um completo absurdo, ministro. O que está fazendo é um crime… Uma chantagem desonesta e covarde. De uma forma ou de outra minha reputação estará arruinada. Ficar na empresa também será uma mancha na minha carreira. Mais cedo ou mais tarde, essa roubalheira virá à tona – respondeu Schelman, cada vez mais aflito e nervoso.

– Calma, Schelman. Isso não vai acontecer. Está tudo sob o mais absoluto controle e precisamos que fique na presidência da

Siderúrgica por mais algum tempo. Não se preocupe, será por pouco tempo. Logo teremos uma grande mudança política no país e não teremos nenhuma dificuldade em aceitar sua demissão. Mas isso não pode acontecer neste momento. Seria muito ruim para a imagem do governo e iria despertar suspeitas que queremos evitar a qualquer custo – exigiu com calma o ministro, como se não estivesse dando nenhuma importância para o terrível inferno emocional que Max Schelman vivia naquele momento.

Max desviou o olhar para a grande janela de vidro e fixou o infinito, buscando alguma ajuda que não sabia ao certo de onde poderia vir. Em poucos segundos, toda a sua trajetória de vida passou na frente dos seus olhos, como um filme reproduzido em uma tela de cinema.

Relembrou todo o esforço que havia feito para multiplicar os negócios que herdara do pai. Os duros anos de trabalho até ser reconhecido como eficiente administrador no mundo empresarial, e não apenas um jovem playboy que tinha recebido tudo pronto.

Sentia que o mundo estava desabando à sua volta e tudo o que construíra estava se desmanchando. Pensou na esposa, que sempre tivera um comportamento exemplar e era admirada pelos eleitores. Se Maya cumprisse a ameaça, ela seria fatalmente atingida; os eleitores não iriam perdoá-la por conviver com um marido adúltero e execrado publicamente. E, talvez, ela não o perdoaria desta vez. Além de toda a desgraça que se abateria sobre ele, perderia também a mulher da sua vida.

Max sabia que ele mesmo era o culpado da situação pela qual passava. Seu ego exacerbado o deixara cego, sem conseguir avaliar os riscos que corria. Fora muita ingenuidade ter confiado em um político como o ministro Enrico Maya.

Mas não havia mais o que discutir. Maya era um canalha, um rato disfarçado de homem, que só enxergava o próprio interesse. Apesar de toda a angústia e revolta que sentia, Max tentou se acalmar e recuperar o controle das suas emoções. Voltou a olhar fixamente para o ministro.

– Espero que esse tempo passe rápido, ministro – respondeu Schelman, fulminando Enrico Maya com os olhos e exalando tanto ódio que fez o ministro se recostar na poltrona para se afastar um pouco da mesa.

Max Edward Schelman levantou-se e saiu da sala sem se despedir.

[15]

ALGUNS MESES ANTES – PARTE 9

O homem era rude e esfregava o cano frio da pistola na nuca do auditor João Carlos Albertin. Provavelmente, para ele não esquecer quem estava no comando e que não deveria tentar nenhuma reação estúpida.

– Quero apenas o carro. Faça o que eu digo e não vai se machucar – mentia descaradamente o homem.

Entraram em uma rua lateral e na esquina da primeira quadra o homem ordenou que ele estacionasse e saísse do carro. Um segundo homem já esperava. Aproximou-se e golpeou Albertin na cabeça, que perdeu os sentidos. Ele amarrou seus braços nas costas, colocou uma mordaça e o jogou dentro do porta-malas, como se fosse um fardo de feno.

Os dois homens entraram rapidamente no carro e seguiram em direção ao norte. Rodaram alguns quilômetros pela rodovia e entraram em uma estrada sem asfalto, coberta de cascalhos escorregadios.

O auditor recuperou a consciência com uma dor de cabeça insuportável. Estava amarrado e amordaçado no apertado porta-malas. Tudo escuro, a cabeça doía ainda mais com os solavancos do carro.

Para onde estão me levando? Quem são esses homens e o que querem de mim? Havia muitas dúvidas na cabeça do assustado Albertin.

Transitavam na estreita estrada de cascalho, embrenhando-se cada vez mais em uma área totalmente desabitada e cercada de árvores. Após alguns quilômetros, o carro parou diante de uma cabana que parecia abandonada, no meio de uma sinistra floresta.

Já estava escuro quando chegou outro carro com dois homens dentro. Parou ao lado, e todos desceram e retiraram Albertin do porta-malas, ainda um pouco atordoado. Um deles apontou a arma para a cabeça do auditor, ordenando que ele se movesse em direção à cabana.

Eles entraram e um dos homens acendeu um lampião a gás que estava pendurado em uma cantoneira fixada na parede. A cabana tinha alguns móveis velhos e empoeirados, mas o que chamava atenção era uma enorme e robusta mesa de madeira, com correntes e braçadeiras de ferro fixadas nas quatro pontas, parecendo claramente uma mesa de tortura. Isso assustou ainda mais o apavorado auditor.

Os quatro homens seguraram Albertin e o colocaram de costas na mesa, preso por braços e pernas. Um deles se aproximou e num movimento rápido tirou a mordaça grudada na boca do auditor, que teve a impressão de que seus dentes tinham saído junto. Chegou bem perto do ouvido do prisioneiro e disse com voz sarcástica:

– Meu caro João Carlos Albertin, o roteiro que vamos seguir está em suas mãos. Você está de posse de uma coisa que não lhe pertence, que foi conseguida à custa de chantagem e terá que devolver.

– Eu não sei do que está falando – respondeu o auditor, assustado.

– Sabe sim – afirmou o homem. – E, se não me disser onde está o que eu quero de volta, vou começar a fazer aquilo que faço melhor.

– Eu não tenho nada para lhe dizer. Não sei do que está falando – repetiu o auditor desesperado.

– Olhe para mim, seu mentiroso.

O homem segurou firme o queixo do auditor, virando seu rosto até que os olhares de ambos se encontraram. Quando fixou seu olhar nos olhos do estranho, o auditor entrou em pânico. Parecia que tinha deparado com os olhos do próprio demônio.

– Muito bem... Então, vou lhe explicar como vai ser – disse o terrível homem. – Costumo ser muito compreensivo, mas quando me irritam sou o diabo em pessoa. Vou judiar de você até conseguir o que quero. Eu vou começar arrancando suas unhas dos pés. Depois, arranco as unhas das mãos. Em seguida, vou cortar seus órgãos genitais e, se você ainda estiver vivo, vou queimar seus olhos com um maçarico – explicou Ricco Cameron.

– Você é um louco! Por que me faria uma coisa dessas? – perguntou Albertin, ainda mais desesperado e com o semblante tomado pelo medo.

Ricco Cameron aparentava ter em torno de 35 anos. Era alto e forte, pele clara, olhos acinzentados e sem um único pelo no corpo. Estava permanentemente carrancudo, falava pouco, com voz pausada e imperativa. Tinha um ar superior, e a arrogância estava sempre estampada em seu rosto. Era uma figura enigmática e assustadora.

– Se você não se lembra, então vou refrescar sua memória. Você está com um milhão de dólares que não lhe pertence. Se você quer voltar para casa, basta falar onde guardou esse dinheiro e prometer que não vai mais criar problemas. É só isso que eu quero – falou Cameron.

– Como posso ter certeza de que vocês vão me libertar? – perguntou Albertin, cada vez mais apavorado e agora tremendo de frio ou de medo.

– Posso lhe dar a minha palavra de honra que eu não lhe farei nenhum mal – respondeu Cameron, olhando cinicamente para seus três parceiros, que assistiam.

– O senhor dá sua palavra de honra? – perguntou novamente o auditor.

– É claro, Albertin. Pode confiar. Dou minha palavra – respondeu Cameron.

– Eu não tenho mais todo o dinheiro. Usei cem mil dólares para pagar as pensões que eu tinha em atraso com minha ex-mulher e para quitar dívidas que eu tinha com um agiota – disse o auditor.

– Está bem. Vamos aceitar os novecentos mil dólares de volta e ficará devendo cem mil, para pagar assim que puder. Mas me fale: onde está o dinheiro? – perguntou Cameron.

– Está em meu apartamento, em um fundo falso na gaveta do armário do *closet* – respondeu o auditor, parecendo mais aliviado por ter atendido o que Cameron queria.

– Em qual gaveta? – perguntou Cameron.

– É a última, mais perto do piso. É só retirar a gaveta e dá para ver o fundo falso.

– Muito bem. Então, me diga onde estão as chaves do apartamento e o cartão de acesso à garagem – indagou Cameron.

– Estão no porta-luvas do meu carro.

– Tem mais alguém que mora no seu apartamento? – perguntou ainda Cameron.

– Não. Eu moro sozinho depois que me separei, e meu único filho mora em San José, na Província do Nordeste.

Os homens já sabiam onde Albertin morava, e dois deles saíram para buscar o dinheiro.

No dia seguinte, os noticiários do rádio e da TV anunciaram que haviam encontrado o corpo de João Carlos Albertin, auditor da Agência Internacional de Energia Atômica, ao lado do seu carro, em uma estrada deserta, com um tiro na cabeça.

O noticiário informava que a polícia tinha começado as investigações e os primeiros indícios mostravam que havia sido um latrocínio.

Especulavam que o auditor pudesse ter sido abordado ao parar para trocar um pneu furado e tudo o que ele tinha de valor havia sido levado. Mas estranharam que estivesse em uma estrada deserta que era pouquíssimo utilizada.

As autoridades informaram que as investigações iriam continuar até encontrarem todas as respostas e os responsáveis pelo crime.

[16]

ALGUNS MESES ANTES – PARTE 10

O ministro Jorge Stabler ligou desesperado para o ministro Enrico Maya:

– Viu o noticiário, ministro?

– Claro que sim, Stabler. Qual é o problema?

– Mataram o auditor! Isso foi longe demais e quero deixar o Ministério imediatamente.

– Fique calmo, Stabler. Deve ter sido um assalto, como a polícia mesmo está dizendo. Venha aqui em meu gabinete amanhã, no final do dia, que conversaremos com mais calma – pediu Maya.

– Está bem, ministro. Estarei aí amanhã e espero que me libere o mais rápido possível.

•••

No dia seguinte, o ministro Jorge Stabler entrou no gabinete do ministro da Casa Civil Enrico Maya, conduzido pela secretária.

– Boa tarde, ministro Maya.

– Boa tarde, Stabler. Acomode-se – cumprimentou Maya, indicando a poltrona para Stabler sentar-se.

– Como já falamos, ministro Maya, aqui está minha carta de demissão assinada. Espero que fale com o presidente e me libere o mais rápido possível – pediu Stabler, entregando a carta de demissão ao ministro Enrico Maya.

Enrico Maya pegou a carta e, sem nem mesmo ler, rasgou-a vagarosamente e passou os pedaços em um cortador de papel. Em seguida, jogou tudo no lixo ao lado da mesa, sob o olhar do espantado Stabler.

– Não estou entendendo. O senhor prometeu que aceitaria minha demissão logo após resolver o problema com o auditor.

– Não pode sair agora, Stabler. Traria dificuldades para a imagem do governo e não temos ninguém com o perfil adequado para substituí-lo, por isso precisamos que fique mais um tempo.

– Desculpe, ministro, mas não posso continuar. Insisto para ser liberado o mais rápido possível.

Maya levantou-se, circulou pela sala e voltou para a mesa. Ligou seu laptop, introduziu a senha e abriu um arquivo com imagens de Stabler entregando dinheiro para o auditor João Carlos Albertin.

– Mas o que é isso? Como pôde ter sido gravado? – perguntou Stabler, surpreso e assustado com o que via.

– Mas não é só isso. – Maya abriu uma gaveta e colocou sobre a mesa um revólver dentro de um saco plástico. – Lembra-se dessa arma? É a arma que matou o auditor Albertin, e ela contém suas digitais.

– Mas como é possível, ministro? Eu não matei ninguém!

– Ora, Stabler! É claro que eu sei que você não matou ninguém. Lembra-se quando o general Amon lhe deu a arma para segurar? Naquele dia você plantou suas digitais nela.

Perplexo, o ministro Stabler desabou na cadeira. Sentiu um formigamento no corpo e, pálido, suava frio, como se fosse perder os sentidos. Não sabia o que dizer. Estava completamente atordoado.

Enrico Maya pegou um copo com água e o ofereceu para Stabler.

– Vamos, Stabler. Beba um pouco de água e se acalme. Não há motivo para preocupações.

– Como não, ministro? Eu sempre fui um colaborador leal e estive sempre ao lado do partido em tudo. Como vocês podem fazer uma coisa dessas comigo?

– Ora, você sabe que temos que fazer o que for preciso para atingir nossos objetivos. Não seja tão sensível. Queremos apenas que você continue fazendo seu trabalho por mais algum tempo. Quando ocorrerem as alterações políticas que estamos planejando, aceitaremos sua renúncia – respondeu Enrico Maya, com a arrogância de sempre.

– Vocês teriam coragem de divulgar essas imagens e me acusar de ter matado o auditor? – perguntou Stabler, ainda na esperança de superar a situação.

– Eu vou ser ainda mais direto, Stabler. Você tem medo de morrer?

– Que pergunta absurda, ministro!

– Se insistir em deixar o Ministério, é isso que vai acontecer. Será eliminado e montaremos uma versão de suicídio, diante das denúncias de corrupção e do assassinato do auditor Albertin. Mas, se ficar, você não terá com o que se preocupar – explicou Maya, olhando Stabler nos olhos, com semblante sério e ameaçador.

– Meu Deus! Nunca pensei que vocês pudessem chegar a esse ponto! Estão completamente loucos! Isso tudo certamente não ficará impune. Mais cedo ou mais tarde virá à tona e todos nós sofreremos as consequências – reagiu Stabler com convicção, recuperando sua serenidade habitual.

– Não, Stabler. Isso nunca será descoberto. Logo concluiremos nossos planos e ninguém mais poderá se opor ao projeto que temos para o país – respondeu Maya com confiança.

Enrico Maya estava delirando. Sua ambição o impedia de enxergar a gravidade e as consequências dos seus atos.

Stabler sabia que não adiantaria argumentar com o ministro. Estava preso em uma armadilha minuciosamente preparada. Não lhe restava alternativa, a não ser continuar. Levantou-se e saiu da sala.

[17]

Samuel Blummer recobrou a consciência. Estava imóvel, deitado em uma cama grande e confortável. Olhou em volta no espaçoso quarto que lhe parecia familiar, mas não se lembrou de já ter estado lá antes.

Olhou pelo amplo vão horizontal na parede, fechado com vidro transparente em toda a extensão do aposento, que permitia uma completa visão do lado de fora. Parecia uma noite clara, repleta de estrelas e iluminada pelo reflexo da lua, mas tinha uma tonalidade azulada.

No quarto, não havia nenhuma iluminação artificial; mesmo assim, tudo era muito claro, e os objetos à sua volta pareciam ter luz própria, natural e brilhante.

Instintivamente, levou a mão sobre o ferimento provocado pela bala em sua cabeça, mas não encontrou nada. Ergueu o corpo e sentou-se na beira da cama. Não sentia nenhuma dor e estava em perfeita condição física. *Que lugar é este? Será que estou morto?*, pensou.

No mesmo instante em que ficou em pé, a porta se abriu à sua frente e uma figura magnífica entrou pelo quarto. Um homem forte e atlético, com mais de dois metros de altura. Ele vestia uma túnica azul, com mangas compridas, toda trabalhada com bordados em ouro e que o cobria do pescoço aos pés. De uma abertura nas costas saíam duas asas enormes cobertas por uma penugem de um branco reluzente. Pareciam afiadas como a lâmina de uma espada.

Seus olhos tinham uma cor indefinida; variava dependendo do reflexo da luminosidade dos objetos que resplandeciam no quarto. Encarou Blummer, e seu rosto tinha uma serenidade indescritível.

– Seja bem-vindo à casa, Haamiah – disse o ser celestial.

– Quem é você? Que lugar é esse?

– Eu sou Camael, líder dos Guardiões da Terra. Você logo se lembrará de quem é e de tudo à sua volta.

– Não me lembro de você. Por certo eu não me esqueceria da sua aparência.

– Não tenha pressa, Haamiah. Logo se lembrará de tudo.

– Eu não me chamo Haamiah, meu nome é Samuel Blummer.

– Tenha calma! Você está em casa, Haamiah. No quartel-general dos Guardiões da Terra, e você é um de nós – respondeu Camael.

– Eu investigava o sequestro de Eliza. Alguns minutos atrás fui baleado e deveria estar morto – explicou Blummer. – E agora estou muito preocupado com o que possa estar acontecendo com ela. Eu deveria estar lá para procurá-la.

– O seu corpo físico na Terra está momentaneamente em um sono profundo. Tivemos que trazê-lo para prepará-lo para sua missão, e logo você poderá voltar para terminar o que começou. Mas agora venha comigo que temos um trabalho a fazer – ordenou Camael.

Quando se levantou, Blummer percebeu que estava muito mais alto do que era. Vestia uma túnica branca longa e percebeu que não usava sapatos. Seus pés não tocavam o chão, e seu corpo deslizava como se flutuasse.

Ambos saíram do quarto e, quando fechou a porta, Blummer leu a placa que estava fixada – Haamiah. E, quando se virou para seguir Camael ficou absolutamente surpreso com o que viu. Alguma coisa em seu íntimo dizia que ele já tinha estado naquele lugar antes.

Estavam em um enorme salão retangular, cuja extensão não conseguiu dimensionar. O mesmo fazia uma curva à esquerda, impedindo de se enxergar onde terminava. Não havia um único pilar, apenas uma larga rampa no centro, que ligava os andares acima e abaixo de onde estavam. Contou muitas portas, quase todas com um nome gravado.

Todos os andares estavam cercados por janelas de vidro transparente de um extremo a outro, de onde se avistavam as estrelas, os planetas e toda a imensidão do universo. O prédio estava construído como se estivesse abraçando o topo de uma montanha com mais de oito mil metros de altitude.

• • •

Estavam na quarta dimensão, no entorno da Terra, onde se reproduzia toda a magnífica natureza do planeta. Tudo perfeito, colorido e bem cuidado, como se o próprio Criador estivesse permanentemente mantendo na mais perfeita ordem.

O dia e a noite seguiam o mesmo ciclo de tempo da Terra, mas a temperatura era sempre agradável. Não havia chuvas nem tempestades, apenas uma constante e suave brisa, quase imperceptível.

• • •

Camael subia as rampas, e Blummer o seguia sem fazer perguntas. Moviam-se muito mais rápido que qualquer ser humano.

Em um dos andares, Blummer viveu uma nova surpresa. Havia um imenso gramado verde, com canteiros de plantas e flores coloridas espalhadas por todo lado.

Centenas de seres celestiais, vestindo o mesmo tipo de túnica, estavam reunidos em diversos agrupamentos, cada um fazendo uma atividade diferente. Alguns praticavam esgrima, outros faziam exercícios de lutas marciais, pintavam quadros ou liam escrituras. Alguns atiravam flechas em um alvo fixo, ouviam música ou simplesmente meditavam, contemplando o universo. Blummer não se conteve:

– Quem são eles e por que estão aqui, Camael?

– São todos Anjos Celestiais, candidatos a guardiões. Estão aqui para estudar e aprender até atingirem o nível desejado e serem aceitos, quando então passarão a cumprir missões na Terra ou em algum outro ponto do universo – respondeu Camael, sem interromper seus movimentos, tomando a rampa em direção ao andar seguinte.

O andar seguinte era o último, e o que Blummer encontrou foi ainda mais surpreendente. Um cenário magnífico, que nunca poderia imaginar. Novamente surgiu aquela sensação de que tudo lhe era familiar.

O salão tinha as mesmas dimensões dos outros e recebia o nome em latim: "Paradiso Dei", o "Jardim de Deus". O teto era uma espetacular reprodução do universo e suas galáxias, inclusive dos movimentos dos planetas, seus satélites, estrelas, cometas e tudo o mais.

No piso havia jardins com as mais variadas plantas e árvores, que chegavam a quarenta metros de altura. Caminhos de pedras simetricamente alinhadas formavam um mosaico e entremeavam os jardins. Diversos espelhos d'água e bancos confortáveis completavam o cenário. Os mais variados tipos de animais e aves se movimentavam livremente. Era uma verdadeira reprodução do paraíso.

Camael se movia flutuando sobre os tortuosos caminhos que cortavam o jardim, e Blummer o seguia sem mais perguntas. Apenas olhava em volta, tentando entender onde estava. Pararam em frente aos degraus de acesso a um lago, na extremidade do salão.

No centro do lago erguia-se uma pedra que continha, entalhado na parte mais alta, um ponto envolvido por um círculo. Isso chamou a atenção de Blummer.

– Camael, eu acho que conheço esse desenho que está no topo da pedra, mas não me lembro do que significa.

– É o circumponto, o símbolo universal de Deus. O olho do Criador que tudo vê. É também o símbolo-guia dos guardiões do universo – respondeu Camael, explicando em seguida: – Haamiah! A água é o elemento natural através do qual os Anjos Guardiões revigoram suas energias, e esta é também a fonte que restaura a memória de todos os guardiões quando retornam ao quartel-general, após se separar do corpo físico que ocupavam. Chegou a hora de resgatar as suas.

Então, ele ordenou:

– Entre no lago e deixe a água cobri-lo totalmente. Só volte depois que sua restauração tiver se completado.

Blummer não contestou. Parecia que já tinha feito antes o mesmo procedimento. Desceu os degraus e foi afundando na água, até que seu corpo ficou totalmente submerso.

Subitamente, uma névoa azul envolveu o lago e todo seu entorno. As águas começaram a borbulhar, como se estivessem aumentando de temperatura. Camael observava impassível, e Blummer ficou imerso no lago por quase uma hora, até que, finalmente, apareceu, subindo as escadas de volta à margem.

Samuel Blummer não sabe, mas divide seu corpo humano com um Anjo Celestial, da casta dos guardiões do universo. Durante o tempo em que ficou submerso no lago da memória, restaurou todos os poderes que desenvolveu como guardião e reincorporou os conhecimentos acumulados ao longo de milhares de anos de existência.

Na dimensão celestial é chamado simplesmente de Haamiah, um dos mais graduados entre os Anjos Guardiões. Ele recebeu como missão servir no quartel-general dos Guardiões da Terra.

Os Anjos Guardiões são uma casta criada por Deus para proteger o universo. Estão espalhados em quartéis-generais nas diversas dimensões que envolvem os planetas, estes abrigando as mais diferentes formas e níveis existenciais da vida.

São alados como todos os anjos, mas aqueles que servem na quarta dimensão, no entorno do planeta Terra, exceto pelo líder Camael, recolheram suas asas naturais porque não precisam delas para se deslocar. As asas ficam camufladas no interior do corpo celestial e podem ser restauradas a qualquer momento, caso sejam necessárias em alguma missão.

Haamiah encontrou Camael em pé, logo à sua frente. Num gesto instintivo, dobrou a perna esquerda, firmando o joelho no chão e se apoiou com as duas mãos sobre a perna direita, abaixando a cabeça em sinal de reverência ao seu amado líder, cumprimento tradicional dos guardiões aos superiores.

– Saudações, príncipe Camael, líder dos Guardiões da Terra.

– Saudações, nobre guardião Haamiah. É bom ter você novamente entre nós. Levante-se, amigo, e venha comigo. Temos muito o que fazer – pediu Camael.

[18]

Haamiah levantou-se e seguiu Camael, que se dirigiu ao outro extremo do grande salão, até chegarem em frente a outro lago, diferente do primeiro.

Havia uma passarela que ligava a margem ao centro do lago, onde se via uma tenda flutuando sobre as águas. Era muito parecida com as que foram usadas pelo Exército de Roma na época em que expandiram seu império pelo Oriente Médio.

– Muito bem, Haamiah. Você tem uma importante missão para cumprir na Terra e vai receber as instruções diretamente do príncipe Mikael, o enviado do Altíssimo.

Mikael era o mais conhecido e respeitado mensageiro do Criador do Universo. Ele transmitia as instruções enviadas por Deus. Receber instruções diretamente dele era uma grande honra, mas também significava uma grande responsabilidade.

– Entre na tenda. Mikael está à sua espera – ordenou Camael.

Haamiah, o Anjo Guardião, obedeceu e entrou vagarosamente na tenda. Logo avistou Mikael, que estava ajoelhado sobre a perna esquerda, as mãos apoiadas na perna direita dobrada, compenetrado em orações.

Mikael era muito mais alto que todos os guardiões. Tinha cabelos negros compridos até os ombros e presos com uma tiara prateada cravejada de diamantes; pele morena clara, olhos cinza-claro, e vestia uma túnica branca muito elegante, mas sem nenhum detalhe especial. Uma luz azulada envolvia todo o seu corpo. Suas asas tinham uma cor prateada e brilhavam como uma lâmpada incandescente. Era um ser estupendo, uma das mais perfeitas criações de Deus.

Haamiah se dobrou no centro da tenda, no tradicional cumprimento dos guardiões. Esperou Mikael levantar-se e virar-se para ele, para então cumprimentá-lo:

– Saudações, nobre príncipe Mikael.

– Saudações, nobre guardião Haamiah.

– Estou aqui para receber e cumprir suas instruções Mikael.

– Ótimo, Haamiah. Mas se levante e sente-se aqui ao lado. Vamos conversar um pouco – ordenou Mikael, mostrando uma confortável poltrona.

Mikael preparou duas xícaras de chá. Entregou uma para Haamiah, que agradeceu.

– Obrigado, Mikael. É uma honra compartilhar o chá com você.

– É uma honra para mim também, Haamiah. Conheço todos os seus feitos e sei que você é um dos escolhidos do Criador para cumprir as mais importantes missões na Terra.

– Obrigado, Mikael. Estarei sempre pronto a servir o Altíssimo.

– Como você sabe, Haamiah, a Terra é um lugar especial para o Criador. Ele nunca permitiu nenhuma interferência direta dos seres celestiais para não influenciar o curso normal dos acontecimentos. Por isso temos enviado muitos Anjos Guardiões para encarnar nos humanos da Terra. Há anos que os humanos estão em uma trajetória destrutiva e, assim, estaríamos mais bem preparados para conhecer, entender e intervir quando surgisse uma necessidade vital. Agora é um desses momentos. O perigo é muito maior do que pode parecer inicialmente. Existem milhares de humanos – prosseguiu Mikael – que estão correndo sérios riscos se o que está em curso não for imediatamente interrompido.

– Estou pronto. Me dê as instruções do que deve ser feito para eliminar o perigo, que as cumprirei à risca – respondeu Haamiah.

– Desta vez a situação é um pouco mais complexa, Haamiah. Não basta apenas eliminar o mal que está em curso. Queremos também corrigir um erro do passado que está pendente há muito tempo e tem causado diversos prejuízos à humanidade. Você será o instrumento para corrigir definitivamente esse erro. Por isso – continuou Mikael –, precisamos que você retorne ao seu corpo físico na Terra para cumprir essa tarefa.

– Meu corpo físico terreno está quase sem vida em um hospital.

– Vamos repará-lo para você voltar, Haamiah. E desta vez seus poderes e todos os conhecimentos que você acumulou na sua existência celestial estarão presentes no seu corpo físico humano.

– Sempre achei que isso não era possível. Não é uma violação das regras estabelecidas pelo Criador em relação ao planeta?

– É verdade, Haamiah. Pela segunda vez estamos sendo autorizados a fazer isso, mas com você temos certeza de que não iremos fracassar como da primeira vez.

– Então, isso já aconteceu antes?

– Há cinquenta anos, nós fizemos a primeira experiência e foi um desastre. O Anjo Guardião que recebeu a missão traiu seus votos de servir o Altíssimo e desertou para o lado do mal. Desde então ele vive na Terra, com seus poderes celestiais em um corpo humano.

– Então, terei que combatê-lo?

– Sim, Haamiah. Você terá que encontrá-lo e eliminar o mal que ele espalha por onde passa. Com seus poderes celestiais, você poderá enfrentá-lo, mas também deverá eliminar a terrível ameaça que está em curso e que poderá ceifar milhares de vidas, além de criar um desequilíbrio entre as nações da região.

– Não se preocupe, príncipe Mikael. Eu cumprirei minha tarefa.

– Tenho certeza de que sim, Haamiah. Mas não esqueça: você foi concebido para agir em nome do Criador, e ele lhe concedeu infinitos poderes, mas você não deve usar esses poderes contra os humanos a não ser que seja absolutamente inevitável.

– Sei que estarei iluminado para fazer as escolhas certas e não cometer enganos nas minhas decisões.

– Você terá ajuda nessa missão, Haamiah. Um velho e querido amigo estará ao seu lado. Agora vá, Haamiah. Apresente-se a Camael para ele providenciar seu retorno.

Haamiah curvou-se, fazendo o cumprimento dos guardiões, e Mikael colocou a mão direita sobre seu ombro, como se estivesse transferindo energia para fortalecer o guardião nas duras batalhas que teria pela frente.

– Foi uma honra, príncipe Mikael. – Então levantou-se e saiu da tenda.

Haamiah se recordou de quem era e de tudo o que aprendeu com seus mentores no quartel-general dos Guardiões da Terra. Enquanto deslizava, flutuando pelos jardins, relembrou as centenas de missões que desempenhou em sua existência. Parou para observar o teto que reproduzia o universo, e fixou os olhos na Terra. Estava ansioso para voltar.

Desceu as rampas de um andar a outro, até encontrar Camael, explicando escrituras antigas para um grupo de jovens candidatos a guardiões, que ainda estavam em período de treinamento. Sentou-se em um banco próximo, para observar e esperar Camael terminar o que estava fazendo.

– E então, Haamiah? Está pronto para voltar? – perguntou Camael.

– Sim, Camael. Estou pronto.

– Você tem alguma pergunta?

– Mikael disse que voltarei para meu corpo físico na Terra com a consciência e os meus poderes celestiais. O que acontecerá com a consciência do meu corpo físico terreno?

– As duas consciências coexistirão em uma só e seu corpo físico deverá se adaptar aos poderes do seu ser celestial.

– Isso acontecerá de imediato?

– Vai exigir um pequeno espaço de tempo até seus poderes começarem a fluir naturalmente. Mas, como disse Mikael, não se preocupe que você terá ajuda.

– Quem irá ajudar?

– Na hora certa você saberá.

– E o que acontecerá depois que a missão terminar? – perguntou Haamiah, ainda curioso em viver uma situação que imaginava não ser possível de acontecer.

– Sua consciência celestial será novamente bloqueada e tudo voltará ao normal, Haamiah. Você seguirá encarnado no corpo físico de Samuel Blummer e continuará sua trajetória na Terra, até o final dessa existência terrena, para depois retornar ao quartel-general.

– Algo mais? – perguntou Camael.

– Não. Isso é tudo.

– Então, venha. Vamos à sala do portal – ordenou Camael.

Desceram a rampa até o térreo, onde existe um sem-número de portas. Camael se dirigiu a uma delas. Uma placa indicava "Planeta Terra".

Retirou uma chave do bolso de sua túnica e abriu a porta. Entraram em uma enorme sala, com um grande lago no centro. Duas escadas em lados opostos do lago permitiam acesso a uma plataforma que atravessava o lago de um lado ao outro.

Haamiah já havia estado muitas vezes naquele lugar. Aquela sala abrigava o lago do portal para a dimensão terrena.

Através dos diversos portais que existem nos quartéis-generais, um ser celestial pode se dirigir para qualquer dimensão do universo, desde que esteja autorizado e assessorado por um superior no momento da partida.

Ambos subiram a escada e se dirigiram ao centro da plataforma, onde se despediram:

– Estaremos aqui, transmitindo nossas energias celestiais. Que você seja bem-sucedido em sua missão, Haamiah – desejou Camael.

– Obrigado, Camael. Tenho confiança de que mais uma vez o bem triunfará sobre o mal – respondeu o Anjo Guardião, que em seguida mergulhou no lago.

[19]

Samuel Blummer continuava internado na UTI do Hospital Regional, ainda vivo, mas sem perspectiva de recuperação. Por solicitação de Xavier Martinho, agentes federais se revezavam, guardando a porta da UTI, controlando quem entrava ou saía da sala. Tinham receio de que o assassino pudesse aparecer para terminar o serviço.

Na primeira hora da manhã, havia a troca de turno dos funcionários e médicos do hospital.

Um homem vestido totalmente de branco se apresentou na porta da UTI onde estava Blummer. Era um homem alto e magro, aproximadamente com sessenta anos, pele clara, cabelos e barba branca bem aparados, olhos azuis brilhantes. Usava uma bengala de madeira toda entalhada a mão, com os mais variados símbolos antigos. Ele mostrou o crachá que carregava preso na lapela aos dois homens que guardavam a porta:

– Bom dia, senhores. Sou o Dr. Caliel e vou entrar para ver como está o paciente Samuel Blummer.

Um dos homens olhou fixamente a bengala e fez menção de fazer alguma pergunta, mas desistiu. O agente Elias Nalder conferiu cuidadosamente o crachá. Estranhou o nome impresso, Dr. Caliel Accipiter, e a valise que ele carregava, um pouco maior do que estavam acostumados a ver.

– É a primeira vez que o vejo aqui, doutor. Preciso seguir as normas de controle. Tenho que olhar o que traz na valise – pediu o agente Nalder.

– Não há nenhum problema – respondeu o médico, entregando a valise para o agente.

– Por que carrega essas roupas, doutor?

– Tenho que ter uma troca de reserva, meu rapaz. Com alguns pacientes é comum sujar a roupa durante as consultas.

– Está liberado, doutor. Pode entrar – autorizou o agente Nalder.

– Terei que fazer um detalhado exame no paciente. Seria importante não permitirem a entrada de mais ninguém enquanto eu não sair – pediu o médico.

– Fique tranquilo, doutor. Ninguém vai entrar enquanto não terminar – respondeu o agente Nalder.

O médico entrou na sala de UTI onde estava Samuel Blummer. Ele respirava com ajuda dos aparelhos e estava conectado a diversos monitores de controle. Tinha a cabeça enfaixada, escondendo o ferimento da bala.

O médico parou ao lado da cama, deixou a valise no chão e apoiou a bengala na mesinha lateral, olhando fixamente para Blummer:

– Você já descansou demais, meu caro Haamiah. Está na hora de acordar.

Em seguida, tirou o esparadrapo que fixava a faixa enrolada na cabeça de Blummer e começou a retirá-la. Quando terminou, pôde ver o ferimento no lado esquerdo da testa.

O médico apontou a mão direita em direção ao ferimento. Concentrou-se por alguns segundos e começou a emitir um feixe de luz azulada, que emanava do centro da sua palma para o ferimento. Assim permaneceu por algum tempo.

Então, o sobrenatural aconteceu. A bala que estava alojada na cabeça de Samuel Blummer moveu-se para fora, até apontar no ferimento externo, e continuou se movendo, quando por fim caiu sobre o lençol. O médico continuou a manter a luz azulada sobre o ferimento, até que ele se fechou totalmente, deixando apenas uma sutil cicatriz quase imperceptível. Abaixando-se, aproximou-se do ouvido de Blummer e falou com voz suave:

– Acorde, Haamiah!

Blummer abriu os olhos, deu um longo e profundo suspiro, virou a cabeça e olhou para o médico.

– Caliel! Então, é você que veio me ajudar? – perguntou, sentando-se na cama e retirando os fios que estavam presos ao seu corpo.

Caliel e o guardião Haamiah estiveram juntos em centenas de missões. Desenvolveram uma inabalável confiança mútua e uma fraternal amizade, como se fossem pai e filho.

– Sim, velho amigo, sou eu mesmo. Mais uma vez serei sua babá por algum tempo – respondeu Caliel com um leve sorriso, abaixando-se para pegar a valise, de onde tirou uma troca de roupas, que entregou para Blummer.

– Não são muito elegantes, mas melhor do que andar pelado por aí. – Como sempre, Caliel gostava de exercitar seu permanente bom humor.

Blummer saiu da cama, vestiu rapidamente a roupa e calçou os sapatos que encontrou no armário. Mas ficou imóvel e pensativo por alguns segundos:

– Seria melhor sair sem sermos vistos. Como faremos isso?

– Eu sei, Haamiah, por isso estou aqui. Tenho um pequeno truque que não uso há algum tempo, mas acho que vai funcionar.

Blummer olhou o crachá que Caliel portava e não conteve o comentário:

– Caliel Accipiter! É um sobrenome bem apropriado.

No mundo celestial, um Anjo Guardião tem um sem-número de poderes naturais, mas, quando incorporado a um corpo físico humano, esses poderes não surgem rapidamente. A consciência celestial tem que interagir com as limitações do corpo físico, e isso pode levar algum tempo. Samuel Blummer ainda não estava pronto.

Caliel era também um anjo, da casta dos anjos puros, que têm como principais habilidades influenciar na busca da verdade, eliminar as adversidades, combater os maus e fazer triunfar os inocentes. São dotados de elevada inteligência e infinitos poderes.

São tão sublimes em seus propósitos que Deus não permitiu que tivessem as habilidades de destruição material ou de eliminação de qualquer ser vivo. São imaculadamente puros e os únicos que podem se materializar em qualquer parte do universo sem se utilizar de um corpo físico nativo.

Caliel estava materializado na Terra em seu estado natural e com seus poderes poderia tirar Samuel Blummer do hospital sem ser visto.

– Vou lhe explicar como faremos para sair daqui – expressou Caliel.

– Você deve relaxar – prosseguiu –, ficar inerte e aceitar meus comandos. Vou incorporar seu corpo físico, que passará a ter a minha aparência até estarmos fora deste hospital.

– Está bem. Em alguns segundos estarei pronto – respondeu Blummer, confiando plenamente no velho amigo. Fechou os olhos e iniciou um processo de meditação e relaxamento.

Quando Caliel percebeu que Blummer estava suficientemente relaxado e concentrado, movimentou-se em direção a ele, desmaterializou-se e penetrou em seu corpo, que simultaneamente assumiu a aparência de Caliel. Em seguida, pegou a valise, a bengala e saiu pela porta da sala da UTI.

– Muito bem, senhores. Terminei meu trabalho – disse Caliel aos agentes que guardavam a sala do lado de fora, enquanto fechava a porta às suas costas. – A situação dele é extremamente difícil e certamente não percebe nada do que está acontecendo. De qualquer forma, recomendo evitar visitas pelos próximos trinta minutos – completou Caliel.

– Tudo bem, doutor. Seguiremos suas instruções – respondeu o agente Elias Nalder.

– Até logo e bom trabalho – concluiu Caliel, dirigindo-se ao hall dos elevadores.

Caliel saiu do elevador no hall de entrada do hospital e tomou a direção da saída. Chegando ao lado de fora, atravessou a rua e andou alguns metros até entrar no banco de trás em um carro que o estava esperando.

– Vamos sair logo daqui, Isabella – ordenou Caliel, ao mesmo tempo em que deixava o corpo de Blummer e se materializava, sentando-se ao lado.

Blummer estava em transe e despertou quando Caliel estalou os dedos na frente do seu rosto.

– Ainda não tinha tido essa experiência: três consciências em um único corpo físico – expressou Blummer surpreso.

– Tudo é possível quando agimos em nome do Criador.

– Mas quem é essa linda moça que dirige o carro? – perguntou Blummer, olhando para Isabella.

– Ora, mal acabou de ressuscitar e já está fazendo galanteios a minha assistente! – brincou Caliel, em seguida apresentando a moça. – Esta é Isabella, e ela será de grande ajuda, Haamiah. Quando chegarmos explicarei melhor. Isabella, esse é meu amigo Samuel Blummer, a quem chamo de Haamiah. Ele ficará conosco por algum tempo – explicou Caliel.

Isabella olhou pelo espelho retrovisor e fez apenas um leve movimento com a cabeça.

– Desculpe, Isabella. Não quis ser indelicado – expressou Blummer.

– Não se preocupe com isso. Eu sei que Caliel gosta de brincar.

Isabella era uma mulher madura, de talvez uns 38 anos, não muito alta, mas com um corpo bem modelado e um rosto bonito e delicado. Os olhos castanho-esverdeados lhe proporcionavam uma aparência misteriosa. Os cabelos castanhos eram cortados um pouco acima do ombro, presos com uma tiara da mesma cor dos óculos.

Usava um longo vestido colorido e calçava um par de botas com um salto que a deixava parecer mais alta do que realmente era. A tiara que prendia os cabelos e os óculos com aros pretos lhe davam um ar intelectual, contrastando com as cores extravagantes do vestido.

– E para onde estamos indo? – perguntou Blummer.

– Para o *Accipiter Nidum*, Haamiah... Para casa. Descanse que logo chegaremos.

– Para o Ninho do Falcão! Pelo sobrenome que usou, eu deveria saber – expressou Blummer, sabendo que Caliel não falaria mais do que isso.

Isabella dirigia com desenvoltura, imprimindo alta velocidade ao veículo. Seguiram pela Avenida Marginal Leste, em direção ao norte. Naquela região existiam centenas de prédios comerciais.

Isabella entrou em uma rua estreita e poucos metros depois apontou o carro na entrada da garagem de um deles. Com um aparelho de acesso remoto, abriu o portão automático. Entrou na garagem e estacionou o carro.

Entraram no elevador e subiram diretamente para o andar da cobertura do prédio. Saíram no hall, e Isabella abriu a porta do apartamento.

Blummer esperava encontrar um escritório comercial, mas quando entraram surpreendeu-se com as dimensões e as instalações do imóvel.

O conjunto comercial fora transformado em um apartamento e tomava os dois últimos pavimentos do prédio, com todo o conforto que se possa imaginar: cinco suítes privativas, sala de TV, sala de estar, sala de leitura, sala de jantar, sala de reuniões, escritório, cozinha completa e, no andar de cima, sala de ginástica e um amplo jardim.

Caliel acompanhou Blummer até uma das suítes e pediu para ele se preparar para dormir por algumas horas.

— Caliel, temos muito a fazer. Não posso perder tempo dormindo.

– Você não tem escolha, Haamiah. A sua consciência celestial precisa se fundir com a consciência do seu corpo humano, e esse processo só será possível durante o sono.

Apesar de decepcionado, Blummer concordou e se preparou para dormir, ainda no início da manhã, deitando-se na confortável cama que havia na suíte.

– Muito bem, Haamiah. Relaxe os músculos. Vou ajudar você a dormir – pediu Caliel, colocando a mão direita sobre a cabeça de Blummer.

Blummer obedeceu, fechou os olhos e se concentrou em relaxar os músculos, enquanto Caliel transmitia sobre sua cabeça um facho de luz violeta. Em poucos minutos, Blummer dormia profundamente.

[20]

Aline Martins, chefe das enfermeiras do Hospital Regional, chegou afobada para entrar na sala da UTI onde estava Samuel Blummer. Já era conhecida dos agentes que guardavam a porta e entrou sem maiores formalidades de controle.

– Os monitores da central de enfermagem não indicam qualquer um dos sinais vitais que estamos controlando – disse Aline aos agentes, entrando apressada no quarto. Tomou um susto quando verificou que ele não estava na cama e os fios que o ligavam aos monitores estavam todos pendurados nos aparelhos. Correu de volta à porta para falar com os agentes. – Alguém removeu o agente Samuel Blummer do quarto? – perguntou a enfermeira.

– Não, enfermeira! Ele estava aí até agora mesmo! – falou o agente Elias Nalder, entrando no quarto junto com seu colega.

Ambos ficaram absolutamente surpresos quando confirmaram que Blummer não estava na cama e nem em parte alguma do quarto.

– Isso não é possível! A única saída é por essa porta e por aqui ele não passou. Estamos no 5º andar e as janelas são lacradas e estão intactas! – comentou o agente Nalder, enquanto o colega olhava a tudo sem entender o que tinha acontecido com Blummer.

– Vamos avisar a segurança imediatamente – sentenciou a enfermeira.

•••

Xavier Martinho, chefe de Blummer na Agência Federal, estava sentado em sua mesa trabalhando em frente ao seu computador, quando o telefone tocou.

– Sim, é Xavier Martinho.

– Xavier, é o Dr. Ricardo Cocharan, do Hospital Regional.

– Pois não, doutor. O que houve?

– A coisa mais estranha que você poderia imaginar. O corpo do agente Blummer simplesmente desapareceu – explicou o médico, constrangido.

– O quê? Mas como isso é possível, doutor?

– Acho melhor você vir para cá que eu explico tudo quando você chegar.

– Está bem, doutor. Em poucos minutos estarei aí.

Xavier parou o que fazia, saiu da sala e desceu até a garagem. Entrou no carro e dirigiu a toda velocidade em direção ao Hospital Regional. Lá chegando, foi diretamente para a sala do Dr. Ricardo Cocharan.

– Olá, Dr. Cocharan. Vim o mais rápido que pude.

– Obrigado por ter vindo, Xavier. Nós temos um mistério. Vamos até a sala de controle que o chefe da segurança vai explicar tudo.

Ambos pegaram o elevador e subiram até o décimo andar. Entraram na sala onde ficava a central de controle do hospital e foram ao encontro de Júlio Damaso, chefe de segurança.

– Júlio, este é o delegado Xavier Martinho, da Agência Federal de Investigação e chefe do agente Samuel Blummer, que estava internado na sala de UTI no quinto andar. Explique a ele tudo o que você sabe sobre esse inusitado desaparecimento.

– Ainda não conseguimos nenhuma explicação. Restauramos as imagens de todas as câmeras de segurança, e não há nenhum vestígio de como ele possa ter sido retirado do hospital.

– No estado em que estava, teria que ter sido conduzido em uma maca, e não haveria nenhuma possibilidade de as câmeras não registrarem os movimentos de uma maca nos corredores e elevadores do hospital – concluiu Damaso.

– Mas ele não pode ter evaporado, senhor Damaso. Não houve nenhum acontecimento anormal nas últimas horas? – perguntou Xavier.

– Sim, houve um fato fora do comum, mas não encontramos evidências de que tenha alguma ligação com o desaparecimento.

– Mas que fato foi esse, senhor Damaso? – perguntou Xavier, ansioso.

– Registramos a entrada de alguém que se passou por um médico do hospital e entrou na sala de UTI onde estava Samuel Blummer, mas ele saiu da mesma forma que entrou.

– Não houve mais nada anormal? – insistiu Xavier.

– Bem, encontramos esta bala, que estava em cima da cama da UTI onde estava o agente Blummer – completou Damaso, mostrando a bala dentro de um saquinho plástico.

– Isso é tudo o que vocês encontraram? – perguntou Xavier.

– Sim, isso é tudo. Não temos nenhuma explicação plausível para esse desaparecimento – respondeu o constrangido Damaso.

– Por favor, forneçam-me cópias desses arquivos com as imagens que você selecionou. Preciso delas para as investigações da Agência Federal. Levarei também a bala que foi encontrada – pediu Xavier. – E, por favor, por enquanto mantenham esse caso em absoluto sigilo – concluiu, despedindo-se.

Assim que Xavier se retirou da sala de segurança, desceu ao quinto andar, na sala da UTI onde Blummer estava internado.

Cumprimentou os agentes que ainda lá estavam e entrou para buscar alguma evidência que pudesse não ter sido notada.

Verificou todos os cantos da sala, abriu e vasculhou gavetas e o armário, olhou embaixo da cama e revirou os lençóis, sem encontrar nada que pudesse ajudá-lo. Olhou o piso com atenção e percebeu marcas muito sutis, quase imperceptíveis, de dois pares de sapatos diferentes e em posições opostas um do outro. Ficou intrigado. Uma das marcas era de um solado típico dos calçados utilizados por agentes federais. Saiu da sala para procurar o posto central das enfermeiras, onde encontrou a chefe Aline Martins.

– Sou Xavier Martinho, delegado federal. A senhora pode me dizer se presenciou algo anormal no quarto onde estava o agente Samuel Blummer?

– Não notei nada de anormal – respondeu a enfermeira.

– Quem entrou no quarto enquanto ele esteve aqui?

– Apenas eu e o Dr. Ricardo Cocharan. Mais ninguém.

– Obrigado, enfermeira – agradeceu Xavier, ainda intrigado com as marcas no chão deixadas por aquele solado tão familiar.

Não, não é possível. Ele não poderia ter ficado em pé no estado em que estava, pensou Xavier, tentando afastar uma absurda suspeita que de repente surgiu em sua mente.

Xavier voltou à sala de UTI para dispensar os agentes e se retirou em seguida, voltando para a Agência Federal.

[21]

Xavier Martinho estava preocupado e muito intrigado com tudo o que tinha acontecido. Primeiro, o sequestro da jornalista. Depois, um dos melhores agentes da sua equipe havia recebido um tiro dentro da própria Agência Federal. E, agora, o corpo dele havia desaparecido inexplicavelmente do hospital onde estava internado em estado de coma.

Não era difícil imaginar que existia algum enigma por trás desses misteriosos acontecimentos. *Preciso descobrir o que está acontecendo e quem está por trás disso tudo*, pensou.

Xavier convocou sua equipe e distribuiu cópias dos registros das imagens das câmeras do Hospital Regional. Pediu a todos que dessem prioridade absoluta para investigar o caso do agente Samuel Blummer. Era uma questão de honra para o departamento.

– Encontrem quem atirou nele dentro de nossa própria casa. Isso não pode ficar assim. Vasculhem todas as imagens das câmeras que temos instaladas na Agência e identifiquem qualquer suspeito que apareça.

Pediu uma análise técnica nas imagens coletadas pelo sistema de segurança do hospital para verificar se não havia ocorrido algum corte, eliminando parte do que poderia ter sido filmado. Ordenou também uma busca nos arquivos da Agência para identificar o falso médico que tinha aparecido nas filmagens do hospital.

– Quero saber a verdadeira identidade desse falso médico – prosseguiu Xavier. – Levem essa bala para o departamento de balística e peçam para identificar o tipo da arma que foi utilizada.

Cobrou dedicação e agilidade de todos e voltou à sala. Quando recomeçava o trabalho que tinha interrompido para ir ao hospital, o telefone sobre sua mesa tocou. Era o Dr. Octávio Luiz Carter, diretor-geral da Agência Federal de Investigação.

– Xavier Martinho! Como vai?

– Estou bem, Dr. Carter. O que posso fazer pelo senhor?

– Fiquei sabendo que um dos agentes da sua equipe levou um tiro dentro de um toalete na própria Agência e que agora o corpo dele foi sequestrado do hospital. Como uma coisa dessas pode acontecer, Xavier? – perguntou Carter.

– Não sabemos quem atirou. Ainda estamos investigando – falava Xavier, quando foi interrompido por Carter.

– Não me refiro ao tiro, Xavier. Quero saber como um homem em coma pode desaparecer da sala do hospital onde estava sendo guardado por agentes federais – insistiu Carter, irritado.

– Bem, Dr. Carter, também não sabemos ainda. Estamos investigando e assim que souber de alguma coisa eu informo imediatamente – respondeu Xavier.

– Faça isso, Xavier. Encontre seu agente o mais rápido possível – encerrou Carter, desligando o telefone.

Xavier ficou pensativo, indagando a si mesmo qual o interesse de Octávio Carter no desaparecimento de Samuel Blummer. Mas surgiu uma dúvida ainda mais intrigante: quem tinha lhe informado tão rápido sobre o desaparecimento?

Algumas horas depois, Isadora Dumont, líder interna da equipe de Operações Táticas, procurou Xavier Martinho para apresentar seu relatório preliminar.

– Não achamos nada conclusivo, mas temos algumas informações bem interessantes.

– Então, me explique Isadora. O que vocês acharam?

– Descobrimos que no dia e horário em que o agente Blummer recebeu o tiro, alguém entrou em nosso sistema de segurança e desligou por vinte minutos todas as câmeras do primeiro andar. Foram também desligadas as câmeras do elevador número dois, que deve ter sido usado pelo atirador. É bem provável que seja alguém de fora, mas tudo indica que recebeu ajuda de dentro da Agência.

– Não conseguimos identificar o falso médico – continuou Isadora. – Só sabemos que se chama Dr. Caliel Accipiter. Não há nenhum registro do nome no sistema nacional ou de alguém com as características dele. A bala saiu de uma pistola Glock nove milímetros, uma arma igual as que usamos na Agência Federal de Investigação. Mas o que chamou mais atenção foi que a bala encontrada na UTI do hospital continha resíduo de sangue do agente Blummer – concluiu Isadora.

– Será possível que é a bala que foi disparada contra Blummer? – questionou Xavier surpreso.

– Tudo indica que sim.

– Muito bem Isadora. Foi um bom trabalho, mas temos que avançar mais. Esse falso médico deve ser um elo importante nesse enigma, e os indícios são fortes de que alguém da Agência esteja envolvido.

– Quero que você tome as seguintes providências – pediu Xavier. – Leve a bala ao nosso departamento técnico de balística e peça para verificarem nos registros internos se essa bala saiu da arma de um dos nossos agentes ou de alguma arma do nosso estoque.

A Agência Federal mantém um rígido controle das armas e munições utilizadas pelos agentes. Todas têm identificação e registro interno com as especificações especiais requeridas ao fabricante.

Na parte interna dos canos das pistolas utilizadas pelos agentes federais existem estrias que produzem microestrias nos projéteis quando são disparados. Cada pistola tem o próprio padrão de estrias, como se fosse uma impressão digital. Através de uma análise microscópica comparativa é possível identificar de que arma o projétil havia saído.

– Faça cópias impressas da imagem do falso médico e peça que nossos agentes de campo investiguem no entorno do hospital se alguém o viu logo após ele sair – prosseguiu Xavier. – Chequem eventuais imagens que possam ter sido captadas por câmeras particulares na rua do hospital. Outra coisa, Isadora. Faça um relatório e mande uma cópia para o diretor-geral Octávio Carter. Ele quer informações sobre essa investigação. Mas exclua o exame de balística. Prefiro que ele não saiba que estamos investigando essa hipótese, para não correr risco de ele interferir – pediu Xavier, pressentindo que Carter tinha algum inconfessável interesse no caso.

– Ok, Xavier, darei andamento imediatamente no que está pedindo – respondeu Isadora, levantando-se e saindo da sala.

Assim que Isadora fechou a porta, o telefone tocou na mesa de Xavier. Era o diretor Carter, mais uma vez:

– Então, Xavier? Alguma novidade no caso?

– Ainda não temos nada conclusivo, doutor Carter. Continuaremos investigando e assim que surgir alguma coisa mais efetiva eu lhe informo de imediato. Por enquanto enviarei cópia do relatório sobre o que conseguimos até agora.

– Faça isso, Xavier, e se esforce para encontrar o corpo do seu agente. Ele não pode sumir sem nenhuma explicação – concluiu Carter, desligando o telefone.

Xavier Martinho continuava muito intrigado com o interesse do diretor-geral Octávio Luiz Carter no desaparecimento do corpo do agente Samuel Blummer. Preocupava-se apenas em ter ele de volta no hospital. Saber quem atirou nele dentro da Agência não era relevante. *Será que ele está, de alguma forma, envolvido nesse mistério?*, pensou.

[22]

Samuel Blummer despertou após dormir por seis horas seguidas. Nesse período, a consciência do seu corpo físico se fundiu com a consciência do seu corpo astral.

Sentou na cama e olhou fixamente para Caliel, que estava ao seu lado.

– Caliel, preciso encontrar Eliza. Ela está em perigo e não podemos perder tempo.

– Sim, Haamiah. Venha comigo. Vamos começar a trabalhar. Mas primeiro vou lhe mostrar todas as instalações que temos e em seguida falaremos sobre as consequências da integração dos seus poderes celestiais com seu corpo físico terreno.

Caliel caminhou pelo apartamento mostrando a Blummer tudo que estava disponível: equipamentos, utensílios, despensa de mantimentos, as suítes com roupas nos armários, um pequeno depósito com diversos tipos de armas. Equipamentos da sala de reuniões, o jardim e a ampla sala de ginástica na cobertura e, principalmente, os equipamentos de processamento de dados e de comunicação que estavam instalados e prontos para serem utilizados, sob o comando de Isabella.

Blummer demostrou surpresa com todas as instalações:

– Isso tudo parece um quartel-general, Caliel. Por que montou tudo isso em um prédio comercial?

– Se fosse um prédio de apartamentos nossos movimentos seriam muito visados. Aqui chama menos atenção.

– Faz sentido.

– Este é o "Ninho do Falcão", ficaremos aqui pelo tempo necessário – explicou Caliel.

– É um bom lugar. Imagino que deu muito trabalho montar toda essa estrutura.

– O imóvel pertence a um dos nossos mais leais colaboradores. Com um pouco de ajuda celestial, mais o trabalho de Isabella, organizamos tudo.

– Mas, afinal, quem é ela? – perguntou Blummer.

– É uma longa história, Haamiah. Quando tivermos mais tempo eu lhe conto. No momento, o mais importante é saber que ela é da mais absoluta confiança e será muito útil nessa missão.

– Será útil em quê, Caliel?

– Ela é uma *expert* em sistemas de comunicação e uma hacker brilhante, que consegue invadir os mais sofisticados sistemas de computador que estão sendo utilizados pelas empresas nacionais e internacionais. Principalmente nos servidores dos diversos departamentos do governo.

– É... Realmente, isso pode ser muito útil – assentiu Blummer.

– Então, vamos começar já! Quero que ela descubra tudo sobre um Furgão branco, placa TFSN 7701, que foi usado pelos homens que sequestraram Eliza. E, também, preciso que ela entre no sistema de segurança do jornal de San Pietro e encontre as imagens desse furgão e dos homens que a sequestraram.

Caliel chamou Isabella, e Blummer passou os dados para que ela descobrisse tudo sobre o veículo, pois pretendia conseguir as imagens dos homens que tinham sequestrado Eliza. Ela começou a trabalhar de imediato.

Caliel fez um sinal para Blummer segui-lo. Escalou a escada que terminava na sala de ginástica, abriu a porta de correr e saiu para o jardim da cobertura. Caminhou lentamente contemplando o canteiro de lírio da paz, até que Blummer se aproximou.

– Haamiah! Você e Samuel Blummer agora são um só. Infelizmente, existe um problema que não temos como resolver.

– Qual é o problema, Caliel?

– A fragilidade do corpo humano; ele não desfruta da imortalidade do seu corpo celestial.

– Eu ainda não tinha pensado nisso.

– Por isso, você terá que ser muito cauteloso, apesar dos seus poderes celestiais. Seu corpo físico poderá ser vencido e, se perecer em um combate, o guardião Haamiah voltará para casa sem terminar sua missão, e nós não queremos que isso aconteça.

– Fique tranquilo, Caliel. Não vai acontecer.

– Seus poderes celestiais surgirão pouco a pouco, até que seu corpo físico humano se adapte à sua nova natureza. Você deve aguardar esse processo com paciência e serenidade, evitando se colocar em situações de risco – explicou Caliel, dirigindo-se à sala de ginástica e se posicionando sobre um tablado preparado para a prática de lutas marciais.

– Prepare-se para lutar, Haamiah! Vamos ver o que você já pode fazer – ordenou Caliel.

– Ora, Caliel... Você é um Anjo Celestial, mas não é afeito a lutas corporais. Não vejo como poderia me ameaçar – zombou Blummer.

No mesmo instante em que ouvia o deboche de Blummer, Caliel se transformou em um guerreiro vestido como gladiador, com uma armadura que protegia a cabeça e o tórax. Carregava uma espada afiada, que movimentava com extrema habilidade.

A figura provocou tamanha surpresa em Blummer que ele não teve reflexo para se livrar de um soco no peito desferido pelo guerreiro, que o jogou a alguns metros de distância.

Quando caiu, Blummer mal conseguia respirar pelo impacto que havia sofrido. Sentiu as dores da pancada nos ossos do peito e dos músculos se chocando com o piso, coisa que nunca tinha acontecido antes. Seu corpo celestial ainda não tinha experimentado a dor.

Em um gesto instintivo, estendeu a palma da mão em direção ao guerreiro, para desferir seu raio de energia cósmica, mas nada aconteceu. Então, percebeu que ainda não podia desfrutar dos seus poderes celestiais. Desolado, não se levantou e ficou estirado no chão.

Caliel voltou ao seu estado anterior e se aproximou de Blummer, estendendo a mão para ajudá-lo a se levantar.

– Desculpe-me, Haamiah, mas eu tinha que lhe mostrar na prática sua atual situação, para que você tome todos os cuidados possíveis e não se arrisque mais que o necessário. Mas fique calmo, essa é uma situação temporária. Logo você irá perceber que seus poderes começarão a fluir lentamente revigorando seu metabolismo humano que o deixará cada vez mais forte.

– Espero que sim, Caliel, porque certamente vou precisar – retrucou Blummer, ainda um pouco desapontado.

– Outra coisa, Haamiah. Você é um Anjo Guardião com poderes especiais, concedidos diretamente pelo Criador. Não se esqueça de sua essência e não se deixe influenciar pela natureza inerente ao seu corpo humano. Cumpra sua missão com determinação, seja justo, mas implacável com os inimigos que o confrontarão.

Desceram para ver se Isabella tinha tido progresso na investigação sobre o furgão e sobre os homens envolvidos no sequestro de Eliza. Encontraram-na ainda em frente ao computador, mas já tinha as informações.

– Entrei no sistema de segurança do jornal e não encontrei qualquer registro da entrada do furgão na garagem e tampouco do momento do sequestro. Mas foi possível identificar que um grande número de registros foram deletados – explicou Isabella.

– Mas, com o número da placa – continuou –, descobri que o furgão pertence à Siderúrgica Nacional, uma empresa do Governo Federal. Entrei no arquivo de registros dos veículos da Siderúrgica e constatei que os utilitários são dotados de GPS, que transmitem automaticamente o roteiro percorrido, ficando esses dados gravados no sistema de controle de tráfego da empresa.

– Ótimo, Isabella! Mas o que mais você descobriu? – perguntou Blummer, ansioso.

– Descobri que no dia do sequestro, o furgão saiu do prédio do jornal e voltou para a garagem da Siderúrgica, mas, antes, passou por uma casa no extremo sul do lado leste, em frente ao Grande Lago.

– Então, me diga logo onde fica essa casa que irei para lá agora mesmo – pediu Blummer.

Isabella anotou o endereço em uma folha de papel e passou para Blummer, que agradeceu. Em seguida, pediu a Caliel se poderia emprestar seu carro.

– Acho que não seria prudente usar meu próprio carro. Eu poderia ser facilmente rastreado, e o homem que atirou em mim deve estar à minha procura.

– Não! Não seria prudente. Temos um carro para você usar, Haamiah. Ele está na garagem. Pegue no depósito as armas que pretende utilizar. Isabella vai lhe entregar um kit de comunicação direta com nossa central aqui instalada. Ela estará disponível para dar todo o apoio que você precisar no campo. Após isso, eu o levo até a garagem e lhe mostro o carro.

Blummer foi até o depósito. Encontrou uma pistola Glock 9 milímetros igual a que usa na Agência Federal, que acomodou na cintura. Pegou um punhal com 150 milímetros de lâmina, que fixou no lado de fora da perna direita. Levou munição e outros instrumentos menores, muito úteis em algumas situações.

Em seguida, recebeu os equipamentos que Isabella lhe entregou: um comunicador conjugado com uma câmera com 20 milímetros de diâmetro, que ele prendeu na gola da jaqueta que usava, ligado, por um fio muito fino, a um receptor minúsculo que ele podia introduzir no ouvido. Também um chip localizador, que ele fixou por dentro do cinto da calça, além de um aparelho celular como alternativa, para cumprir as mesmas funções. Assim, estava suficientemente equipado para se colocar a campo na busca por Eliza.

Caliel desceu até a garagem com Blummer e lhe entregou as chaves de uma picape Hilux SRV, cor preta, com vidros blindados, juntamente com um controle para entrar e sair da garagem, e também uma cópia da chave do apartamento e uma nova versão dos seus documentos pessoais, incluindo cartões de crédito e a carteira de identificação de agente federal.

– Obrigado, Caliel. Você pensou em tudo.

– Que os anjos protetores estejam com você, Haamiah.

– Obrigado mais uma vez, Caliel. Como das outras vezes, nós vamos triunfar novamente – respondeu Blummer, entrando no carro e partindo.

Blummer conhecia San Pietro como a palma da mão e logo chegou ao endereço onde as informações apontavam a parada do furgão usado no sequestro de Eliza.

Era quase final do dia, e o sol se punha no horizonte, produzindo um bonito cenário na orla do Grande Lago, que atravessa todo o perímetro da Capital Federal.

[23]

Na Agência Federal de Investigação o mistério continuava insolúvel. Apesar da dedicação da equipe às investigações, elas não apontavam nenhum resultado, e Xavier Martinho não sabia mais o que fazer para encontrar respostas às suas dúvidas. Suas desconfianças sobre o envolvimento do diretor Carter só aumentavam.

No final do expediente, Isadora Dumont, líder da Equipe Interna de Operações Táticas, relatou o que descobriu:

– A balística concluiu que a bala encontrada no quarto do agente Blummer saiu de uma das armas de propriedade da Agência Federal. Identificaram a arma nos registros do nosso estoque, mas ela desapareceu. Verificamos todas as imagens de todas as câmeras instaladas na Agência e não encontramos nada suspeito. Não encontramos nenhum registro da existência do falso médico nem conseguimos identificá-lo. Encontramos imagens do carro que ele usou para ir embora do hospital, um Honda Civic prata. Não há nenhum registro da placa do veículo no cadastro nacional e existem milhares de veículos nas ruas com as mesmas características. Enfim, ainda não temos nada que jogue uma luz nesse mistério, a não ser a confirmação de que isso tudo foi feito com a participação de alguém de dentro da Agência Federal – relatou Isadora.

– Tudo bem, Isadora. Termine seu relatório e mande cópia para o doutor Carter, informando que continuaremos com as investigações até encontrarmos alguma coisa – ordenou Xavier.

– Quero que a investigação continue – prosseguiu Xavier –, mas de uma forma um pouco mais velada. Devemos evitar chamar a atenção do diretor Carter. Verifique como uma arma pode desaparecer do nosso estoque e, também, quem poderia ter tido acesso ao nosso sistema de câmeras para bloquear imagens não desejadas. Concentre esforços investigando nosso pessoal interno. Temos que descobrir quem é esse traidor dentro da nossa própria casa.

– Ok. Farei como está pedindo – respondeu Isadora, levantando-se para sair da sala, mas Xavier a interrompeu.

– Como está o caso do sequestro da jornalista Eliza Huppert?

– Foi registrado no departamento antissequestro, mas engavetado por ordem de Carter. A direção do jornal em que ela trabalha informou a família. O Sr. Huppert ligou na Agência Federal procurando pelo agente Blummer e foi informado que ele estava hospitalizado. Decidiram abrir um boletim de ocorrência na Polícia Civil, que também passou a investigar o caso. Mas, pelo que sei, não há nenhuma novidade – relatou Isadora.

– Procure ficar a par do andamento dessa investigação e me mantenha informado – pediu Xavier.

– Certo, Xavier. Vou tentar acompanhar o mais de perto possível – respondeu Isadora, retirando-se da sala.

Assim que Isadora saiu, Xavier pegou o telefone e teclou o ramal do diretor Octávio Carter:

– Olá, Dr. Carter. É Xavier Martinho.

– Olá, Xavier, espero que tenha boas notícias sobre o caso.

– Pelo contrário, Dr. Carter. Estamos na estaca zero. Apesar de todos os esforços, não conseguimos nada até agora.

– Mas como isso é possível, Xavier? Um corpo não evapora dentro de um hospital! Não posso acreditar que não conseguiram encontrar o agente desaparecido! – expressou Carter, irritado.

– Bem, Dr. Carter, vai receber cópia do relatório explicando tudo o que foi feito até agora. E, se tiver alguma sugestão, nós a seguiremos com o máximo empenho. Além disso, vamos continuar investigando. Ainda não desistimos.

– Está bem, Xavier. Continue investigando e me mantenha a par de tudo. E me informe imediatamente quando esse corpo aparecer – respondeu Carter resignado.

– Ok, Dr. Carter. Farei isso.

Pelas atitudes de Carter e as informações de Isadora, Xavier Martinho não tinha mais dúvidas. De alguma forma, ele estava envolvido naquela história. Mas não tinha nenhuma prova disso e, além do mais, Carter era o todo-poderoso diretor-geral da Agência Federal. *Afinal, o que existe por trás de tudo isso? O que Carter está ocultando ou quem ele está protegendo?*, pensou Xavier, extravasando o mar de dúvidas que só aumentava em sua cabeça.

[24]

Eliza Huppert estava amarrada e amordaçada sobre uma cama de madeira com um colchão encardido e cheirando a mofo. O lugar parecia um porão, sem nenhuma iluminação natural. Apenas uma pequena lâmpada amarela pendurada no teto. O lugar era sinistro. O ar abafado e quente tornava o ambiente ainda mais insuportável.

Uma mulher se aproximou e falou baixinho perto do ouvido de Eliza:

– Eu vou retirar a mordaça para lhe dar um pouco de água. Por favor, não grite nem faça barulho.

Ela respondeu positivamente, movimentando a cabeça.

A mulher removeu cuidadosamente a fita adesiva grudada de um lado ao outro da boca de Eliza e lhe ofereceu um canudo para sorver a água de dentro de uma pequena jarra de plástico.

Eliza sugou o canudo e tomou o líquido compulsivamente, até quase perder o fôlego e não conseguir mais engolir. A água escorreu pelo canto da boca, mas ela ainda absorveu um último gole. Respirou fundo e deixou o corpo relaxar, recostando-se na parede.

– Você precisa me ajudar a fugir.

– Eu sinto muito, moça, mas não posso fazer isso.

– Ele vai me matar.

– Tenha fé, que ele vai deixar você voltar para casa. Basta dar a informação que ele quer.

– Eu já falei tudo. Não tenho mais nada a dizer.

– Acho que ele ainda não acreditou.

– Talvez seja por isso que ainda estou viva.

Eliza estava fraca e desidratada. Fora torturada com eletrochoques para que falasse quem mais sabia sobre sua matéria. Apagara da memória a correspondência que postara no correio, ainda em San Juan. Estava conseguindo manter-se firme, dizendo que ninguém mais sabia. Até aquele momento, isso não era uma mentira.

Vinha recebendo pouca alimentação. Apenas o suficiente para não morrer de fome ou de sede. Todos os músculos do corpo estavam doloridos, e sua cabeça latejava, como se alguém estivesse enfiando uma agulha em sua nuca.

Estava se odiando mais do que nunca. Sua ética profissional a transformara em uma idiota pretensiosa, que havia ignorado completamente os riscos que estava correndo naquela que talvez tivesse sido a última matéria da sua vida.

Por que não contei a ele o que descobri? Sam saberia avaliar os riscos e teria me protegido. Ele deve estar quase louco à minha procura. Tenho que confiar. Ele nunca desiste. Ele vai me encontrar. Esses pensamentos mantinham viva a esperança de Eliza. Ela sabia que Samuel Blummer era um homem corajoso e destemido. Ele nunca recuava diante de nenhum obstáculo. Ela sonhava com ele arrombando a porta daquele porão e tomando-a nos braços para levá-la em segurança de volta para casa.

Envolta em seus delirantes pensamentos, Eliza não percebeu quando a porta do porão se abriu. Despertou apenas quando sentiu o foco da luz de uma potente lanterna, que a deixava quase cega. Não conseguia ver o homem que falava com ela, exigindo respostas às suas perguntas. Era apenas um vulto enorme, com uma voz sarcástica e impiedosa.

– Então, jornalista intrometida? Quem mais sabe sobre sua matéria?

– Eu já lhe disse. Não contei nada sobre a matéria para ninguém.

– Eu ainda não tenho certeza se posso acreditar em você.

– Não estou mentindo. Não contei para ninguém, e todos os documentos que eu tinha estão agora com você.

– Estou tentando acreditar. Cheguei até a planejar me livrar de você ainda hoje, mas aí surgiu um fato novo.

– Do que você está falando?

– Estou falando do seu namorado, o idiota que é agente federal.

– Fique longe dele, ele não sabe de nada.

– Sabe mais do que você pensa.

– Não pode ser. Você está enganado.

– Na verdade, achei que ele estava morto com o tiro que levou na cabeça, mas hoje fiquei sabendo que ele desapareceu do hospital onde estava.

– Meu Deus! Como assim? Ele levou um tiro?

– Pois é. Foi se meter onde não devia e levou um tiro.

Eliza se desesperou em saber que Blummer havia levado um tiro na cabeça. *Não, isso não é possível. Sam está bem e logo virá me resgatar desse louco*, pensou ela, recusando-se a acreditar que Blummer estivesse ferido e tentando desesperadamente ignorar os pensamentos pessimistas.

O homem chamou os dois capangas, que a tudo assistiam, e deu suas ordens:

– Vou procurar outro lugar para ela ficar. Preparem-se que amanhã, logo no começo da tarde, virei buscá-la.

– Mas aqui é um bom esconderijo. É bem afastado, um lugar quase impossível de alguém encontrar – argumentou um dos capangas.

– É melhor não arriscar. Quero mantê-la viva. Ela ainda poderá ser útil. Pelo menos até eu ter certeza de que o agente federal está morto.

– Tudo bem. Estaremos prontos.

O homem desligou a lanterna e se retirou do porão, no que foi seguido pelos outros dois. Já a mulher ficou naquele sufocante cativeiro com Eliza.

[25]

Naquela região praticamente não havia movimento na rua. Blummer parou o carro cinquenta metros antes do endereço que buscava. Era uma casa em local nobre do extremo sul do lado leste da Capital Federal, em frente ao Grande Lago.

Estava cercada por muros de três metros de altura, com um portão para veículos e outro para entrada de pessoas. Não era possível avistar o interior da casa. Fez contato com Isabella no Ninho do Falcão.

– Isabella, você tem como identificar se há movimento de pessoas na casa através das imagens capturadas por satélites?

– Sim, Sam. Eu já estava trabalhando nisso. Não há nenhum movimento. Tudo indica que a casa está vazia.

– Você conseguiu descobrir quem é o proprietário do imóvel?

– O imóvel deveria estar fechado. O dono está no exterior. É Thomaz McKinney, um milionário norte-americano. Mas não encontrei registro na Imigração de ele ter entrado no país nos últimos dez anos.

– Veja se consegue a planta da casa no banco de dados do Departamento de Obras do governo – pediu Blummer.

– Já tenho a planta. Vou lhe mandar uma cópia reduzida anexa em uma mensagem para o seu celular.

– Ok, Isabella. Vou entrar na propriedade.

Blummer observou a rua de um lado a outro e, aproveitando que estava totalmente deserta, saltou o muro em um único movimento. Percebeu que seus poderes celestiais começavam a ganhar força. Ele se agachou no jardim atrás de uma folhagem e procurou minuciosamente por alguém no interior da residência. Não percebeu nenhum movimento nem ouviu qualquer barulho.

Foi se esgueirando pelos arbustos, aproximando-se da casa, até chegar perto de uma das janelas. Conseguiu enxergar o interior e constatou que estava tudo fechado, com poucos móveis e sem nenhuma ornamentação decorando o ambiente. Não havia nenhum sinal de pessoas ocupando o imóvel.

Sentiu o celular vibrar. Era a mensagem de Isadora com a planta anexada. Analisou detalhadamente o leiaute interno e se aproximou da porta principal. Usou suas habilidades com uma chave mestra e destrancou a fechadura. Empunhou a pistola automática, abriu a porta e entrou silenciosamente. Inspecionou cada cômodo e nada encontrou.

Não havia nenhum vestígio que indicasse a presença de Eliza, tampouco alguma coisa que pudesse ser uma pista para identificar os autores do sequestro.

Saiu para os fundos da propriedade e avistou um píer de madeira. Começou a pensar que os sequestradores tinham-na levado de barco para algum outro lugar. *Mas para onde?*, pensou com seus botões.

O lago era imenso, com as margens totalmente povoadas por milhares de imóveis. Era como procurar uma agulha em um palheiro. Ele sentou-se em um degrau no píer, para refletir o que fazer, e resolveu se comunicar com Isabella:

– Isabella! A casa está vazia e não encontrei qualquer vestígio de Eliza ou qualquer pista que nos leve aos sequestradores. Aparentemente, levaram-na de barco para algum outro lugar. Você consegue acessar algum sistema de satélite que tenha capturado imagens dos últimos dias das margens do lago? – perguntou Blummer.

– Tenho tentado, Sam, mas não encontrei nenhuma imagem que mostrasse algum movimento de barco nas proximidades da casa. Porém, vou continuar procurando.

– Está certo. Quero também que você encontre uma pessoa para mim. Trata-se de Aaron Hades. Era um agente da Agência Federal que trabalhou comigo. Ele se afastou há pouco mais de seis meses, mudou de endereço e não o encontrei mais – pediu Blummer.

– Ok, Sam. Dê-me algum tempo que logo darei um retorno.

Blummer aproveitou o tempo para examinar novamente o interior da residência, na esperança de encontrar alguma coisa que tivesse passado despercebido da primeira vez.

As repetidas e minuciosas buscas foram frustrantes; não encontrou nada que pudesse dar alguma pista. Pensava em se retirar quando observou que uma porta de correr no fundo da sala de estar dava acesso a uma varanda que não constava na planta do imóvel. Decidiu verificar.

Abriu a porta, entrando na varanda que cobria toda a lateral da casa, e avistou uma escada em direção ao telhado. Subiu lentamente até chegar a um hall e constatou que era uma grande laje que continha um círculo central. *Isto está parecendo um heliporto improvisado*, pensou.

Começava a escurecer, mas os olhos treinados do agente federal identificaram no chão um pequeno objeto brilhante, a alguns metros de distância. Aproximou-se e de imediato sentiu suas esperanças se renovarem.

Era um anel que pertencia a Eliza e que ele conhecia muito bem, um presente que havia dado a ela alguns meses atrás. Por um momento esqueceu tudo ao redor, os pensamentos fixos nela. Sua angústia só aumentava, imaginando coisas aterrorizantes pelas quais ela poderia estar passando.

Colocou o anel sobre a palma e fechou a mão, apertando-o com força. Então, surgiu seu poder de vidência com as imagens se multiplicando diante dos seus olhos. Eliza sendo carregada por dois homens, com as mãos amarradas, uma mordaça e os olhos vendados. Fora colocada dentro de um helicóptero que decolara em seguida. A aeronave se afastava rapidamente, mas ele teve tempo de visualizar seu prefixo de identificação.

O sinal do celular o despertou daquela visão e o trouxe de volta à laje sobre a casa. Era Isabella:

– Encontrei Aaron Hades. Ele está morando em uma casa na margem do lago, no extremo norte do lado leste de San Pietro, e, pelo que verifiquei, está em casa no momento. Estou enviando uma mensagem no celular com o endereço.

– Obrigado, Isabella. Estou indo para lá agora mesmo e manterei contato. Mas quero outra coisa de você. Verifique o tráfego de helicópteros dos últimos dias, partindo deste local. Eliza foi levada por um helicóptero prefixo PP RCS 3205 – pediu Blummer, dirigindo-se para fora da propriedade.

– Ok, Sam. Vou ver o que consigo e informo mais tarde.

[26]

O extremo norte, às margens do lago, era uma região mais afastada e com pouco movimento. As casas normalmente eram usadas ali para lazer no fim de semana.

Era noite quando Blummer estacionou o carro na frente da casa de Aaron Hades.

A casa não era muito grande, e o terreno estava cercado por muros relativamente baixos em comparação com os dos vizinhos. A varanda no entorno dava à casa um aspecto simpático e agradável, construída bem no centro do bem cuidado gramado, salpicado de palmeiras e cicas espalhadas por todo lado. Os muros, ladeados por canteiros de zínias e cravos, deixavam o cenário ainda mais bonito.

Blummer viu as luzes, saiu do carro, abriu o portão que estava destrancado e foi entrando.

Não pôde deixar de notar a vistosa lancha Focker 215 com motor Yamaha de 110 HP atracada no pequeno píer na margem do lago. *Agora ele está fazendo o que mais gosta*, disse a si mesmo, pensando no esporte preferido do amigo: pescar os gigantescos tucunarés que habitavam o grande lago.

De repente, estancou os passos e ficou imóvel. Do nada, surgiram na sua frente dois enormes rottweilers, que rosnavam mostrando os dentes afiados. Ficou indeciso por alguns instantes e quando ia fazer uma tentativa de acalmar as feras ouviu um forte assobio e os cães recuaram e se deitaram na varanda.

Blummer, então, notou que Hades estava em pé, na entrada da varanda, onde o aguardava com um leve sorriso nos lábios.

– Não pensei que seria encontrado neste fim de mundo – falou Hades, ampliando o sorriso.

– Para encontrar você eu iria aonde fosse preciso – respondeu Blummer, dando um forte e caloroso abraço no amigo.

Aaron Hades é um delegado federal afastado da Agência por uma conspiração armada pelo diretor-geral Octávio Carter. É agente sênior classe A, o mais graduado da instituição, com poderes para dirigir suas próprias investigações sobre qualquer assunto envolvendo crimes federais. Ele sempre teve o respeito de todos, sendo quase uma lenda entre os agentes, pela coragem, competência e honestidade com que cumpria suas missões, além da integridade e lealdade nas relações com os colegas.

Em seus 25 anos de trabalho na Agência Federal, foi premiado com três condecorações por bravura, um recorde nunca superado por nenhum outro agente.

Seu 1,85 metro de altura, ombros largos, corpo atlético e alguns cabelos grisalhos impunham respeito. Seu jeito simples e um pouco rude, que insinuava certa falta de traquejo nas relações sociais, não atrapalhava, era um homem atraente e as mulheres ficavam loucas por ele, especialmente, quando percebiam seu leve sotaque de San Diego, a capital da Província do Sul. Os homens de lá são famosos pela virilidade.

Aos 48 anos, Aaron Hades era um solteirão convicto. *Muitas aventuras e poucos amores*, dizia sempre aos amigos.

Seu sobrenome era motivo de constantes brincadeiras dos amigos. Hades, na mitologia grega, é o deus do mundo inferior. Diziam que Aaron tinha a chave dos portões do inferno e enviava para lá todos aqueles que faziam por merecer, por isso, alertavam: "Não insultem esse homem". Quando ouvia essas brincadeiras, Aaron fingia não escutar.

Ele foi o grande mentor de Samuel Blummer quando este iniciou sua carreira na Agência Federal. Foram parceiros em muitas missões, nas quais um protegia a vida do outro, o que resultou em uma forte e inabalável amizade.

Os problemas de Hades começaram quando o Dr. Octávio Luiz Carter foi nomeado diretor-geral e começou a introduzir conceitos que contrariavam sua formação ética e moral. Carter criava obstáculos para atrapalhar investigações comandadas por Hades e que envolviam políticos ou figuras importantes do Governo Federal. Hades se rebelou contra isso e não aceitava essas interferências, que minavam sua credibilidade. Constantemente, batia de frente com Carter.

A situação se deteriorou de vez quando Hades recebeu uma notificação da Corregedoria. Carter abrira contra ele um processo disciplinar interno, exigindo seu imediato afastamento e sua exoneração. Pretendia afastá-lo definitivamente da Agência.

Carter montou uma fantasiosa fraude processual, alegando que Hades era um insubordinado compulsivo e que não tinha espírito de equipe, colocando em risco a vida dos colegas e constrangendo autoridades com investigações sem fundamento. Conseguiu testemunhos mentirosos de agentes recém-transferidos e que estavam totalmente alinhados com o diretor.

Naquele dia, Hades perdeu a linha. Entrou enfurecido na sala de Carter, pegou-o pelo colarinho e o arrastou até a janela. Jogou-o para fora e o segurou apenas por uma das pernas. Exigia que ele falasse a verdade e retirasse o processo, senão o soltaria do sexto andar.

Carter foi salvo pela chegada do agente Gonzalez e mais dois colegas.

Apesar do susto, foi muito mais fácil do que Carter poderia ter imaginado. O destempero de Hades custou seu imediato afastamento e a derrota no julgamento de Primeira Instância. Ele aguardava o julgamento do recurso que havia impetrado logo após a primeira decisão.

– Vamos entrar, garoto. Não se preocupe com os cachorros, que eles são comportados.

Blummer se aproximou dos cães e abaixou-se, estendendo a mão em direção a eles, que logo tiveram uma reação amistosa. Chegaram a passar a língua úmida sobre seu rosto, pulando sobre seu corpo, enquanto acariciava a cabeça de ambos.

– Agora sim estamos nos entendendo – falou Blummer, levantando-se e seguindo Hades para dentro da casa.

Uma senhora simpática, de cabelos claros e rosto corado, com olhos azuis brilhantes, vestindo um bonito avental sobre o vestido, entrou na sala e manifestou-se alegremente:

– Não estou acreditando que é você, Sam! Depois de tanto tempo! Fico muito feliz de receber sua visita!

– Olá, tia Zilda! Como vai? Vejo que está muito bem, como sempre – correspondeu Blummer, dando um longo abraço nela.

Zilda era uma tia de Aaron, viúva e irmã mais nova da mãe dele, já falecida. Morava com ele há muitos anos e cuidava de tudo na casa e também dele, como se fosse um filho. Aaron tinha muito apreço por ela. O pai também já era falecido e ele não tinha mais nenhum parente por perto. Os poucos familiares que restavam residiam na Província do Sul.

– Sentem-se e fiquem à vontade que vou buscar uns aperitivos para vocês. Logo em seguida eu servirei o jantar – disse Zilda, retornando para a cozinha sem dar tempo de Blummer retrucar.

– Do jeito que ela ordenou, acho melhor você aceitar o convite para jantar – manifestou Hades, indicando uma poltrona para Blummer se sentar.

– Está certo. Vou ficar para jantar porque tenho um assunto muito sério para falar com você – explicou Blummer, acomodando-se na poltrona.

– Mas primeiro você precisa me explicar por que você sumiu sem dar notícias.

– Tive que fazer isso, garoto. Carter ainda me persegue e quer conseguir minha exoneração a qualquer custo. Se eu ficar próximo de você, certamente ele vai prejudicá-lo também. Por isso resolvi me afastar, não só de você, mas de todos com quem eu tinha afinidade dentro da Agência – respondeu Hades.

– Eu ainda preciso entender melhor o que realmente aconteceu entre vocês.

– Prefiro deixar para outro dia. Hoje vamos falar dos motivos que o trouxeram aqui. Vamos esquecer esse canalha – respondeu Hades, sem esconder sua revolta com Octávio Carter.

Em seguida, Zilda entrou na sala, trazendo aperitivos em uma bandeja, e colocou na mesa de centro para eles petiscarem antes do jantar, retirando-se para a cozinha.

Blummer relatou para Hades, que ouviu espantado, tudo o que havia acontecido a partir do sequestro de Eliza. O tiro que recebeu dentro da toalete da Agência e o fato de ter milagrosamente se recuperado, com a ajuda de Caliel, que o retirara do hospital. Contou sobre o furgão, utilizado no sequestro, que pertence à Siderúrgica Nacional, e sobre a casa onde encontrou o anel que deu de presente a Eliza.

– É provável que ela deixou cair de propósito, para deixar uma pista – especulou.

– Você disse que Caliel o ajudou a sair do hospital?

– Sim, isso mesmo. Você o conhece?

– Há muitos anos trabalhamos em alguns casos juntos.

– Você nunca me disse nada sobre ele.

– Eram casos sigilosos e já faz muito tempo. Você ainda nem estava na Agência.

– O mundo é mesmo pequeno. Nunca pensei que você pudesse conhecer Caliel.

– E desde quando você o conhece? – questionou Hades.

– Para ser honesto, não sei ao certo. Acho que o tiro que sofri na cabeça apagou algumas lembranças – respondeu Blummer, um tanto confuso com a pergunta e sem saber o que responder.

– Mas, se Caliel está ajudando, com certeza tudo vai se resolver – comentou Hades.

– Sim, é verdade. Caliel está me ajudando em tudo. Mas preciso também da sua ajuda, Aaron. Sua experiência e seus conhecimentos serão muito úteis.

– É claro, garoto! Pode contar comigo. Você e Eliza são meus melhores amigos. Vou ajudá-lo no que puder e vamos começar o mais rápido possível – respondeu Hades.

Neste momento, Zilda entrou na sala para dizer que o jantar estava servido e que passassem para a outra sala, onde ela já tinha preparado a mesa.

Durante o jantar, Blummer continuava intrigado por Hades ter trabalhado anteriormente com Caliel. Mas, principalmente, estava em dúvida sobre se ele sabia da natureza celestial de Caliel ou se talvez ele o tenha ajudado sem manifestar esses poderes. Achou melhor não insistir nesse assunto por enquanto. *Mais cedo ou mais tarde ele vai me contar*, pensou.

Após o jantar, Blummer e Hades se sentaram na varanda para conversarem sobre as possíveis alternativas para encontrar Eliza. Soprava uma brisa suave e refrescante e o bonito cenário do bem cuidado jardim em volta da casa tornava o ambiente muito agradável. Blummer se entristeceu, imaginando como seria bom se Eliza estivesse ali com ele.

Quando Blummer explicava sobre o Ninho do Falcão e as habilidades de Isabella para conseguir informações através das redes de computadores, ela fez contato para informar sobre suas últimas descobertas:

– Tenho novidades.

– Ótimo, Isabella! Estou aqui com Aaron Hades e ansioso por alguma pista. Diga-me logo o que descobriu.

– As aeronaves que transitam sobre o espaço aéreo da Capital Federal são obrigadas a pedir autorização de pouso e decolagem, informando o trajeto ao Departamento de Controle de Trafego Aéreo. Eles têm um sistema de radar extremamente eficiente, que registra todos os aparelhos que transitam sobre a capital – falou ela, e continuou: – Consegui entrar no sistema e descobri o helicóptero que você mencionou, pelas coordenadas indicadas ele decolou exatamente da casa onde estava o furgão, no mesmo dia do sequestro. Ele seguiu para o norte do Território Federal e pousou em um local na área rural de San Pietro, uma pequena fazenda batizada pelo nome de fazenda Mirassol, com acesso no Km 80 da autoestrada AE 060. E o mais interessante: o helicóptero está registrado em nome da Siderúrgica Nacional, e o proprietário da fazenda é nada mais nada menos que Thomaz McKinney, o mesmo norte-americano proprietário da casa onde estava o furgão – concluiu Isabella.

– Bom trabalho! Então, existe grande chance de Eliza ter sido levada para esse lugar. Vou me organizar e partir para lá o mais depressa possível. Avise Caliel para que ele fique informado.

– Caliel está aqui comigo. Ele pediu para você descansar um pouco e aguardar por ele, que irá encontrá-lo na casa de Aaron Hades, para acompanhá-los até o local.

– Ok. Vou esperar por Caliel. Mas me mande imagens do local e plantas da casa-sede, se você conseguir – respondeu Blummer, encerrando a comunicação.

– Vou avisar tia Zilda que vamos sair de madrugada. Acho melhor descansar um pouco, porque amanhã o dia será longo – disse Hades, que a tudo ouviu com atenção.

– Não quero colocá-lo em enrascadas, Aaron, mas fico contente de você estar comigo – agradeceu Blummer.

– Enrascada é a minha profissão, garoto! Estou de saco cheio de sair para pescar todos os dias. Está mais do que na hora de fazer alguma coisa um pouco mais excitante.

Esta era uma resposta típica de Aaron Hades, um homem com quem os amigos sempre podiam contar quando tinham alguma dificuldade; nenhuma ajuda era sacrifício para ele.

Fazia tudo com a maior naturalidade do mundo.

Pediu que Blummer o acompanhasse até o quarto de hóspedes, onde disponibilizou toalhas e uma troca de roupas para o dia seguinte, retirando-se em seguida para descansar e aguardar a chegada de Caliel.

[27]

Samuel Blummer percebeu que seu corpo celestial começava a predominar sobre seu corpo físico humano. Estava muito mais forte, não sentia cansaço nem sono, seus movimentos eram mais rápidos e sua percepção estava muito mais aguçada.

Tomou um banho, vestiu a mesma roupa que usava, trocando apenas a camiseta por uma que Hades havia oferecido, e colocou a mesma jaqueta, ajeitando as armas e os acessórios de comunicação que Isabella havia fornecido.

Resolveu sair para o jardim para tomar um pouco de ar fresco e se preparar para a missão do dia seguinte. Estava intuindo que encontraria Eliza sã e salva e a traria de volta para casa.

Blummer caminhava lentamente pelo jardim da casa, absorto em seus pensamentos, quando pressentiu a presença de um intruso. Seus sentidos ficaram em alerta e estranhou que os cachorros dormissem e nada tivessem pressentido.

De repente, ouviu o zunido de uma lâmina cortando o ar em alta velocidade, na direção da sua cabeça. Num gesto preciso e rápido, ele se esquivou para trás e a lâmina passou a poucos centímetros do seu pescoço.

Ele identificou um vulto, que se esgueirava pelas folhagens em uma velocidade anormal para os padrões humanos. Percebeu que seu adversário vinha da esfera celestial e se preparou para o confronto.

Em um movimento instintivo, ergueu as mãos, a esquerda posicionada na frente da cabeça, com a palma voltada para frente, como se fosse um escudo protetor, e a mão direita um pouco mais atrás, com a palma também para frente, como se fosse uma arma pronta para disparar. Concentrou-se na percepção da sua consciência celestial de Anjo Guardião e esperou o ataque do inimigo.

E ele surgiu do nada, desta vez pela frente, acima da sua cabeça, empunhando a espada com as duas mãos, iniciando um golpe de cima para baixo, novamente buscando o pescoço.

O guardião não se esquivou. Avançou em espantosa velocidade, subindo na direção do seu oponente. Com a mão esquerda, segurou firme o punho do agressor interceptando o golpe, ao mesmo tempo em que o segurou no ar, preso pela garganta com a mão direita.

Ambos aterrissaram na grama. O guardião estava investido de toda a sua força celestial, e não havia como o inimigo escapar. De repente, ele evaporou entre seus dedos e desapareceu completamente.

O guardião se levantou e se preparou para se defender de um novo ataque. Não avistou o inimigo. Em seu lugar viu surgir seu amigo Caliel, com um sorriso maroto no rosto.

– Foi bem melhor do que da última vez.

– Caliel! Então era você! Por que me atacou dessa maneira?

– Eu precisava testar seus poderes antes de você sair a campo para combater os inimigos. Fico feliz de ver que você progrediu muito, apesar das limitações do seu corpo físico.

– Desculpe, velho amigo. Eu sei que não poderia feri-lo, mas fico constrangido de tê-lo atacado.

– Você apenas seguiu sua natureza e se defendeu, Haamiah. A culpa foi minha. Mas prometo que não farei mais nenhum teste. Estou satisfeito com o que vi e acho que você está pronto para enfrentar seus inimigos.

– Vamos entrar para ver se Aaron está preparado para partirmos.

Quando entraram na varanda, os cachorros fizeram festa para Caliel, como se o conhecessem de longa data. Entraram na sala, e Hades já esperava. Olhou para Caliel, e seus olhos brilharam. Encontraram-se em um caloroso abraço, que dispensava palavras de ambos.

– É uma honra estar novamente com você, velho amigo.

– A honra é minha, amigo Aaron. Estamos juntos de novo, em uma importante missão, e tenho certeza de que com sua ajuda cumpriremos nosso trabalho.

Blummer apenas observava a intimidade entre Caliel e Hades, e estava cada vez mais surpreso de eles se conhecerem. Tia Zilda entrou na sala para oferecer um café a todos antes de saírem. Caliel olhou para ela e não conseguiu deixar de fazer um comentário bem-humorado:

– Eu acho que vou deixar vocês irem sozinhos. Vou ficar por aqui para namorar esta senhora.

Tia Zilda surpreendeu-se com o que interpretou como um inesperado elogio, sua pele alva ressaltando ainda mais suas bochechas, agora mais coradas do que de costume, embora não se tenha feito de rogada:

– Ora, acho que não seria uma má ideia, afinal, já faz um bom tempo que eu não namoro. Ainda mais com um homem tão elegante.

Todos riram, descontraídos, e foram tomar o café que ela havia preparado.

Os três partiram em direção à fazenda, na esperança de encontrarem Eliza sã e salva.

[28]

A viagem até o Km 80 da autoestrada AE 060 demorou aproximadamente uma hora, mas foi tempo suficiente para decidirem a estratégia para entrar na casa.

Quando entraram na estreita estrada vicinal em direção à fazenda, tiveram que diminuir a velocidade devido às características do terreno. A picape Hilux transitava aos solavancos por um caminho de terra batida cheia de buracos.

Chegaram à porteira principal de entrada nas terras da fazenda quando o dia começava a clarear. Cortaram a corrente que a prendia e seguiram em frente, com o motor em baixa rotação para fazer o mínimo barulho possível.

Hades examinava o mapa enviado por Isabella no celular de Blummer e monitorava a aproximação da casa-sede. Pararam cerca de mil metros antes e esconderam a picape embaixo de um arbusto fora da estrada.

Seguiriam a pé, escondendo-se entre as vegetações mais altas que permeavam o caminho. Aproximaram-se até chegar ao balaústre de madeira que cercava a casa e perceberam que havia apenas um carro estacionado na frente, mas não identificaram ninguém vigiando.

Blummer conferiu mais uma vez as imagens enviadas por Isabella e confirmou que havia duas portas, uma na entrada principal na frente da casa e outra nos fundos. Isabella não conseguiu nenhuma planta com o leiaute interno, mas isso não seria um problema.

– Aaron, eu e você entraremos pelos fundos, enquanto Caliel bate na porta da frente, como combinamos. Caliel! Espere meu sinal para agir – comandou Blummer, saindo junto com Hades em direção ao fundo da casa.

Nos fundos, pularam a cerca de madeira e se aproximaram em silêncio da porta de entrada. Com habilidade, Blummer rapidamente destrancou a fechadura. Antes de entrar, deu o sinal para Caliel, imitando com perfeição o som de uma coruja, e abriu vagarosamente a porta, entrando na casa com Hades logo atrás.

No mesmo momento, Caliel subiu os degraus da varanda que cobria a entrada da casa e se postou em frente à porta principal, batendo e chamando por alguém. Passaram-se alguns minutos, e a porta se abriu.

Apareceu um homem alto e forte, com o semblante rude, empunhando uma carabina de grosso calibre. Logo atrás tinha outro homem, um pouco mais baixo, mas igualmente forte e com cara de poucos amigos, empunhando uma pistola automática. Demonstraram surpresa quando se depararam com a figura de Caliel, vestindo seu elegante terno branco e se apoiando em sua inseparável bengala.

– Quem é o senhor e o que está fazendo aqui? – perguntou o mais alto.

– Desculpem o incômodo, senhores. Eu estava passeando pelas redondezas e meu carro quebrou na estrada que passa em frente à entrada da sua fazenda. Achei que poderia encontrar ajuda – respondeu Caliel, com voz cansada e demonstrando fadiga.

Os dois homens, desconfiados, olharam um para o outro sem saber bem o que dizer. Ambos estavam achando muito estranho aquele senhor elegante estar ali, procurando por ajuda àquela hora da manhã. O mais alto deu um passo à frente, forçando Caliel a recuar, e lhe apontou a carabina, falando em tom ameaçador:

– Olha aqui, moço. Eu vou pedir só uma vez: dê meia-volta e suma daqui, senão lhe dou um tiro no meio das ventas e lhe sirvo de refeição para os porcos-do-mato.

– Calma, senhor! Não há motivo para essa agressividade. Eu me retiro imediatamente – respondeu Caliel, saindo para fora da varanda, sendo acompanhado de perto pelos dois homens, até que ultrapassou o portão da cerca e vagarosamente pegou a direção da estrada.

Nesse meio-tempo, Hades e Blummer já vasculhavam os cômodos da casa. Não encontraram Eliza e se esconderam em um ponto estratégico, esperando a volta dos dois homens.

Quando Caliel se afastou a uma distância que acharam suficiente, os homens voltaram para dentro da casa. Assim que entraram, depositaram as armas sobre a mesa, no mesmo instante em que foram surpreendidos pelos agentes, que apontavam as pistolas para suas cabeças.

– Não se mexam, senhores. Somos agentes federais e vocês estão presos – bradou Blummer.

Ambos ficaram paralisados e sem qualquer reação. Foram facilmente algemados, presos um ao outro e colocados sentados no chão, no centro da sala. Ficaram ainda mais surpresos quando viram Caliel, todo elegante e bem-disposto, entrar pela porta.

– Caliel! Ainda não encontrei Eliza. Mas sinto que ela está aqui – relatou Blummer.

– Ela está na casa, Haamiah. Procure que vai encontrá-la – respondeu Caliel, sentando-se em uma poltrona perto dos homens algemados no chão.

Blummer saiu em direção ao corredor que ligava os quartos, seguido por Hades. Parou no centro do corredor e observou que em uma das extremidades havia um quadro malcolocado na parede.

Retirou o quadro da parede e encontrou uma abertura, onde se podia ver uma alavanca de ferro. Enfiou a mão pela abertura, movimentou a alavanca e a parede começou a se mover para a frente. Era uma porta camuflada e, aberta, deixou à vista uma escada, que descia para um porão abaixo do piso da casa.

Blummer ligou um interruptor que havia na parede e uma luz amarelada iluminou a estreita escada. Empunhou a pistola e começou a descer com cuidado, até parar, abaixado, na porta de entrada de uma ampla sala, com pouca iluminação, tendo uma mesa com cadeiras, uma estante e duas camas.

Apesar da penumbra, sua visão celestial identificou Eliza amarrada em uma das camas no fundo da sala e outra mulher sentada na outra cama. Deu um sinal para Hades se aproximar. Indicou, através de sinais, que iria entrar para se certificar de que não havia mais ninguém e que Hades se ocupasse da segunda mulher.

Entraram ao mesmo tempo na sala, e Blummer se preocupou primeiro em olhar detalhadamente para todos os lados, a fim de se certificar de que não havia mais ninguém. Em seguida, dirigiu-se a Eliza, enquanto Hades se aproximou da segunda mulher que, assustada, começou a chorar.

– Eliza! Eliza! Sou eu! Estou aqui, meu bem. Nós vamos tirar você daqui – Blummer falava enquanto desamarrava e verificava se Eliza tinha algum ferimento.

Por um momento, Eliza pensou que delirava. Havia sonhado tantas vezes com Blummer chegando para salvá-la que mal podia acreditar que estava realmente acontecendo.

– É mesmo você, Sam? Graças a Deus! Pensei que nunca mais iria sair daqui – respondeu Eliza, com a voz muito fraca, quase desfalecendo.

As lágrimas enchiam seus olhos e escorriam pelo rosto. Ela não conseguia enxergar com nitidez, mas o abraço de Blummer era inconfundível. Ela estava salva.

A outra mulher continuava chorando, com medo, e Hades a levou para a sala, enquanto Blummer tomou Eliza nos braços e a levou até um dos quartos, onde a colocou na cama, abriu as janelas e lhe serviu um pouco de água.

– Eliza, você está bem? Está ferida? – perguntou Blummer preocupado.

– Estou bem, Sam. Apenas muito fraca e cansada, mas eu vou me recuperar.

Blummer abraçou Eliza, passando suavemente as mãos sobre seus cabelos, e a mantinha encostada em seu peito, para que ela sentisse que estava segura. Nesse momento, Caliel entrou no quarto e pediu para Blummer sair, dizendo que iria cuidar dela. Ele concordou e saiu. Caliel encostou a porta.

– Quem é você? – perguntou Eliza, com a voz ainda fraca e olhando para Caliel.

– Sou um velho amigo de Samuel. Fique tranquila que vou cuidar de você – respondeu Caliel, pedindo a ela para esticar o corpo, fechar os olhos e relaxar.

Eliza sentiu confiança nele, e, além disso, estava tão debilitada, que obedeceu, aproveitando para descansar do inferno que tinha vivido nos últimos dias. Caliel sentou ao lado da cama, colocou a mão esquerda sobre sua cabeça enquanto a direita ele movimentava para cima e para baixo sobre o corpo dela.

Caliel estava concentrado em sua meditação, enquanto uma luz azulada envolvia o corpo de Eliza. Ele cumpriu esse ritual por alguns minutos e se levantou, percebendo que ela dormia profundamente. Deixou o quarto e foi para a sala ter com os amigos, informando que Eliza estava bem, que descansava no quarto e logo estaria totalmente recuperada.

Blummer e Hades conversavam para decidir a melhor estratégia para interrogar os dois homens e a mulher que encontraram na casa. Escolheram começar pela mulher e a levaram para um dos quartos, enquanto Caliel ficou com os homens na sala.

– Como já lhe falamos, senhora, somos agentes federais e vocês estão envolvidos em um sequestro, que é um crime muito grave, portanto, não minta que a situação ficará ainda pior. Diga quem é e o que fazia nesta casa? – perguntou Blummer.

– Eu me chamo Zuleika dos Santos. Sou irmã do Juan e do Mariel, que vocês estão prendendo na sala. Eles me trouxeram para cozinhar e cuidar da moça. Mas eu não sei de mais nada. Eles pouco falam comigo – respondeu Zuleika, com voz assustada e parecendo sincera.

– Por que mantinham a moça presa e quem mais está envolvido? – perguntou Hades.

– Eu só sei aquilo que eu vi. Um homem veio aqui apenas duas vezes e chegou de helicóptero. Ele queria que a moça falasse quem mais sabia sobre as informações que ela tinha descoberto. Ela sempre falava que ninguém mais sabia, mas acho que ele não acreditava, porque respondia a ele que ele só a soltaria se ela falasse a verdade. Antes de ir embora, sempre me dizia para dar pouca comida, só o suficiente para ela não morrer – respondeu Zuleika.

– E onde vocês moram? – perguntou Blummer.

– Eu moro na periferia de San Pietro, e meus irmãos eu não sei. Eles estavam sumidos há muito tempo e de repente apareceram dizendo que precisavam de mim para ajudar em um trabalho. Aceitei porque estava desempregada e precisando de dinheiro, mas eu não sabia que seria um trabalho desse tipo.

– Está bem, Zuleika. Por enquanto é o suficiente – falou Blummer, retornando para a sala junto com Hades e trancando a porta do quarto onde havia deixado Zuleika.

Chegando a sala, Blummer pegou uma cadeira e colocou em frente aos dois homens sentados no chão e sentou-se nela, enquanto Hades e Caliel observavam.

– Muito bem, senhores... Já sei o nome de vocês, que são irmãos e estão aqui guardando a moça sequestrada. Então, quero saber qual a participação de vocês nessa história e quem os contratou.

– Olha aqui, moço... Vocês podem falar ou fazer o que quiserem, mas nós não temos nada para informar – respondeu Juan, o mais alto.

Percebendo que Juan estava decidido a ficar calado, Caliel interveio:

– Deixe que eu falo com ele, Haamiah. Acho que ele vai me entender melhor – pediu Caliel, sentando-se na cadeira em que Blummer estava, bem em frente a Juan.

Caliel fixou Juan e ordenou que o olhasse. Colocou a mão sobre sua cabeça e fechou os olhos por alguns segundos, dizendo:

– Fale tudo o que você sabe sobre o sequestro da moça, meu rapaz. Não se esqueça de nenhum detalhe, inclusive quem é a pessoa que contratou você e seu irmão.

Com força telepática inigualável, os anjos puros, como Caliel, podem influenciar seus inimigos a falarem tudo o que sabem sobre qualquer assunto ou informação que ele pedir. Juan, em transe, começou a relatar:

– Nós fomos contratados apenas para cuidar da moça aqui na fazenda. Não sabemos nada sobre ela. Recebemos instruções para alimentá-la pouco, para que ela se desgastasse devagar até falar tudo o que ele queria saber a respeito de uma reportagem que ela iria publicar no jornal. Ele veio aqui duas vezes e ficou pouco tempo com ela. Chegou sempre de helicóptero e ficou de voltar hoje à tarde, para levar a moça para outro lugar. Disse que ele ainda precisa dela até ter certeza de que o agente federal está morto. Não sei o nome dele. É alto e muito forte, pele clara, olhos acinzentados, completamente careca e ruim como um demônio. Ele me procurou pelo celular e disse que foi por indicação de um amigo de San Pietro, mas não sei quem é esse amigo. Ele pagou cinquenta por cento no início e vai pagar o resto no final. É só o que eu sei – relatou Juan, saindo do transe assim que Caliel estalou os dedos na frente dos seus olhos.

No mesmo instante em que Juan terminava seu relato, Eliza entrou na sala procurando por Blummer, demostrando uma recuperação surpreendente para quem havia vivenciado as dificuldades pelas quais passara nos últimos dias. Blummer foi ao seu encontro, abraçou-a forte e beijou seus lábios com carinho, e só aí ela acreditou que estava realmente livre.

– Ah, minha querida! Que alívio encontrar você sã e salva! – falou Blummer com emoção.

– Pensei que nunca mais teria seu abraço de novo, meu amor – respondeu Eliza, com lágrimas nos olhos.

– Mas agora está tudo bem. Logo iremos para casa. É só o tempo de resolvermos o que faremos com essas pessoas – informou Blummer.

Eliza ainda não tinha notado a presença do amigo Hades. Ficou surpresa ao vê-lo na sala e se dirigiu a ele:

– Olá, Aaron! Quanto tempo! Fico contente de ver você aqui! – Deu um forte abraço em Hades, que a envolveu nos braços, dando-lhe um afetuoso beijo no rosto.

– É muito bom ver você de novo, Eliza. Estamos todos aliviados de tê-la encontrado bem – disse Hades, para, em seguida, dirigir-se aos amigos: – Muito bem, gente! O que faremos com esses canalhas e a irmã deles que está no quarto? E, também, o que faremos sobre a possível visita de hoje à tarde do contratante da dupla? – Ele já parecia ter algum plano em mente.

– Aaron, você tem alguma sugestão? – perguntou Blummer.

– Sim, eu tenho. Temos que entregar esses três bandidos para a polícia. Sugiro vocês levarem os três para a 4ª Delegacia, em San Pietro, onde o delegado é um velho conhecido. Eu ficarei aqui, esperando o contratante desses meliantes. Eu o prendo e depois retorno usando o carro deles – explicou Hades.

Caliel ouviu a sugestão e de imediato fez um sinal negativo com a cabeça. Ele já tinha fortes indícios para saber de quem se tratava e que Hades não poderia enfrentá-lo.

– Vamos fazer diferente – interveio Caliel. – Vocês retornam para San Pietro levando esses bandidos e eu ficarei aqui esperando nosso homem. Acho que já tenho uma ideia de quem possa ser e, se não puder pegá-lo, pelo menos saberei com certeza de quem se trata e depois traçaremos um plano para combatê-lo – explicou.

Blummer ficou pensativo porque também não estava com um bom pressentimento. Decidiu aceitar a sugestão de Caliel, pois sabia que ele tinha poderes suficientes para enfrentar qualquer inimigo e se transportar para qualquer lugar mais rápido que a velocidade da luz.

– Está bem, Caliel. Acho que é a melhor alternativa. Mas tome cuidado. Nunca se sabe o que teremos pela frente – concordou Blummer, saindo para ir buscar a Hilux que haviam deixado um pouco distante da casa.

Blummer encostou a picape e todos se despediram de Caliel. Eliza se acomodou na frente com Blummer e Zuleika entrou no banco de trás. Hades pegou Juan e Mariel, e fez com que ficassem sentados, com as pernas encolhidas, na caçamba da parte traseira, onde os amarrou bem firme, para evitar qualquer risco de fuga. Entrou no banco de trás com Zuleika e partiram, deixando Caliel na casa.

[29]

Caliel aproveitou o tempo para passear, levitando pelo interior de uma pequena floresta que tinha no entorno da casa da fazenda, observando a exuberância da natureza e o espetáculo protagonizado pelas aves e animais que habitavam o lugar.

Identificou uma grande variedade de árvores: braúnas-pretas, cássias-rosas, angicos-brancos, angicos-roxos e angicos-vermelhos, todas magníficas, com mais de trinta metros de altura.

Os macucos, inhambus, tucanos e araras assentavam nos galhos mais resistentes, abrindo e fechando as asas, como se estivessem se exibindo para os demais habitantes da pequena floresta.

As rolinhas, pica-paus, quiri-quiris e outros pássaros menores voavam de um lado para outro, procurando insetos nas árvores, enquanto os periquitos faziam uma enorme algazarra, destoando da delicadeza dos beija-flores, que pairavam no ar vibrando freneticamente as asas para sorver o néctar das flores. Os gaviões sobrevoavam as áreas de clareiras à espreita de pequenos roedores distraídos.

No lago, no meio da floresta, os tuiuiús passeavam próximo às margens, procurando por uma boa refeição, e os biguás mergulhavam à procura de peixes pequenos. Os esquilos, desconfiados, mexiam-se com movimentos rápidos, sempre se escondendo entre as folhagens, com certo receio dos macacos que, em grupos, pulavam de um galho a outro, emitindo alucinados guinchados, que produziam ecos aterrorizantes para qualquer estranho que invadisse aquele santuário.

Caliel assistia a tudo aquilo com orgulho pela perfeição da obra do Criador.

Um som estranho surgiu ao longe, provocando certa aflição aos habitantes da pequena floresta. Caliel ouviu o barulho das hélices e dos motores de um helicóptero que se aproximava. Escondeu-se no meio das árvores e esperou.

Não demorou e o helicóptero pousou perto dos fundos da casa, de onde desceu um homem que se dirigiu para a porta da frente.

O homem bateu forte na porta e demonstrava irritação por ninguém ter atendido ainda. Era alto e forte, pele clara, e não tinha pelo nenhum no corpo. Caliel o reconheceu de longe. Sabia de quem se tratava.

Caliel se transportou para a frente da casa, onde o homem batia insistentemente na porta, até que com um forte chute pôs ela abaixo. Ele entrou na casa e logo percebeu que não havia ninguém. Quando voltou para fora, deparou com Caliel na frente da escada da varanda.

– Olá, Anjo do Mal! O dia hoje não está muito bom, não é mesmo? Vejo que está um pouco contrariado – falou Caliel, olhando fixamente para o homem, com um debochado sorriso nos lábios.

– Ora... Vejam só quem eu encontro! O que um ser insignificante como você está fazendo aqui, Caliel?

– Estou restaurando aquilo que você tenta destruir, anjo desertor.

– Você está ficando muito mal-educado, Caliel. Deveria me tratar com mais respeito, porque posso decidir exterminar você sem nenhuma compaixão – ameaçou.

– Continua o mesmo falastrão, usando o corpo de Ricco Cameron, que é outro ser desprezível como você, Aziel – respondeu Caliel.

Ricco Cameron – ou o Anjo do Mal Aziel – estava irritado por ter perdido sua prisioneira, a jovem jornalista, e ameaçou novamente:

– Você sempre insiste em cruzar meu caminho, Caliel. Mas não adianta interferir. Vou achar a moça e desta vez vou matá-la sem qualquer compaixão. Farei isso com qualquer um que tentar me enfrentar.

– Você deveria aceitar que os seres celestiais neutralizem seus poderes na Terra, Aziel. Só assim você receberá ajuda para recuperar o que perdeu.

– Não perca seu tempo, anjo idiota. Seu discurso não vai funcionar comigo. Sem meus poderes a vida na Terra seria uma merda, então, nem você nem ninguém vai me convencer do contrário.

– Você deveria pregar a solidariedade, a fraternidade e o amor entre os homens, Aziel, mas escolheu esse caminho errante que ainda vai destruí-lo.

– Não seja burro, Caliel. Você deveria saber que esses sentimentos só trazem sofrimento e dor para os humanos, mais nada.

– Não fale bobagens, Aziel. Sabemos que cometemos um erro, mas ainda é tempo de corrigir. Só depende de você.

– Diabos! Você é surdo ou o quê? – Falou isso e disparou seu raio de energia cósmica contra Caliel, que imediatamente se desmaterializou, evitando ser atingido.

O raio de Aziel era poderoso. Destruiu o portão, a parte da cerca da casa e algumas árvores mais próximas. Mas Caliel era muito rápido e difícil de ser atingido.

Aziel avistou Caliel, que se materializou alguns metros à direita de onde estava e lançou outro raio. Desta vez Caliel não se moveu. Levantou os braços para cima e desceu em volta do corpo, criando uma barreira de luz que o protegia.

Aziel sabia que não havia meios de machucar Caliel, mas insistia em tentar atingi-lo, sem sucesso. Seus raios não conseguiam romper a barreira protetora. Suas energias foram se esvaindo, até que os raios já não produziam nenhum perigo. Desistiu do confronto.

– Por enquanto está a salvo, anjo desertor – falou Caliel. – Sabe que não me é permitido terminar com sua vida na Terra. Mas logo você terá pela frente um adversário que estará preparado para fazer isso. Seus dias de maldade estão para terminar, e você voltará ao mundo celestial para prestar contas ao Criador.

– Desapareça, maldito! – berrou Cameron enfurecido. – Não fique em meu caminho que ainda encontrarei um meio de acabar com sua eternidade. Você não perde por esperar! – completou, dirigindo-se ao helicóptero para ir embora.

Caliel esperou o helicóptero se afastar e, numa fração de segundo, transportou-se para o Ninho do Falcão.

[30]

No início da tarde Blummer parou a Hilux em frente à 4ª Delegacia de San Pietro, a maior e mais eficiente delegacia da Capital Federal, chefiada por um velho conhecido de Hades que desceu do veículo e entrou no prédio procurando pelo delegado e foi prontamente atendido.

– Dr. Macedo, como vai? Obrigado por me atender – agradeceu Hades, dando um forte abraço no amigo.

– Estou muito bem, Hades. É um prazer voltar a encontrá-lo. Já faz muito tempo que não nos vemos. Eu soube que você está afastado da Agência Federal. Isso é verdade?

– Sim, Dr. Macedo, é verdade. É um afastamento temporário, mas tenho confiança de que logo estarei de volta. Outro dia lhe conto os detalhes. No momento, tenho um caso muito importante e preciso da sua ajuda.

– É claro! Pode contar comigo. Do que se trata?

Hades ainda não sabia muito bem como deveria relatar os acontecimentos. Iniciou omitindo alguns detalhes até ter certeza da colaboração do amigo. Também não pretendia colocá-lo em dificuldades perante seus superiores, afinal, no momento, estava afastado, respondendo a um processo disciplinar dentro da Agência Federal.

Explicou sobre o sequestro da jornalista Eliza Huppert, que tinha conseguido resgatá-la, prendendo três pessoas que guardavam o cativeiro.

O delegado pesquisou o sistema da polícia civil e encontrou o registro do sequestro de Eliza.

Hades pediu ao delegado que mantivesse sigilo por algum tempo até encontrar um lugar seguro para ela, porque certamente a vida dela estaria em risco assim que o principal mandante do sequestro tivesse conhecimento de que ela havia sido resgatada.

– Tudo bem. Também acho que faz sentido manter isso em segredo por alguns dias para proteger a moça.

– Mas me diga... Onde estão esses elementos que você prendeu? – questionou o delegado.

– Estão lá fora, na caçamba de uma picape – respondeu Hades, pedindo que o delegado o acompanhasse.

Blummer e Eliza já esperavam do lado de fora da Hilux.

Cumprimentaram o delegado, enquanto Hades desamarrava Juan e Mariel. Depois, fez com que descessem, com Zuleika, e os apresentou ao delegado.

– Vamos levá-los para dentro, Hades. Vou providenciar uma cela confortável para todos. Preciso tomar o depoimento da jornalista e o seu. Acho melhor fazer isso agora mesmo.

– Está certo, Dr. Macedo. Vamos fazer isso logo – concordou Hades, e entraram todos na delegacia.

O delegado chamou dois carcereiros e pediu para que eles levassem os três para as celas. Chamou um ajudante de ordens, entregou os documentos que havia encontrado com os três bandidos e pediu para que ele levantasse os antecedentes criminais o mais depressa possível.

Chamou o escrivão da delegacia e entraram todos em uma sala para o registro dos depoimentos. Blummer interveio:

– Seria possível postergar o registro dos depoimentos?

– Não é comum fazer isso – respondeu o delegado –, mas vamos deixar o registro para depois – concordou, dispensando o escrivão.

Em seguida, pediu que Eliza relatasse tudo o que havia acontecido desde o momento do sequestro e todos os detalhes dos dias em que estivera prisioneira. Na sequência, pediu que Hades explicasse como tinham descoberto o cativeiro e como se desenrolara a operação de resgate.

Hades, ainda relutante, olhou para Blummer como se estivesse pedindo a ele que assumisse o comando do depoimento.

– Aaron! Acho melhor eu me apresentar direito para o delegado. Se ele é da sua confiança, temos que falar tudo desde o começo.

O delegado olhou surpreso para Blummer e percebeu que a história era bem mais complicada do que parecia no início.

– Muito bem, meu rapaz. Sou todo ouvidos! Pode me falar tudo. Hades sabe que pode confiar em mim – pediu o delegado.

– Sim, Dr. Macedo. Vou lhe contar, mas em caráter extraoficial. O que vou falar deve ficar apenas entre nós, pelo menos por enquanto – pediu Blummer.

– Não é o procedimento habitual, mas vou concordar.

Blummer se identificou como agente federal e explicou o que havia acontecido com Eliza, contando que, certamente, aquilo tinha sido motivado pela matéria sobre corrupção no alto comando no governo que ela iria divulgar.

Relatou o atentado que ele mesmo havia sofrido dentro da própria sede da Agência Federal, admitindo estar vivo por um milagre. Continuou dizendo que, assim que se recuperou, começou a investigar o sequestro de Eliza. Descobriu o furgão e a casa, onde encontrou novas pistas que o levaram a descobrir o helicóptero que a levara da casa até o cativeiro. Então, pedira ajuda para Hades, para acompanhá-lo na ação de resgate.

Informou que o furgão e o helicóptero utilizados pertenciam à Siderúrgica Nacional e completou seu relato com os endereços e o nome do proprietário da casa na região sul do Grande Lago e da fazenda Mirassol, na zona rural de San Pietro.

Na cabeça do delegado, uma interrogação:

– O sequestro da Srta. Eliza e o atentado que sofreu na Agência estão de alguma forma ligados?

– É provável que sim, mas ainda não temos provas concretas – respondeu Blummer.

– Mais alguma coisa?

– Isso é tudo, Dr. Macedo. Foi o que aconteceu.

O delegado, um homem experiente, teve a nítida impressão que Blummer estava ocultando alguma coisa. Mas interpretou que não seria nada relevante.

– Está bem! Mas duas questões ainda me intrigam: quais eram as denúncias que iria publicar em sua matéria, Srta. Huppert, e por que não levou os prisioneiros para a Agência Federal, agente Blummer? – perguntou o delegado.

Eliza se adiantou e respondeu primeiro:

– Bem, Dr. Macedo, o mandante do sequestro ficou com todos os originais e todas as anotações e dados das fontes que usei para construir a matéria. Então, qualquer coisa que eu falar agora será leviano da minha parte, porque não poderei provar. No momento, prefiro não falar sobre esse assunto – respondeu Eliza.

– Entendo. Vamos torcer para que esses originais sejam recuperados – manifestou o delegado, aceitando que por uma questão de ética profissional Eliza não quisesse fazer acusações sem provas. Em seguida, olhou para Blummer e fez um sinal com a mão, como que dizendo: sua vez de responder à pergunta que fiz.

Blummer não sabia o que dizer. Desconfiava da participação de alguém dentro da Agência em seu atentado, mas não havia provas. Relutou um pouco, mas no fim, decidiu manifestar exatamente o que pensava.

– Desconfio de que alguém dentro da Agência é partícipe em meu atentado, delegado. Prefiro me manter afastado enquanto isso não ficar totalmente esclarecido.

– Entendo sua desconfiança, faz sentido. Farei apenas o registro dos depoimentos da Srta. Eliza Huppert, a vítima do sequestro, e do agente Aaron Hades, como autor do resgate e das prisões. Por enquanto vamos ocultar sua participação, agente Blummer.

– Obrigado, Dr. Macedo! Acho que assim é mais seguro e terei um pouco mais de tempo para investigar sem chamar muito atenção.

– E quanto aos prisioneiros? – questionou Hades, justamente no momento em que um dos investigadores deu duas batidas à porta e entrou. Entregou alguns documentos ao delegado e se retirou em seguida. Eram os antecedentes criminais dos bandidos que guardavam o cativeiro.

– Eu os manterei encarcerados – respondeu o delegado, dando uma olhada nos papéis –; os dois irmãos têm passagem na polícia. A mulher está limpa, acho que não poderei segurá-la por muito tempo.

– Imagino que o senhor dará prosseguimento à investigação – especulou Blummer.

– É um caso complexo. O sequestro está registrado no sistema da polícia civil, mas seu atentado é um crime federal e certamente os dois casos estão ligados. Primeiro preciso analisar se tenho jurisdição para me envolver – explicou o delegado.

– Compreendo sua dúvida – manifestou Blummer.

– Pretendo ajudar no que for possível, desde que me mantenham informado sobre qualquer fato novo daqui para a frente – pediu o delegado.

– Não se preocupe, eu o manterei informado – prometeu Blummer.

O delegado chamou o escrivão para preparar os depoimentos que ele mesmo produziu, em voz alta. Eliza e Hades assinaram sem ressalvas. Em seguida, despediram-se do delegado e saíram da delegacia.

– O que faremos agora? – perguntou Hades.

– Você deve estar cansado, Aaron. Vou deixá-lo em casa e depois vou levar Eliza para descansar também. Falarei com Caliel para saber se ele encontrou o mandante do sequestro. Amanhã será outro dia e vamos ver o que o futuro nos reserva – respondeu Blummer.

– Está bem, Sam. Amanhã Eliza estará mais descansada e poderá dar mais informações. Então continuaremos investigando.

Esse caso está só começando e quero seguir nele com você até o fim. De acordo?

– Sim, de acordo. Amanhã bem cedo continuaremos investigando e manterei contato com você – respondeu Blummer.

Todos entraram no carro e partiram.

[31]

Blummer deixou Hades em sua casa e rumou com Eliza para o Ninho do Falcão, onde ela poderia descansar e estaria muito mais segura do que se ficasse no próprio apartamento.

Entraram na garagem do prédio e subiram pelo elevador até o apartamento. Blummer abriu a porta com a cópia da chave que recebera, e Isabella veio recepcioná-los.

– Olá, Isabella! Esta é Eliza Huppert – falou Blummer, entrando no apartamento, seguido por Eliza, que cumprimentou Isabella.

– É um prazer conhecê-la, Eliza. Estamos felizes de ver que você está bem – manifestou Isabella, dando um caloroso abraço em Eliza.

– Caliel está na cozinha, preparando o jantar.

– Obrigado por seu apoio, Isabella. Fez um ótimo trabalho – agradeceu Blummer.

– Não por isso, Sam. Estou aqui para ajudar.

Entraram na cozinha e Caliel estava vestido de mestre-cuca, preparando o jantar.

Ele adorava cozinhar. Sempre dizia que era um ótimo exercício para treinar a mente a fim de enfrentar os desafios da sua permanência na Terra. Cumprimentaram-se, e ele pediu para que se acomodassem em volta da mesa, que logo o jantar estaria pronto.

Eliza falou a Blummer que gostaria de tomar um banho; sentia-se infectada pelo repugnante ambiente em que havia estado naqueles dias de terror.

Blummer a levou para uma das suítes, onde encontrou tudo que iria precisar. Ela o abraçou mais uma vez, encostando o rosto sobre seu peito, como se quisesse ter certeza de que ele estava mesmo ali com ela. Ele a apertou suavemente, acariciando seus cabelos, enquanto ela chorava baixinho.

– Pode chorar, querida, assim você elimina as lembranças daqueles dias terríveis que passou naquele cativeiro. Você agora está em segurança.

Ficaram abraçados por algum tempo, e Eliza foi se recuperando da angústia que sentira recordando dos dias em que estivera prisioneira.

Enquanto Eliza tomava um demorado e revigorante banho, Blummer retornou à cozinha para ter com Caliel.

– O homem apareceu na fazenda?

– Sim, ele apareceu. E era justamente quem eu esperava. Trata-se de Ricco Cameron, um desertor do mundo celestial que se transformou em um mercenário e espalha desgraça por todo lugar onde passa.

– Nunca ouvi falar dele. De quem se trata?

– Outra hora eu explico melhor, Haamiah. Primeiro, vamos comer, que Eliza deve estar faminta e ansiosa por uma refeição decente.

Caliel chamou Isabella, que logo se aproximou. Eliza não demorou a se juntar a eles e, vendo que ela ainda mantinha o semblante entristecido, devido aos dias de sofrimento no cativeiro, Caliel lhe deu um aconchegante e fraternal abraço. A energia daquele abraço foi como um elixir revigorante.

– Agora sim sua aura se iluminou novamente! – disse Caliel, sem disfarçar que havia notado a surpresa que Eliza expressou no olhar.

Durante o jantar conversaram sobre os acontecimentos do dia. Falaram principalmente no mistério que mais intrigava a todos: qual era o envolvimento da Siderúrgica Nacional no caso?

Eliza também não entendia, afinal, a Siderúrgica não era parte da sua matéria jornalística e não estava envolvida em nenhuma das denúncias que ela iria divulgar.

Não demorou para Eliza dar sinais de cansaço. Mas, antes de se recolher ao quarto, fez um especial agradecimento:

– Quero lhe agradecer, Caliel. Não sei o que fez, mas minha recuperação foi surpreendente. Estou me sentindo muito bem. Apenas um pouco cansada.

– Isso é ótimo, querida. Fico feliz em ter ajudado.

Eliza se levantou para se retirar e Blummer a acompanhou. Ela, literalmente, jogou-se sobre a confortável cama da suíte e pegou no sono em poucos minutos.

Isabella também já tinha se recolhido, então Blummer ficou a sós com Caliel para conversar um pouco mais sobre o que deveriam fazer daquele momento em diante, e também para saber mais sobre Ricco Cameron.

Caliel não dormia nunca, e Blummer percebia que cada vez mais sua natureza celestial predominava em seu corpo físico. Praticamente não sentia fome, cansaço ou sono, mas sabia que precisaria de algumas horas de descanso para não sobrecarregar seu corpo humano.

[32]

Caliel e Blummer subiram ao jardim no piso superior do Ninho do Falcão, onde podiam apreciar a beleza das estrelas que brilhavam no céu. Sentaram-se em poltronas confortáveis e relaxaram o corpo, sentindo a refrescante brisa que soprava naquela noite. Saboreavam um delicioso licor de laranja.

– Quando experimento um sabor e aroma como este, entendo o apego que os homens têm às coisas materiais que existem na Terra – expressou Caliel, levantando e olhando o líquido transparente e suavemente amarelado dentro da pequena taça de cristal.

– É verdade, Caliel. Deus foi pródigo quando criou a Terra com toda a sua exuberante natureza. Mas, então, o que você tem a me dizer sobre Ricco Cameron?

– Cameron é, na verdade, um Anjo Guardião desertor. Trata-se de Aziel, que ainda não tinha completado seu treinamento, mas já usufruía de todos os poderes celestiais que você conhece.

– Mas como isso foi acontecer? Eu nunca soube de um caso desses! – exclamou Blummer, surpreso.

– É verdade. Isso nunca aconteceu antes. Foi um erro que cometemos no passado e, é claro, nenhum de nós fala sobre isso aos quatro ventos, porque é uma coisa que nos envergonha.

– Aziel fez uso do livre-arbítrio concedido pelo Criador a todos nós – prosseguiu Caliel. – Cada um faz as escolhas que mais lhe convêm e muitas vezes elas têm consequências graves.

•••

Os Anjos Guardiões seguem um rígido treinamento e passam por vários estágios em diversas partes do universo, para entenderem as características e o nível de evolução de cada planeta, e só depois disso estão aptos a receber e cumprir suas missões.

Em todos os outros planetas, os guardiões cumprem o treinamento e suas missões com seu corpo celestial original, menos na Terra, onde o Criador não permite interferência direta.

Por essa razão, muitos guardiões encarnam na Terra nos corpos físicos dos humanos, possibilitando que um contingente de homens e mulheres, revestidos de sólidos princípios morais, possam ajudar a manter o equilíbrio na permanente luta entre o bem e o mal.

O que fora agora permitido a Samuel Blummer, o guardião Haamiah, era uma situação totalmente incomum, mas necessária diante da gravidade do que estava em curso. Uma situação semelhante fora permitida em uma antiga missão que Aziel deveria cumprir.

Aziel era um Anjo Guardião que no final do seu treinamento encarnou na Terra no corpo de Ricco Cameron. Ele deveria viver as experiências terrenas e se preparar para os acontecimentos previstos para Cuba, uma ilha no Caribe.

Ricco Cameron teria uma participação importante, para ajudar na vitória dos revolucionários, liderados por Fidel Castro, que tentavam derrubar a ditadura de Fulgêncio Batista. Ele seria o líder que influenciaria os revolucionários a implantar um regime democrático no país. Mas a revolução estourou mais cedo do que o previsto. Cameron ainda era muito jovem e não estava preparado para cumprir sua missão.

O príncipe Camael, líder dos Guardiões da Terra, decidiu pedir autorização aos dirigentes celestiais para a fusão da consciência humana de Ricco Cameron com a consciência celestial de Aziel, argumentando que ele ainda não estava preparado para cumprir a missão originalmente prevista, mas com seus poderes celestiais poderia ter sucesso.

Os superiores celestiais decidiram arriscar e autorizaram. O resultado foi uma catástrofe. Cameron se deslumbrou com os poderes que adquiriu na Terra, despertando seu lado mais sombrio. Em pouco tempo decidiu desertar, abandonando a orientação do Quartel dos Guardiões, e ficar na Terra, exercitando as maldades que aprendera a praticar, esbaldando-se com os prazeres da vida terrena.

Ricco Cameron deveria liderar a implantação da democracia em Cuba, mas se tornou um cúmplice fervoroso de Fidel Castro, que optou por uma sangrenta ditadura comunista.

Foi um dos idealizadores da implacável perseguição aos adversários políticos, que eram sumariamente condenados e fuzilados, o que ficou conhecido como *paredón*. Mais de dez mil opositores do regime castrista foram assassinados e mais de um milhão de cubanos deixaram clandestinamente a ilha, refugiando-se nos Estados Unidos.

Sua mãe era cubana e o pai, um escocês radicado em Cuba. Ambos sempre apoiaram os planos de Fidel Castro e viveram no país até o fim da vida, sempre tratados com muito conforto pelo governo, em reconhecimento aos trabalhos que o filho prestava.

Após a morte dos pais, Ricco Cameron vinha circulando por diversos países do Caribe e América do Sul, vendendo seus serviços para quem pagasse mais e espalhando maldades por onde passava, juntando-se sempre com a escória da raça humana.

•••

– Mas isso faz cinquenta anos, Caliel! Se Aziel está no corpo físico de Ricco Cameron, deve estar agora com mais de setenta anos. Deveria estar com dificuldades físicas para agir.

– Não, Haamiah. O corpo celestial é eterno e interfere no metabolismo do corpo humano, que passa a ter um envelhecimento muito mais lento que o normal. Cameron apresenta atualmente um estado físico de um homem de trinta e cinco anos. Estimamos que ele possa estender a vida do seu corpo físico humano por pelo menos mais duzentos e cinquenta anos.

– É... De fato, é muito tempo para alguém que faz tantos estragos.

– Essa é uma missão que só você poderá cumprir, Haamiah. Tirar a vida de Ricco Cameron, para que o anjo Aziel volte para casa e interrompa essa trajetória destrutiva na Terra.

– Não se preocupe. Vou encontrá-lo e cumprir minha missão. Esteja certo disso! – afirmou Blummer, questionando em seguida: – Mas o que acontecerá com Aziel?

– Assim que ele deixar o corpo físico de Cameron e adentrar os limites da quarta dimensão, Anjos Guardiões estarão à espera para conduzi-lo ao Reformatório Celestial, onde receberá assistência para sua recuperação moral... Ele terá uma nova chance.

– Para que isso aconteça, temos que fazer nossa parte – expressou Blummer. – Amanhã – prosseguiu – vamos pedir que Eliza detalhe todas as denúncias que iria publicar e vamos começar a montar esse quebra-cabeça.

– Está certo, Haamiah. Amanhã prosseguiremos com nossa missão. Por hoje você também deveria descansar um pouco. Seu corpo físico ainda precisa disso e deve estar preparado para as duras batalhas que virão pela frente. E, agora, tenho que partir, precisam de mim em outro lugar – concluiu Caliel, mas foi interrompido por Blummer com mais uma pergunta:

– Você ainda não me disse nada sobre Isabella.

– É verdade! Vou lhe contar... É importante você saber mais sobre ela.

•••

Isabella é filha de Bruno Sartore, um velho amigo e colaborador das diversas missões que Caliel cumpriu na Terra. Sartore é um rico empresário, com negócios na região sul do país.

Foi recrutado em uma época em que Caliel decidiu aumentar a equipe de colaboradores. Sartore tem poderes mediúnicos e sempre entendeu muito bem os propósitos divinos, transformando-se em um dos mais importantes colaboradores do mundo celestial.

Um dia, quando Caliel conversava com Sartore em seu escritório, alguém bateu à porta. Caliel imediatamente se desmaterializou para não ser visto por ninguém mais, mas continuou presente num fluido muito sutil.

Ambos se surpreenderam quando a jovem filha de Sartore entrou na sala, abraçou e beijou o pai, e logo perguntou: "Quem é esse senhor que está com você?".

Perceberam de imediato que a jovem também tinha poderes mediúnicos, assim como o pai, e a partir daquele dia ela se integrou ao grupo de colaboradores, passando a receber formação adequada para entender o plano astral.

Com o passar do tempo, ela se diplomou em Engenharia da Computação e de Telecomunicações e foi trabalhar nas empresas da família. Ainda jovem se transformou em uma colaboradora muito eficiente e leal, seguindo os mesmos passos do pai, que agora se encontrava um pouco afastado, após a morte da esposa, três anos atrás.

Mas Sartore continua colaborando financeiramente, cedendo o apartamento e os veículos, dos quais Isabella apaga os registros no Departamento de Trânsito para não serem identificados. Ele também está financiando toda a logística e equipamentos que estão sendo utilizados.

Isabella era perfeita para a missão e Caliel decidiu chamá-la para integrar a equipe; ele tem muita confiança no trabalho dela.

•••

– Ela nunca se casou? – perguntou Blummer curioso.

– Não. Ela teve alguns relacionamentos, mas sua exigência moral tem sido uma barreira para aqueles que tentam se aproximar dela. Porém, acho que logo ela vai encontrar alguém à altura dela.

– Acho que você fez uma ótima escolha. Essa moça me parece ser uma pessoa muito especial – disse Blummer, contemplando o céu especialmente estrelado naquela noite. Quando olhou para o lado, Caliel já havia partido.

[33]

Samuel Blummer descansou por algumas poucas horas em uma poltrona no quarto em que Eliza dormia profundamente. O dia ainda não havia clareado enquanto ele se revigorava embaixo do chuveiro, do qual jorrava vigorosamente água fria. Desligou o registro e se enxugou, penteou os cabelos, fez a barba, que já o estava incomodando, vestiu-se e se aproximou de Eliza para lhe dar um beijo antes de sair, mas ela abriu os olhos.

– Oi, Sam... Por que já está vestido? Você vai sair?

– Tenho que sair, meu bem. Mas não demoro. Durma um pouco mais, que ainda é muito cedo. Mais tarde, tome um banho e vista alguma roupa limpa que vai encontrar no armário. Ainda hoje eu trarei suas roupas. Fique tranquila que Caliel logo vai preparar um bom café da manhã e chegarei a tempo de usufruí-lo com vocês – explicou Blummer, dando-lhe um suave beijo nos lábios e saindo em seguida.

Eliza se espreguiçou na cama e decidiu descansar um pouco mais. Ela sabia que o dia seria longo, com muitas coisas para relembrar, algumas das quais preferia esquecer.

Blummer abriu a porta do seu apartamento. Caminhou para dentro, olhando em volta e entrando em cada cômodo. Tudo estava em ordem e exatamente como ele havia deixado pela última vez.

Pegou uma mochila grande e acomodou várias trocas de roupas, sapatos e utensílios pessoais, saiu rapidamente, fechou a porta e tomou o elevador em direção à garagem. Decidiu parar no hall de entrada para ver se havia alguma correspondência com o porteiro.

– Bom dia, Sr. Antonio. Como vai?

– Bom dia, Sr. Blummer. Faz tempo que não o vejo por aqui. Estava mesmo procurando pelo senhor... Tenho aqui uma correspondência com aviso de recebimento e preciso da sua assinatura para entregar – respondeu o porteiro, mostrando um envelope confeccionado com um resistente papel-cartão.

Blummer pegou o envelope na mão e ficou intrigado de não ter indicação do remetente e por ter sido postado uma semana atrás. Assinou o protocolo para o porteiro, agradeceu e tomou o elevador novamente em direção à garagem.

Assim que entrou no carro, Blummer abriu o envelope. Encontrou um pen drive junto com uma carta enviada por Eliza, informando que ali estavam todos os dados da matéria que ela tinha preparado sobre a corrupção na alta cúpula do Governo Federal e que ele entregasse ao jornal, caso acontecesse alguma coisa com ela. *Ela sabia que estava em perigo*, pensou.

Blummer guardou o pen drive e a carta, e partiu para seu segundo destino.

Ainda não eram oito horas quando Blummer entrou no prédio onde Eliza morava. Subiu ao apartamento, abriu silenciosamente a porta com uma chave mestra e entrou devagar e com cuidado. Inspecionou cada cômodo e constatou que tudo estava no lugar. Procurou e encontrou uma mochila grande e acomodou diversas trocas de roupas para Eliza, além de sapatos, maquiagem, shampoo e outros utensílios de uso diário. Saiu, fechou a porta e tomou o elevador até o andar de cima, onde moravam os pais de Eliza.

Tocou a campainha com certo receio de assustar dona Clara e o Sr. Huppert, mas tinha que avisá-los que a tinha encontrado e que ela estava bem.

Não demorou e a porta se abriu. Era a mãe de Eliza, que tomou um susto ao ver Samuel Blummer a sua frente.

– Meu Deus! Samuel! É mesmo você, meu filho? – Com lágrimas nos olhos, ela passava a mão sobre o rosto de Blummer, quase sem acreditar que ele estivesse recuperado do tiro que sofreu.

– Sim, dona Clara! Sou eu mesmo, fique tranquila que está tudo bem.

– Você tem alguma notícia de Eliza?

– Encontramos Eliza e ela está bem. É isso que vim dizer à senhora – respondeu Blummer, ao mesmo tempo em que o Sr. Huppert se aproximava.

Dona Clara abraçou o marido, que também soluçava compulsivamente, e logo puxou Blummer pelo braço, pedindo que ele entrasse e se acomodasse no sofá da sala.

– Então, Samuel, por que não trouxe Eliza com você? Gostaríamos de vê-la. Estamos muito preocupados com ela – perguntou dona Clara.

– Ela está muito bem, dona Clara. E vocês podem ficar tranquilos. Não precisam se preocupar. Mas temos que mantê-la em um lugar seguro até conseguirmos esclarecer quem ordenou o sequestro e por quê.

– Com você aqui, estamos mais tranquilos, Samuel. Mas gostaríamos de saber o que está acontecendo – disse o Sr. Huppert.

– Não posso falar muito, Sr. Huppert, até porque não sabemos de muita coisa ainda. Mas o fato é que Eliza trabalhou em uma matéria que denunciava corrupção no Governo Federal e foi sequestrada no dia em que levaria essa matéria ao jornal para ser publicada – explicou Blummer.

– Por enquanto é só isso que sabemos – prosseguiu. – Temos que manter cautela e protegê-la, até chegarmos aos mandantes do sequestro.

Finalmente, dona Clara e o Sr. Huppert se convenceram de que no momento não havia mais o que fazer e se acalmaram, confiando em que Blummer saberia proteger Eliza.

Despediram-se, com Blummer prometendo que Eliza ligaria para eles. Deixou o apartamento, tomou o elevador e saiu do prédio, partindo para seu próximo destino daquela manhã.

[34]

Era perto das nove horas quando Blummer estacionou o carro ao lado da vaga de Xavier Martinho, no estacionamento da Agência Federal de Investigação. A vaga estava vazia, indicando que Xavier ainda não tinha chegado ao trabalho. Permaneceu dentro do carro esperando.

Alguns minutos depois, Xavier estacionou. Quando saiu do carro, deparou com Blummer à sua frente. Xavier tomou um susto, como se estivesse vendo um fantasma.

– Blummer, é você mesmo?

– Sim, Xavier, sou eu mesmo. Não sou um fantasma. Ainda estou bem vivo.

– Que susto, rapaz! Pensei que estivesse morto. Por que não me ligou? Estávamos todos à sua procura – reagiu Xavier, dando um abraço no amigo.

– Gostaria que você entrasse no meu carro para sairmos daqui e irmos para um local onde possamos conversar sem sermos vistos – pediu Blummer, indicando seu carro.

– Claro. Vamos sair daqui, então.

Blummer saiu com o carro e dirigiu até chegar ao estacionamento de um grande supermercado, onde parou para explicar a situação.

Informou que logo após sair do hospital começou a investigar o sequestro de Eliza. Disse que havia encontrado a casa para onde a tinham levado com o furgão e, de lá, com um helicóptero até a fazenda Mirassol. Explicou que a casa e a fazenda pertenciam a um cidadão norte-americano que estava fora do país. O furgão e o helicóptero pertenciam à Siderúrgica Nacional, e, com a ajuda do amigo

Aaron Hades, tinham resgatado Eliza do cativeiro na fazenda e agora a mantinham em um lugar seguro.

– Mas você não explicou como saiu do hospital e se recuperou tão rapidamente. Quando eu o vi você estava quase morto.

– Para mim, isso também é um mistério. Fui ajudado por um velho amigo que é médico. Ele extraiu a bala ainda no hospital e me tirou de lá não sei como. Cuidou de mim e logo eu estava completamente curado. Só pode ter sido um milagre.

– Mas como pode ser uma coisa dessas? Quem é esse amigo e onde ele está agora?

– Não tenho a menor ideia. Ele sumiu da mesma forma como apareceu – respondeu Blummer, omitindo que estava alojado no Ninho do Falcão.

– Acho que está me escondendo alguma coisa. Tudo bem, não vou pressioná-lo. Mas me diga... O que você vai fazer agora?

– Primeiro, quero que você cancele meu afastamento e me coloque na ativa de novo, para que eu possa continuar investigando esse caso. Segundo, que me dê cobertura, porque não posso aparecer na Agência por enquanto. Tenho certeza de que o homem que atirou em mim recebeu ajuda de alguém de dentro da Agência. Carter é meu principal suspeito.

– Tudo bem. Farei isso com uma condição. Você vai me manter informado de todos os seus passos – exigiu Xavier.

– Eu farei isso, mas lembre-se de que a Agência está contaminada pelo sistema corrupto do diretor-geral Octávio Carter. Ele não pode saber nada do que estou fazendo – também exigiu Blummer.

– Concordo. Ele não ficará sabendo. E não se esqueça... ainda temos bons agentes em quem podemos confiar – expressou Xavier, pedindo que Blummer movimentasse o carro para levá-lo de volta à Agência.

Blummer deixou Xavier na porta do estacionamento da Agência e ligou para Hades pedindo que ele se preparasse, pois estava indo buscá-lo, e que ele deveria levar roupas para ficar fora por alguns dias. Hades concordou e disse que estaria pronto em poucos minutos.

Blummer acionou a buzina na frente da casa de Hades, que prontamente atendeu, acomodou uma mochila no porta-malas e entrou no carro.

Eram dez horas quando entraram no Ninho do Falcão. Eliza estava esperando ansiosa. Abraçou e beijou Blummer com entusiasmo.

– Vejo que está totalmente recuperada, Eliza! Isso é muito bom!

– Sim, Sam. Estou ótima e pronta para trabalhar – respondeu Eliza, cumprimentando Hades com um afetuoso abraço.

Entraram, deixaram as mochilas no hall de entrada e foram para a cozinha, onde estavam Caliel e Isabella. Ainda degustavam um vistoso café da manhã. Cumprimentaram-se, e Blummer apresentou Hades para Isabella. Em seguida, todos se sentaram à mesa.

Blummer explicou tudo o que tinha feito naquelas primeiras horas da manhã e logo depois mostrou para Eliza o pen drive e a carta que ela tinha colocado no correio, endereçada a ele.

– Meu Deus! Você não vai acreditar. Eu tinha me esquecido completamente de que havia colocado essa cópia no correio, endereçada a você.

– Talvez tenha sido o estresse do sequestro – especulou Blummer.

– O tempo todo eu procurei apagar da memória, para não correr o risco de dar essa informação aos sequestradores, que queriam saber a quem mais eu havia informado sobre a matéria.

– Não sei o que fez, mas funcionou – expressou Hades.

Eliza ficou radiante por ter tido a prudência de ter feito cópia e recuperado os dados da sua matéria, e também por saber que seus pais já tinham conhecimento de que ela estava bem, o que a motivou a ligar de imediato para eles a fim de que ficassem ainda mais tranquilos.

Isabella preparou a sala de reunião, ligou o computador sobre a mesa, com um projetor direcionado para uma tela branca presa no teto, que descia pela parede. Todos se acomodaram em volta.

[35]

Isabella instalou o pen drive com a matéria de Eliza e projetou na tela para que todos pudessem ler o conteúdo das denúncias. Ficaram impressionados com a gravidade do que estava acontecendo no governo. Para completar, Eliza relatou todo o caminho que percorreu até chegar à redação final da matéria.

• • •

Tudo começou quando a imprensa noticiou o latrocínio do Sr. João Carlos Albertin, auditor da Agência Internacional de Energia Atômica.

Alguns meses se passaram e o caso nunca foi solucionado, o que despertou o faro investigativo da jornalista.

Eliza começou a pesquisar e descobriu que ele era responsável pelas auditorias nas minas de urânio das Províncias do Norte e Oeste, e na usina de processamento da Província do Centro-Oeste. Iniciou uma minuciosa pesquisa, para ver se havia alguma coisa que chamasse a atenção nessas unidades, todas controladas pelo Governo Federal e subordinadas ao Ministério de Minas e Energia.

Procurou e encontrou uma ocorrência que pareceu suspeita.

A usina de processamento e armazenagem de urânio, no município de Santa Fé, no norte da Província do Centro-Oeste, quase dobrou o número de funcionários operacionais. Mas os dados oficiais publicados pelo governo não mostravam nenhum aumento nas quantidades de urânio produzido. Aí estava o incentivo que ela procurava para ir mais fundo na investigação!

Eliza fez as malas e foi para Santa Fé. Alojou-se em um pequeno hotel na cidade e começou a frequentar os locais onde os funcionários da usina se reuniam depois do expediente.

Poucos dias depois, conseguiu uma fonte que trabalhava dentro da área de estocagem de urânio, que transmitiu informações e provas indicando que tinham passado a processar um grande volume de urânio U-235, que era embalado e controlado em um padrão diferente do determinado nos protocolos internos.

Esse material era retirado uma vez por semana por um caminhão do Exército e, geralmente, em altas horas da noite, o que também não é permitido nas normas e procedimentos de transporte.

Ninguém tinha conhecimento sobre o destino que era dado àquele urânio U-235.

Eliza vigiou a área de expedição da usina por quatro noites seguidas e, quando estava perto de desistir, finalmente testemunhou que sua fonte não havia mentido. Lá estava o caminhão do Exército escoltado por soldados distribuídos em quatro caminhonetes Jeep Cherokee. *Caramba! Nunca imaginei que o Exército tinha esse tipo de veículo!*, pensou surpresa.

Eliza seguiu de longe o comboio por aproximadamente 170 quilômetros, até entrarem na Base Aérea Simón Bolívar, nas proximidades de San Martin, capital da Província do Centro-Oeste.

San Martin, a capital da Província do Centro-Oeste, ostenta um extenso parque industrial no entorno da cidade, onde predominam as empresas do ramo farmacêutico.

Pela sua localização geográfica, recebeu uma das maiores bases aéreas do país, a Base Aérea Simón Bolívar, construída no primeiro mandato do presidente Inácio Cárdenas, atendendo a um projeto de segurança nacional elaborado pelo general Hector Hamon, ministro da Defesa.

Foram investidos alguns bilhões de dólares em instalações e equipamentos militares, tendo como justificativa a necessidade de reforçar a vigilância do espaço aéreo das fronteiras do oeste e do norte do país, sem depender da Base Aérea de San Pietro, que passou a se dedicar apenas à proteção da Capital Federal.

Eliza encontrou um lugar para se abrigar, que lhe dava uma boa visão da base, e ficou lá para tirar fotos e observar o movimento. Aí aconteceu um golpe de sorte.

Quando tirava fotos da base, Eliza ouviu o som alto dos motores de um avião que se aproximava executando os procedimentos de pouso, e em poucos minutos taxiava na pista da base aérea. Era um cargueiro de médio porte, com poucos anos de uso, muito semelhante a um Boeing 737-200. O avião não tinha nenhuma identificação ou bandeira do país de origem.

Assim que o avião estacionou, encostaram os carrinhos de transporte, carregando caixas de chumbo iguais às que haviam sido retiradas na Usina de Santa Fé. Embarcaram as caixas no avião, e ele decolou logo em seguida. Tudo muito rápido.

Eliza conseguiu diversas fotos de todo esse movimento que aconteceu na pista de pouso da Base Aérea Simón Bolívar.

Só há uma interpretação possível para essa operação clandestina: o governo estava comercializando Urânio U-235 no mercado paralelo. *Esse material vale uma fortuna e, se descoberto, seria um caso de graves consequências internacionais para o país. Mas quem está autorizando uma operação dessa natureza? Tem que ser alguém do alto escalão.* Essas eram as dúvidas que povoavam os pensamentos de Eliza.

Para não tomar decisões precipitadas, fez diversas tentativas para conseguir uma entrevista exclusiva com o ministro de Minas e Energia Jorge Stabler. Ele sempre gozara de ótima reputação e seria correto que ele tivesse a chance de dar alguma explicação.

Em todas as tentativas, ela ouviu um sonoro "não", transmitido pela secretária do ministro. Isso mudou no dia em que ela resolveu falar que se tratava de uma denúncia de desvio na produção de urânio. Aí ele marcou imediatamente a entrevista.

Exigiu encontrá-la no domingo de manhã, em um hotel em San Juan, onde ele estaria para uma conferência.

No momento da entrevista, estava também presente o general Hector Amon, ministro da Defesa, o que deixou Eliza um pouco surpresa e intrigada.

Ela foi atendida em uma sala privada do hotel, cercada de seguranças do Exército, e foi completamente revistada antes de entrar.

O ministro Stabler demonstrava nervosismo e desconforto durante a entrevista, enquanto o general estava frio e impassível, como se nada estivesse acontecendo.

Concluiu relatando como havia terminado a entrevista, a abordagem dos três militares no aeroporto e como havia escapado.

•••

– Tentando sair do aeroporto consegui encontrar um táxi, que me trouxe de volta a San Pietro, e decidi apresentar tudo para meu editor-chefe para publicar a matéria no dia seguinte. O resto vocês sabem – concluiu Eliza.

– Foi um ótimo trabalho, Eliza. Arriscado, mas muito bom! – exclamou Hades.

– Se vocês estiverem de acordo, eu gostaria de encaminhar a matéria para meu editor-chefe, por e-mail, para ver se ele concorda em publicar – pediu Eliza.

– Desculpe, querida, mas isso não seria prudente. Eu sei que você fez um ótimo trabalho, mas acho que esse caso é ainda maior do que já sabemos até agora e, se publicarem sua matéria, eles vão interromper as operações e cobrir todos os rastros, e aí não os pegaremos mais – explicou Blummer.

Eliza aceitou as ponderações.

– Está certo, Sam. Você tem razão. Vamos esperar para ver o que mais existe por trás de tudo isso.

– Muito bem, pessoal! Vamos fazer um resumo da situação – ordenou Blummer. – Podemos presumir – continuou – que no sequestro estão envolvidos: alguém de dentro da Siderúrgica Nacional, o ministro Stabler, o general Amon e Ricco Cameron, o mercenário que Caliel encontrou no cativeiro da fazenda. No meu atentado, alguém dentro da Agência Federal, provavelmente o diretor Carter. Além disso, temos que descobrir qual é o envolvimento de Thomaz McKinney, o norte-americano dono da casa e da fazenda. Isabella, por favor, busque informações sobre Ricco Cameron: onde está morando, para quem trabalha, enfim, tudo o que puder encontrar sobre ele. Acho que ele é uma peça importante – pediu Hades.

– Vou começar agora mesmo.

– Isabella, esse homem é um cidadão cubano. Ele deve ter registro na Imigração – informou Caliel.

– Obrigado, Caliel. Vou começar por aí.

Blummer também pediu que Isabella procurasse informações sobre o avião estrangeiro que havia entrado no país com destino à Base Aérea Simón Bolívar, em San Martin, e que procurasse informações sobre fluxos financeiros de grande monta com paraísos fiscais, perguntando em seguida aos demais: – E o que faremos sobre os outros envolvidos?

– Acho que o homem-chave é o general Amon, mas certamente ele é pouco acessível e muito bem protegido – respondeu Caliel.

– É um homem enigmático, que me dá calafrios na espinha – expressou Eliza.

Isabella trabalhava na busca das informações sobre Ricco Cameron. Os demais discutiam alternativas, tentando encontrar alguma maneira de reforçar a equipe e de dar sequência na investigação, até que Caliel sugeriu:

– Xavier Martinho seria um reforço importante. Você acha que ele é confiável, Haamiah?

– Ele é de confiança, Caliel. É um homem muito correto.

– Ótimo! Então vamos contar a ele tudo o que sabemos; tenho certeza de que ele vai se engajar na nossa luta.

– Não podemos trazê-lo aqui e tampouco falar com ele dentro da Agência Federal – comentou Hades.

– É verdade – concordou Caliel. – Mas podemos pedir ajuda ao delegado Macedo. Ele já conhece a situação e certamente nos receberia na delegacia; acho que seria um bom lugar para uma reunião.

– Concordo – expressou Blummer. – A delegacia é um lugar seguro.

– Aaron, ligue para o delegado marcando um encontro ainda hoje na delegacia – pediu Caliel. – Eu vou falar pessoalmente com Xavier Martinho.

– Está certo – concordou Hades, levantando-se para fazer a ligação.

Nesse mesmo instante, Isabella interferiu para informar o que conseguira sobre Ricco Cameron:

– Ele entrou no país há pouco mais de um ano, com visto de trabalho concedido pelo Ministério das Relações Exteriores. Está registrado como assessor de segurança do Ministério da Casa Civil e se reporta diretamente ao ministro Enrico Maya, que é um dos homens mais poderosos do governo.

– Então, temos mais um personagem nessa trama maléfica! O ministro-chefe da Casa Civil! – exclamou Caliel.

Hades escutou as informações de Isabella, o comentário de Caliel e se afastou para ligar para o delegado Macedo. Retornou informando que tinha marcado o encontro para logo após o almoço, às catorze horas em ponto, na 4ª Delegacia.

Caliel mentalizou Xavier Martinho buscando informações onde ele se encontrava e logo o visualizou trabalhando em sua sala, na Agência Federal.

– Então, vamos agir. Farei uma visita a Xavier Martinho, para informá-lo do encontro, e logo depois Samuel e Aaron vão para a delegacia levando Eliza para confirmar todos os elementos da matéria que ela elaborou – ordenou Caliel, retirando-se em direção à porta de saída do apartamento.

[36]

Xavier Martinho estava concentrado no trabalho, em frente ao computador, e não percebeu quando Caliel se materializou dentro de sua sala, na Agência Federal, tomando um enorme susto ao ouvir uma voz desconhecida:

– Olá, Xavier Martinho. Como vai?

Xavier se levantou bruscamente da cadeira com cara de espanto e, quando reconheceu Caliel na sua frente, tomou um susto ainda maior.

– Como você entrou aqui, doutor?

– Seu pessoal está um pouco desatento, Xavier. Fui apenas entrando e ninguém me barrou. Aí, cheguei aqui na sua sala. Precisamos conversar – respondeu Caliel.

– Sim, claro que precisamos conversar. Você é o misterioso médico que entrou na UTI onde estava o agente Blummer.

– Sou eu mesmo.

– O senhor deve muitas explicações, doutor – expressou Xavier, ainda um pouco surpreso com a visita.

– Sobre isso falaremos outra hora, Xavier. No momento estou apenas interessado em saber se você é um homem confiável e se vai manter absoluto sigilo sobre o que temos para conversar.

– Se é amigo do agente Blummer, deveria saber que eu sou um homem correto – respondeu rispidamente Xavier.

– Ele de fato me falou isso. Muito bem! Quero pedir para você participar de um encontro ainda hoje, às catorze horas em ponto, na 4ª Delegacia de San Pietro. O agente Samuel Blummer e a jornalista Eliza Huppert irão relatar o conteúdo da matéria na qual ela apurou um caso grave de corrupção no Governo Federal. Mas você deve ir sozinho e não informar isso a mais ninguém.

– Pode estar seguro de que estarei lá. Irei sozinho e manterei sigilo.

– Ótimo! Estarão esperando. Não se atrase. Você poderia me servir um copo d'água? – pediu Caliel.

– Claro! Só um instante que já providencio. E gostaria de aproveitar para conversarmos um pouco mais. O senhor precisa explicar como tirou o agente Blummer do hospital – respondeu Xavier, abaixando-se no frigobar que estava ao lado para pegar uma garrafa de água. Mas, quando se virou, Caliel já não estava mais na sala.

•••

4ª DELEGACIA DE POLÍCIA – 14 HORAS

O Dr. Macedo recepcionou os três visitantes, que se cumprimentaram, e pediu que o acompanhassem até a confortável sala de reuniões, onde Xavier Martinho esperava.

Cumprimentaram Xavier e se sentaram em volta da mesa. O delegado Macedo fechou a porta, juntou-se a eles e deu início à reunião.

– O delegado federal Xavier Martinho já se apresentou para mim e estou informado de que ele é o chefe direto do agente Samuel Blummer. Meu amigo Aaron Hades pediu essa reunião para que a jornalista Eliza Huppert apresentasse as denúncias que tem, então acho que podemos começar – explicou o delegado Macedo.

– Sim, delegado Macedo. Podemos começar. Por favor, Eliza, faça todo o seu relato – pediu Blummer.

Eliza iniciou informando que havia recuperado o pen drive com a cópia de todos os documentos, fotos e conteúdo da matéria que tinha elaborado.

Em seguida, fez um relato completo da sua investigação, iniciada com a misteriosa morte do auditor da Agência Internacional de Energia Atômica e que a levou a descobrir o desvio e contrabando de urânio U-235. Concluiu com a frustrada entrevista com o ministro Jorge Stabler e o general Amon, além de mencionar o susto com os três militares no aeroporto.

Logo após o relato de Eliza, Blummer informou sobre a participação de Ricco Cameron no sequestro, mostrando uma foto que o identificava.

Explicou que se tratava de um perigoso mercenário cubano que entrara no país há pouco mais de um ano, com visto de trabalho concedido pelo Ministério das Relações Exteriores, e que estava registrado como assessor de segurança do Ministério da Casa Civil, reportando-se diretamente ao ministro Enrico Maya.

Explicou ser provável que o próprio ministro tivesse autorizado o uso do furgão e do helicóptero de propriedade da Siderúrgica Nacional no sequestro. Completou expressando, mais uma vez, sua desconfiança de que houvera participação de alguém de dentro da Agência Federal em seu atentado, quando fora baleado na cabeça, provavelmente o diretor Carter.

O delegado Macedo e o delegado federal Xavier Martinho se entreolhavam com indignação e espanto, ao tomarem conhecimento de tão grave denúncia, que pesava sobre integrantes da alta cúpula do Governo.

– Senhores, essas denúncias são da mais alta gravidade e, por tudo que eu vi, as provas são absolutamente robustas e consistentes – disse o delegado Macedo.

– No entanto, referem-se a políticos poderosos, o que nos obriga a ter muita cautela na forma de tratar o caso – expressou Xavier, com certa preocupação.

Aaron Hades se irritou com a relutante manifestação de Xavier Martinho:

– Por acaso você está no time do diretor Carter, Xavier?

– Não fale bobagens, Hades. Você me conhece, deveria saber que eu nunca pactuaria com os desmandos de Carter.

– Calma, Aaron! Xavier é de confiança – pediu Blummer.

– Mas ele assistiu Carter me destruir e fingiu que não viu.

– Foi tudo muito rápido, Aaron, e pegou a todos nós de surpresa. Não houve tempo de reagir, e você também não ajudou, porque resolveu desaparecer e se afastar dos amigos – ponderou Blummer.

Hades escutou com atenção as ponderações do amigo e percebeu que estava sendo injusto com Xavier Martinho. Talvez porque esperasse mais solidariedade da parte dele, já que tinham iniciado na Agência praticamente na mesma época.

– Desculpe, Xavier, ainda estou muito nervoso com tudo que aconteceu.

– Não se preocupe, Hades, eu entendo. Esteja certo de que estarei ao seu lado no julgamento final desse processo – respondeu Xavier. – A Agência está realmente passando por momentos difíceis com o comando do diretor Carter – prosseguiu ele –, mas ainda temos muitos agentes de confiança com quem podemos contar. A questão mais difícil é manter isso fechado, de forma que Carter não tome conhecimento de nada... Ele tem poderes para bloquear nossas ações.

– Realmente a denúncia é grave – concordou o delegado Macedo –, comprometendo autoridades federais com foro privilegiado. Precisamos conseguir o apoio de um juiz federal do Tribunal de Justiça, do contrário, estaremos com as mãos atadas. Além disso – prosseguiu ele –, se vier a público, fará um enorme estrago na imagem do governo. O contrabando de urânio implica sansões da comunidade internacional ao país; pode ser um desastre para nossa economia.

– Senhores! O motivo da nossa reunião foi compartilhar as informações que temos sobre as atividades criminosas de importantes figuras da República, mas elas devem ser mantidas em segredo, pelo menos até encontrarmos uma forma de vencer adversários tão poderosos – recomendou Blummer. – Temos que analisar com cuidado para identificar quem poderia nos ajudar. Vamos pensar e ninguém faz nada sem estarmos todos de acordo.

Encerraram a reunião e acordaram manter contato nos próximos dias. Despediram-se e deixaram a delegacia. Blummer, Eliza e Hades entraram na picape e partiram em direção ao Ninho do Falcão.

Blummer percebeu que estava sendo seguido por um carro escuro que não permitia identificar quem estava em seu interior. Alertou que daria início às práticas de evasão para se livrar do perseguidor, mas, por mais rápido que dirigisse ou manobrasse, o carro estava sempre atrás.

Olhou para Hades e fez um sinal do que deveriam fazer. Tomou a direção de uma região mais deserta e entrou em um pátio onde existia um galpão abandonado. O perseguidor entrou atrás, a poucos metros de distância, quando, de repente, Blummer freou bruscamente seu veículo, obrigando o perseguidor a fazer o mesmo. Os dois veículos permaneceram parados, a poucos metros um do outro.

– Aaron, eu vou descer e ver quem são. Por favor, fique no carro para proteger Eliza – pediu Blummer ao amigo, descendo da Hilux empunhando sua pistola automática.

[37]

Xavier Martinho entrou em sua sala na Agência Federal e deparou com o diretor Octávio Carter sentado em sua poltrona, esperando.

– Precisamos conversar, Xavier. Você está escondendo informações, e isso eu não vou tolerar – falou Carter, olhando fixamente para Xavier e demonstrando muita irritação.

– Não sei do que está falando, Dr. Carter.

– Eu não sou burro, Xavier – insistiu Carter, levantando-se e colocando o dedo indicador na frente do rosto de Xavier.

– Já sei que o agente Blummer praticamente ressuscitou e sei também que o falso médico esteve aqui falando com você. E sei, ainda, que vocês se reuniram na 4ª Delegacia poucos minutos atrás. Quero saber o que está acontecendo.

– Dr. Carter, não está acontecendo nada de mais. Realmente, o agente Blummer milagrosamente se recuperou e com ajuda do ex-agente Aaron Hades conseguiu encontrar e resgatar a jornalista que tinha sido sequestrada. Na operação de resgate prenderam três pessoas que estavam guardando o cativeiro e as levaram para a 4ª Delegacia. O delegado pediu minha presença para confirmar as informações que Blummer deu a ele sobre o caso. Foi só isso.

– Você deveria ter me informado de imediato.

– Eu iria fazer isso ainda hoje.

– E o falso médico? Por que ele veio aqui falar com você?

– Ele apareceu de surpresa. Não sei nem mesmo como ele conseguiu entrar.

– Você é surdo? Quero saber o que mais ele queria com você.

– Ele veio apenas explicar que é um amigo do agente Blummer e que não há motivos para procurarmos por ele.

– Você não está falando a verdade. Tem obrigação de informar tudo o que sabe, Xavier. E, se eu descobrir que está me escondendo alguma coisa, acabo com sua carreira. Está entendendo? – ameaçou Carter, saindo e pisando firme em direção à porta enquanto a agente Isadora estava entrando na sala.

Carter parou e olhou para ela:

– Se você ouviu, saiba que o que eu disse a ele também vale para você, agente Isadora – e saiu da sala.

– Xavier, preciso falar com você. Tenho novidades.

Xavier levantou-se, colocou o dedo indicador na frente da boca em sinal para que Isadora não falasse nada, fechou a porta e cochichou em seu ouvido, quase sussurrando:

– Me ajude a procurar microfones pela sala.

Começaram uma minuciosa inspeção por toda a sala, buscando por microtransmissores que pudessem ter sido instalados sem ele saber.

Xavier constatou que seu telefone estava grampeado e encontraram ainda mais três microtransmissores camuflados, um na estante em frente à mesa, outro dentro do vaso de flores no canto da sala e o terceiro fixado embaixo do tampo da mesa de Xavier.

– Por isso ele soube da reunião. Ele ouviu minha conversa com Caliel aqui em minha sala.

– Mas Caliel não é o misterioso médico que visitou Blummer no hospital? – perguntou Isadora curiosa.

– Ele mesmo, Isadora. É mesmo um sujeito muito misterioso. Você não vai acreditar! Ele entrou e saiu da minha sala, e eu não tenho a menor ideia de como ele fez isso. Mas vamos deixar isso para depois, Isadora. Agora me fale quais são as novidades.

– Pedi ao chefe do estoque de armas que mostrasse as requisições que foram feitas no dia do atentado. Ele não encontrou nenhuma, mas se lembra claramente de ter entregado uma pistola Glock nove milímetros para o agente Gonzalez. Aparentemente, o registro foi apagado. Perguntei quem poderia ter acesso ao sistema, mas ele ficou relutante em responder.

– Após muita insistência – prosseguiu Isadora –, ele deu sua opinião. O único que teria autorização nesse nível seria o agente Gilles Nordson, chefe da área de sistemas da Agência.

– Isso faz todo sentido, Isadora. São dois homens fiéis ao diretor Carter.

– Também descobrimos um suspeito que entrou no prédio no dia do atentado ao agente Blummer. Veja as imagens que estão copiadas neste pen drive – completou Isadora, entregando o pen drive para Xavier abrir em seu computador.

– Ele se apresentou na recepção da entrada principal do prédio e sua entrada foi autorizada diretamente pelo doutor Carter sem que fizesse a identificação de praxe – prosseguiu Isadora. – Veja que ele está vestindo uma camiseta simples e não devia portar nenhuma arma, porque passou pelo detector de metais na entrada. Assim que acessou o elevador, nenhuma outra imagem dele foi registrada no interior do prédio. Também temos imagens que registraram quando ele saiu. Veja na sequência que ele está vestindo um boné e uma jaqueta usada pelos nossos agentes. Certamente é o assassino; usou a arma entregue pelo agente Gonzalez e a devolveu assim que fez o serviço – concluiu Isadora.

Xavier ampliou a imagem que mostrava o rosto do suspeito e aí teve certeza de quem se tratava.

– Eu sei quem é ele, Isadora. Trata-se de Ricco Cameron. É um mercenário cubano que foi contratado como assessor de segurança do Ministério da Casa Civil e se reporta diretamente ao ministro Enrico Maya. O agente Blummer me relatou que ele está envolvido no sequestro da jornalista Eliza Huppert.

– Eu acho que foi ele que atentou contra a vida de Blummer usando a pistola que o agente Gonzalez tirou do nosso estoque, e que

Nordson entrou no sistema e desligou as câmeras. É certo que o diretor Carter está envolvido até o pescoço nessa história – sentenciou Isadora com segurança.

– Você está certa, Isadora. Eu temo que Carter esteja me espionando há mais tempo do que eu pensava. Ele deve ter ouvido a conversa que tive com Blummer quando ele relatou o sequestro de Eliza e aí chamou Cameron para atentar contra ele. Ou, então, ele detectou que Blummer sabia sobre as investigações da jornalista. Afinal, eles são namorados.

– É uma possibilidade. Talvez tenha sido uma tentativa de queima de arquivo. E o que faremos, Xavier?

– Ainda não sei. Estou sentindo que tem muita gente graúda envolvida e deve ter muito mais para ser descoberto – respondeu Xavier.

– Você é a pessoa em quem eu mais confio dentro da Agência, Isadora. Então vou lhe contar tudo o que o agente Blummer e a jornalista disseram no encontro que tivemos com o Dr. Macedo na 4ª Delegacia de Polícia. Mas você deve manter o mais absoluto sigilo.

Isadora ficou perplexa com o que ouviu e ficou ainda mais preocupada quando constatou que se tratava das mais importantes autoridades do Governo Federal.

– Temos que nos mover com o máximo de cuidado. Não sabemos em quem podemos confiar e até onde alcança a influência de Carter no controle das informações dentro da Agência Federal.

– E se você pedisse uma audiência com o ministro da Justiça para lhe contar tudo o que você descobriu e o que está acontecendo dentro da Agência? – perguntou Isadora.

– Acho que o ministro também não é confiável. Foi ele quem nomeou Octávio Carter diretor-geral da Agência.

– Tem razão. Temos que pensar em alguma outra coisa.

– Por enquanto, o melhor que temos a fazer é aguardar e torcer para que o agente Blummer avance mais nas investigações e mantenha contato comigo. Aí vamos ver o que podemos fazer – concluiu Xavier.

Isadora concordou e prometeu manter sigilo sobre o que tinha ouvido. Disse também que informaria caso descobrisse mais alguma coisa. Levantou-se, despediu-se dele e se retirou da sala.

[38]

Samuel Blummer andou alguns metros e parou. Ficou observando e esperando alguma reação de alguém de dentro do veículo que o perseguia. Desceu um homem empunhando uma pistola. Ele apontou e disparou sem qualquer aviso.

Em um movimento instintivo, Blummer girou o corpo, e a bala passou zunindo a poucos centímetros do seu peito. Quando girou de volta, já apontava a pistola contra seu agressor, dando-lhe um tiro certeiro, que atingiu o ombro direito do homem, uma região que o colete à prova de balas não cobria.

Ele urrou quando sentiu a dor do projétil, que entrou queimando em seu corpo. Soltou a pistola que segurava e dobrou as pernas, chocando-se de joelhos com o piso áspero de cimento.

Um segundo homem abriu a porta e desceu do carro. Olhou para o companheiro ferido e blasfemou alguma coisa. Em seguida, olhou para Blummer e avançou, com passos firmes, até parar a poucos metros de distância.

Blummer o reconheceu de imediato. Era Ricco Cameron, ou Aziel, o anjo desertor, vestindo um sobretudo escuro por cima da roupa, com uma boina preta de feltro na cabeça e uma pistola automática na mão direita.

– Então, você ressuscitou e está novamente protegendo a jornalista? – expressou Cameron com certo desdém na voz e nos gestos. – Contra mim, nem você nem ninguém poderá protegê-la – completou.

Mas, antes mesmo que Blummer respondesse qualquer coisa, Cameron enxergou a aura celestial do seu oponente e logo reconheceu o guardião Haamiah.

O Anjo do Mal mudou de expressão. A insolência anterior desapareceu do seu semblante e os músculos de sua face se enrijeceram, demonstrando que sabia estar diante de um adversário poderoso.

Blummer estava impassível, olhando fixamente para Cameron, esperando algum movimento de ataque para, então, decidir suas ações. Temia pela segurança de Eliza e de Hades, que estavam no carro, por isso estava cauteloso.

– Se fosse em outros tempos eu lhe faria uma reverência, guardião, mas agora sou independente e não recebo mais ordens dos seres celestiais.

– Por isso estou aqui, Aziel. Sua independência tem feito muitos estragos por onde passa, e isso tem que acabar.

– É verdade, guardião. Às vezes esses humanos estúpidos me obrigam a fazer certas maldades. Não tenho como evitar.

– Você deveria aceitar viver na Terra apenas com sua consciência humana, Aziel.

– Isso é impossível, guardião. Não abro mão dos meus poderes celestiais. Nem você nem ninguém pode me obrigar a isso.

– Então, nosso confronto será inevitável, Aziel.

– Vamos deixar para outro dia, guardião. Hoje não estou com disposição para enfrentá-lo e pressinto que você também não quer fazer isso agora. Mas logo estaremos frente a frente de novo.

– Como quiser, Aziel – respondeu secamente o guardião Haamiah.

Ricco Cameron sabia que não poderia enfrentar um celestial sem estar preparado. Ainda mais o guardião mais temido entre todos os guardiões.

Ele conhecia as façanhas e os poderes do anjo Haamiah, que ele sempre ouvia quando ainda era um iniciante no quartel-general dos Guardiões da Terra. Preferiu adiar esse inesperado confronto para uma ocasião em que pudesse dispor das armas que tinha para usar contra ele.

Cameron foi recuando devagar, até chegar perto do companheiro ferido.

– Levante-se, imbecil. Entre logo no carro.

Em seguida, também entrou no carro, deu ré até a rua e partiu em alta velocidade.

Blummer guardou a pistola e voltou para a Hilux, onde permaneciam Eliza e Hades, que a tudo assistiram, mas nem tudo ouviram.

– Mas, afinal, o que aconteceu, Sam? Quem eram aqueles homens? – perguntou Hades, enquanto Eliza dava a impressão de estar apavorada com a situação.

– Era Ricco Cameron, acompanhado de um dos agentes de Carter. Pelo que percebi, queria nos matar a todos, mas desistiu e foi embora dizendo que aguardaria outra ocasião – respondeu Blummer.
– O mais importante, Aaron, é: como ele sabia que estávamos na delegacia?

– Só existem duas alternativas, garoto. Ou o Xavier contou para alguém ou ele está sendo seguido, porque sabem que ele teve contato com você.

– É isso mesmo, Aaron. Acho melhor avisá-lo.

Blummer ficou algum tempo acalmando Eliza, que estava preocupada com o incidente e com o risco de se ver novamente nas mãos daqueles bandidos. Ela tentava não pensar nos fatídicos acontecimentos daqueles dias. Queria esquecer e retomar sua vida, mas isso não parecia tão perto de acontecer.

Blummer ligou para o celular de Xavier avisando sobre o ocorrido:

– Carter estava me espionando. Encontrei transmissores camuflados em minha sala – explicou Xavier, agora mais certo do que nunca de que Carter estava envolvido naquilo tudo.

Depois da conversa com Xavier, partiram em direção ao Ninho do Falcão.

Nas proximidades do prédio, Blummer tomou o cuidado de dar voltas em torno do quarteirão para ter certeza de que não estava sendo seguido, para só depois entrar na garagem.

Eliza ainda estava aflita com a possibilidade de novos ataques de Cameron, e achava que Blummer estava um pouco distante, parecendo ter os pensamentos em outro lugar e agindo de forma diferente.

O ser celestial estava cada vez mais predominando na natureza física de Samuel Blummer. Os anjos não sentem as necessidades dos prazeres carnais e tampouco são sentimentais como os humanos. Ele estava mesmo diferente, e Eliza percebia isso claramente.

Subiram ao jardim para contemplar a vista. O prédio era alto e permitia enxergar uma grande parte do Grande Lago do Rio San Lorenzo.

– Você está muito diferente, Sam. O que está acontecendo? – perguntou Eliza, segurando as mãos de Blummer e olhando fixamente para seus olhos.

– Não é nada, querida. Estou muito concentrado e preocupado em resolver essa situação maluca em que estamos metidos. Sem isso nossa vida não voltará ao normal.

– Você tem razão, mas sinto você distante de mim, como se eu já não fosse tão importante – confidenciou Eliza, aproximando-se mais e abraçando-o carinhosamente.

– Não diga uma coisa dessas, Eliza. Você é o que eu tenho de mais importante na vida, e não quero que nenhum mal lhe aconteça. Por isso estou tão preocupado com sua segurança – respondeu Blummer, tomando-a nos braços e beijando-a longamente. – Isso vai passar e tudo voltará a ser como antes – murmurou ele, mantendo-a apertada em seu peito com um aconchegante abraço.

– Quero a nossa vida de volta, Sam, com a mesma rotina que tínhamos antes. Eu continuo prisioneira, sem poder sair e fazer as coisas de que gosto.

– Eu entendo, querida. Você deveria ocupar o seu tempo registrando tudo o que estamos descobrindo. Certamente, vai dar uma matéria excepcional. Além disso, concentrar-se no trabalho vai lhe fazer bem.

– Você está certo, Sam. Amanhã mesmo vou pedir um laptop emprestado para Isabella e começar a escrever de novo – respondeu Eliza, beijando Blummer com carinho, demonstrando compreensão pela difícil situação que ambos viviam.

Foram interrompidos por Caliel e Hades, que se aproximavam. Eliza achou melhor descer e procurar por Isabella, deixando os três à vontade para conversarem.

•••

Isabella já estava recolhida em seu quarto. Eliza decidiu ler um pouco para relaxar, eliminando os frequentes pensamentos de preocupação que insistiam em permanecer em sua mente.

Por um momento ficou olhando à sua volta e sentiu que existia certa magia no ar. O apartamento sempre limpo, as roupas arrumadas no lugar, as louças acumuladas na pia apareciam sempre limpas e organizadamente guardadas no dia seguinte. Ela estava curiosa em saber quem fazia todo esse trabalho. Por alguma razão, não pensou em perguntar. Simplesmente decidiu aceitar que alguém o fazia, mas não tinha a menor ideia de quem poderia ser.

•••

Blummer, Caliel e Hades conversavam no jardim, contemplando as estrelas e se refrescando com a brisa suave que soprava àquela hora da noite.

– Precisamos descobrir o que fazem com os recursos financeiros que estão conseguindo com o desvio de urânio. Deve ter alguma outra coisa muito séria acontecendo por trás dessa organização criminosa – comentou Blummer.

– Concordo com você, Sam – manifestou Hades.

– Mas estamos no caminho certo e estou com forte intuição de que logo teremos respostas às perguntas que estamos fazendo agora. Mas vamos terminar por hoje, que preciso me ausentar – respondeu Caliel, desaparecendo em seguida.

Blummer olhou para Hades, esperando que ele estivesse surpreso de ter presenciado a desmaterialização de Caliel, mas quem ficou surpreso foi ele, porque Hades parecia estar absolutamente tranquilo e natural.

– Eu já sabia quem ele é, garoto. Não se preocupe. Está tudo bem.

– Mas você nunca me falou nada.

– É verdade. Nunca comentei nada sobre isso com você, mas ele esteve comigo em algumas missões e salvou minha vida mais de uma vez – explicou Hades.

– Fico feliz em saber disso, Aaron. Se Caliel também o escolheu é porque você tem muito merecimento, e fico ainda mais orgulhoso de ter sua amizade.

– Agora só falta mesmo Eliza saber quem é realmente Caliel. Mas estou em dúvida sobre se devo falar disso a ela.

– Por que a dúvida, meu amigo?

– Acho que Caliel é quem deve decidir sobre isso.

– Talvez você tenha razão. Mas e Isabella? Ela já sabe? – perguntou Hades, curioso.

– Sim, ela também sabe quem é Caliel. Já se conhecem há muitos anos.

– Ora, ora, quem diria! Ela deve ser mesmo muito especial! Uma moça tão bonita, que poderia estar fazendo tantas outras coisas, mas está aqui, lutando por justiça – concluiu Hades, levantando-se para se retirar e descansar. Mas disse uma última frase: – Sam, eu também sei quem você é e consigo enxergar sua aura celestial.

– Você tem ainda mais qualidades do que imaginava, meu amigo – respondeu Blummer, colocando a mão direita sobre o ombro do amigo.

Blummer preferiu ficar um pouco mais perambulando e olhando as plantas do belo jardim que havia na cobertura, aproveitando a brisa da noite para pensar. Precisava encontrar respostas o mais rápido possível.

[39]

Samuel Blummer permaneceu acordado a maior parte daquela noite. O dia começava a clarear e ele já estava no escritório pesquisando informações, usando o computador de Isabella.

Caliel se materializou ao seu lado, colocou a mão sobre seu ombro e lhe deu dois tapinhas suaves, como se fosse um cumprimento. Falou que iria preparar o café da manhã na cozinha e que, se ele quisesse conversar, poderia ir junto. Blummer terminou o que fazia, levantou-se e foi ter com Caliel.

– Acho que encontrei uma forma de procurar ajuda, Caliel.

– Diga, Haamiah. O que pretende fazer?

– Estive pesquisando e descobri que Max Schelman, o presidente da Siderúrgica Nacional, é casado com a Dra. Laura Bauer Schelman, que atualmente é senadora.

– Mas o que tem isso?

– Ela foi minha professora no último ano do curso de Direito, na Universidade Federal de San Juan. É uma pessoa absolutamente correta e confiável. Chegamos a ficar muito amigos.

– Isso foi há muitos anos.

– É verdade, mas sempre temos mantido algum contato. Estou pensando em procurá-la para explicar o que aconteceu.

– Você acha que ela pode ajudar?

– Sabemos que alguém dentro da Siderúrgica Nacional está envolvido. Ela poderia verificar se o marido sabe alguma coisa.

– Você confia mesmo nela?

– Sim, Caliel. Tenho absoluta segurança de que ela é uma pessoa íntegra.

– E quanto a Max Schelman? O que você sabe a respeito dele? – perguntou Caliel.

– Ele goza de ótima reputação no meio empresarial e sempre agiu de forma correta nos seus negócios. Ajuda em muitas obras sociais com recursos das suas empresas. Acredito que ele não tenha perfil para estar envolvido nessa sujeira toda – expressou Blummer.

– Então faça isso, Haamiah. Fale com a senadora – concordou Caliel.

– Ainda é muito cedo, mas logo mais vou ligar e pedir que ela me atenda ainda hoje – concluiu Blummer, virando-se em direção à porta para sair, mas Caliel o deteve. – Haamiah! – Samuel se virou para ouvir Caliel. – Fico feliz de ver que você está encontrando os caminhos certos. A senadora vai ajudar mais do que você espera.

– Também tenho essa mesma intuição, Caliel.

Eliza, Isabella e Hades entraram na cozinha ao mesmo tempo. Todos se cumprimentaram e sentaram-se em volta da mesa para aproveitar o café da manhã preparado por Caliel. Blummer explicou a todos o que tinham acabado de combinar. Ele levaria Eliza junto para encontrar a senadora. Pediu que Hades ficasse e ajudasse Isabella nas pesquisas, para descobrir a origem do avião que havia pousado na base aérea e das possíveis movimentações financeiras decorrentes do contrabando de urânio.

Eram nove horas quando Blummer ligou para o gabinete da senadora Dra. Laura Bauer Schelman e a secretária atendeu:

– Sim, a senadora está no gabinete. Mas quem gostaria de falar com ela?

– Diga que é um ex-aluno da universidade de Direito, Samuel Blummer, e que o assunto é muito urgente.

Após alguns minutos esperando, a secretária avisou que ia transferir a ligação para a senadora.

– Olá, Samuel! Mas que surpresa agradável receber sua ligação! – manifestou a senadora com entusiasmo.

– Olá, Dra. Laura! É muito bom ouvir sua voz de novo. O tempo passa, mas nunca esqueço seus ensinamentos. Por isso estou ligando.

– Você não mudou em nada, Samuel. Sempre um cavalheiro. Mas me diga... em que posso ajudá-lo?

– Como a senhora sabe, sou agente federal e atualmente trabalho na Equipe de Operações Táticas da Agência em San Pietro. Estou em um caso muito complexo, que envolve gente do governo, e preciso da sua ajuda com a máxima urgência. Então, gostaria de vê-la pessoalmente, ainda hoje.

– Mas é claro, Samuel! Terei o maior prazer em ajudá-lo. E se é urgente pode vir agora mesmo ao meu gabinete, aqui no Senado Federal. Eu tinha alguns compromissos, mas não são tão urgentes. Peço à secretária que os reprograme.

– Ótimo, Dra. Laura. Agradeço sua pronta atenção. Estou saindo agora e no máximo em quarenta minutos estarei aí – disse Blummer, desligando o telefone.

[40]

CONGRESSO NACIONAL – 10 HORAS

Na Praça dos Três Poderes não é permitido o trânsito de veículos. Blummer e Eliza tiveram que deixar o carro a quatrocentos metros de distância. Seguiram a pé, atravessando a praça de um lado ao outro, até chegar ao prédio do Congresso Nacional.

Blummer apresentou-se na portaria e sua credencial de agente federal facilitou os trâmites burocráticos. Caminhou ao lado de Eliza pelo corredor principal, em direção à ala onde ficam os gabinetes dos senadores.

Chegaram à recepção que controla exclusivamente os visitantes dos gabinetes do Senado. Blummer anunciou que tinham ido para uma reunião com a senadora Laura Schelman. Receberam autorização para entrar e seguiram em direção ao gabinete da senadora. Entraram na sala de espera e avisaram a secretária que tinham marcado o encontro por telefone.

O gabinete tinha quatro salas amplas: a sala de espera, a sala onde ficavam os assessores, uma sala de reuniões e a sala principal, para uso exclusivo da senadora.

A secretária confirmou o encontro marcado e pediu que Blummer e Eliza a acompanhassem, pois a senadora iria atendê-los. Quando entraram, Laura Schelman levantou-se da poltrona e andou em direção a Blummer, dando-lhe um caloroso abraço, que ele retribuiu sem cerimônia. Em seguida, apresentou sua namorada Eliza Huppert, explicando que ela é uma jornalista investigativa do *Diário de San Pietro*.

Após os cumprimentos, a senadora pediu-lhes para se acomodarem nas poltronas em frente à sua mesa e comentou com um sorriso maroto nos lábios:

– Você é um homem de sorte, Samuel. Eliza é uma linda moça e formam um belo casal.

– É verdade, Dra. Laura. Eliza é uma mulher muito especial e uma ótima profissional também. Foi ela quem descobriu tudo o que tenho para lhe contar.

– Estou cada vez mais curiosa. Afinal, do que se trata?

Blummer, então, relatou tudo o que havia acontecido desde o sequestro de Eliza, motivado pela matéria que iria publicar. O atentado que ele havia sofrido dentro da Agência Federal e depois o resgate de Eliza, quando descobriram que o furgão e o helicóptero usados no sequestro pertenciam à Siderúrgica Nacional.

Concluiu informando a participação de Ricco Cameron no sequestro, o mercenário cubano contratado como assessor de segurança do Ministério da Casa Civil, que se reportava diretamente ao ministro Enrico Maya.

Eliza relatou todos os detalhes da matéria que iria publicar sobre o desvio e contrabando de urânio. Desde o misterioso latrocínio ocorrido com o auditor Albertin, as investigações para obter as informações, até chegar ao encontro com o ministro Jorge Stabler e o general Amon, no hotel em San Juan.

A senadora ficou perplexa com tudo que ouviu.

– O assunto é muito grave, Samuel. Estamos diante de um dos maiores escândalos da República de todos os tempos.

– E acreditamos que devam existir muito mais coisas para serem investigadas.

– Mas que tipo de ajuda você espera de mim? – perguntou a senadora.

– Quero pedir que a senhora pergunte ao seu marido se ele pode investigar quem autorizou o uso do furgão e do helicóptero da Siderúrgica para serem utilizados em ações dessa natureza. Especialmente no caso do helicóptero, alguém da alta diretoria deve estar autorizando o uso dele por Ricco Cameron, e precisamos saber quem está fazendo isso – concluiu Blummer.

– Para perguntar isso para meu marido terei que falar sobre tudo que vocês me informaram. Não posso esconder isso dele.

– Quanto a isso não há problema. Apenas peça que ele mantenha sigilo, do contrário, todos estaremos em risco – pediu Blummer.

– Ok. Falarei com ele ainda hoje e te manterei informado – respondeu a senadora, ainda em estado de choque com tudo o que havia acabado de ouvir. – Mas acho que tem uma pessoa que também pode ajudar – completou a senadora.

– Seria ótimo, Dra. Laura. E quem seria essa pessoa?

– É o Dr. Érico Galletti. Ele é um juiz federal e atual presidente do Superior Tribunal de Justiça. Foi meu professor de Direito na universidade. É um dos mais respeitados juristas do país e um dos homens mais corretos que eu conheço.

– Certamente seria uma ajuda excepcional, Dra. Laura. É justamente do que estamos precisando. Como podemos falar com ele? – perguntou Blummer, entusiasmado com a possibilidade de conseguir a ajuda do juiz.

– Vou lhe preparar uma carta de apresentação. Com ela, ele irá atendê-lo. À tarde ele participa das audiências processuais, mas na parte da manhã ele despacha em seu gabinete, que fica no prédio do Palácio da Justiça, aqui na Praça dos Três Poderes, em San Pietro.

A senadora redigiu a carta de próprio punho, apresentando o agente federal Samuel Blummer e pedindo ao juiz que o ajudasse na investigação de corrupção protagonizada por integrantes do alto escalão do Governo Federal. Colocou seu carimbo oficial de senadora da República e assinou a carta, colocando-a em um envelope fechado, endereçado ao juiz Érico Galletti.

Blummer pegou o envelope e se levantou, sendo seguido por Eliza. Despediram-se, agradecendo a ajuda da senadora e lhe pedindo que ligasse assim que tivesse alguma resposta do marido. Saíram do prédio do Senado em direção ao estacionamento, onde haviam deixado o carro.

[41]

Entraram no apartamento e encontraram os demais membros da equipe sentados em volta da mesa da sala de reuniões. Analisavam as últimas descobertas de Isabella e Hades.

Blummer e Eliza se juntaram a eles. Ele explicou rapidamente o que haviam conversado com a senadora Laura Schelman e mostrou entusiasmado o envelope contendo a carta de apresentação para ser atendido pelo juiz federal Érico Galletti, presidente do Superior Tribunal de Justiça.

Em seguida, Hades relatou que encontraram registros nos radares do Centro de Controle de Trafego Aéreo do país, de um avião não identificado, que por duas vezes nos últimos vinte dias recebera autorização para entrar no espaço aéreo de Costa do Sul e pousar na Base Aérea Simón Bolívar, em San Martin.

Reproduziram as gravações entre o controle de tráfego e o comandante da aeronave, que não informou a origem do voo, apenas um protocolo que indicava autorização especial do Ministério da Defesa. O pessoal de controle de tráfego aéreo confirmou a autenticidade do protocolo e concedeu a autorização.

O comandante da aeronave falou em inglês, com um sotaque russo muito acentuado. Para Hades, aquela voz não era desconhecida, e ele decidiu gravar a conversa.

Enviou para um velho amigo na Interpol, que tinha um banco de dados de vozes dos principais terroristas e mercenários procurados pelo mundo afora. Fizeram as comparações e em pouco tempo conseguiram identificar o homem.

– Trata-se de Ian Petrov, um ex-coronel russo que desertou logo após a queda do regime soviético e se transformou no maior contrabandista de armas do mundo – explicou Hades.

– E o que ele estava fazendo pessoalmente no avião que iria transportar urânio contrabandeado? – perguntou Blummer.

– Ele costuma estar presente em todos os negócios que envolvem altas somas e, muitas vezes, ele mesmo faz o pagamento por transferência bancária internacional, assim que confere e recebe o material que está comprando – explicou Hades. – Ele é procurado na maioria dos países do mundo e nós tínhamos na Agência Federal um longo arquivo com tudo sobre ele – completou.

– Ótimo trabalho, Aaron e Isabella! Vocês formam uma dupla muito eficiente! – disse Caliel, que a tudo ouvia com atenção.

– Mas ainda tem mais, Caliel. Essa foi só a primeira peça do quebra-cabeça – respondeu Isabella, relatando o que mais tinham descoberto: – Rastreamos as remessas financeiras que Petrov tem feito e descobrimos que ele mandou altas somas de dinheiro em nome de uma fundação que se dedica às pesquisas científicas, com sede na área industrial de San Martin. É conhecida pelo nome de FPDM, a Fundação para Pesquisa e Desenvolvimento de Medicamentos. É uma entidade sem fins lucrativos e supostamente vive de doações. A FPDM é certificada pelo Governo Federal como sendo de interesse público. Mas, o mais curioso, o sócio fundador e presidente da Fundação é nada mais, nada menos que Thomaz McKinney, o norte-americano que é o proprietário da casa e da fazenda que foram usadas no sequestro de Eliza. Pelos registros oficiais, foi ele quem forneceu o dinheiro para a compra do terreno, do prédio e de todas as instalações – concluiu Isabella.

– Muito bom, Isabella! Muito bom! Nossos horizontes estão se ampliando. Agora precisamos saber o que realmente essa Fundação faz com todo o dinheiro que tem recebido – exclamou Blummer, satisfeito com o que ouvia.

– Nos registros de prestação de contas que são obrigados a fazer e publicar, a FPDM declara que faz pesquisa de medicamentos para a cura do Alzheimer, doença de Parkinson e outras doenças cerebrais degenerativas. E os resultados dessas pesquisas serão disponibilizados gratuitamente ao governo e aos laboratórios farmacêuticos privados – concluiu Isabella.

– Se isso tudo for verdade, esse norte-americano é mesmo um bom samaritano, mas duvido muito de que a história seja essa. Temos que saber tudo sobre ele, Isabella – pediu Hades.

– Também precisamos verificar o que essa Fundação está fazendo realmente e quem é o responsável técnico pelas atividades que ela desenvolve – expressou Blummer.

– Vou começar agora mesmo a buscar informações sobre o norte-americano e também ver o que consigo mais sobre a FPDM e seu responsável técnico – respondeu Isabella prontamente.

– Isso mesmo, Isabella. Faça isso e vamos ver o que aparece – concordou Blummer, explicando em seguida: – Amanhã vamos visitar o juiz Galletti. Se tivermos uma boa impressão dele, vamos contar tudo o que descobrimos até agora e pedir para ele expedir um mandado que nos autorize a entrar na fundação para confirmar se realmente estão fazendo o que dizem.

[42]

O agente Gilles Nordson, chefe da área de sistemas da Agência Federal de Investigação, entrou apressado na sala do diretor Carter.

– Dr. Carter! Localizei o endereço onde está instalado o computador do hacker.

– Tem certeza, Nordson?

– Sim, Dr. Carter, tenho certeza. Monitoramos os acessos e finalmente identificamos o IP do servidor utilizado pelo hacker.

– Então, diga logo! O que está esperando?

– Nosso programa de busca indicou que está na cobertura de um prédio comercial na rua 32, na região norte do lado leste de San Pietro.

Carter pegou o telefone, discou o número de um ramal e o agente Gonzalez atendeu.

– Gonzalez! Junte um grupo de agentes bem armados que vamos invadir um local onde um hacker instalou um computador para invadir sistemas do governo.

– Ok, Dr. Carter. Em quinze minutos estaremos prontos.

Nos últimos dias, Carter vinha sendo informado pelo agente Nordson da atuação do hacker que estava invadindo sistemas de vários departamentos do governo.

Com certeza, esse hacker *está a serviço da jornalista e do agente Blummer. Mas agora vou pegá-lo e acabar com a festa*, pensou Carter, otimista.

Os agentes se encontraram na garagem e saíram da Agência Federal distribuídos em quatro veículos, com o diretor Octávio Carter no comando.

Em poucos minutos, chegaram ao endereço indicado pelo agente Nordson.

Era um elegante prédio comercial, onde a maior parte dos andares estava ocupada por escritórios. Dois dos veículos subiram na calçada e fecharam a saída da garagem. Os outros dois pararam em frente à portaria do prédio.

Carter avisou aos agentes que ninguém deveria sair do prédio e se dirigiu à portaria, onde encontrou um grande balcão de recepção, com três funcionários que controlavam a entrada e saída de pessoas.

– Sou Octávio Luiz Carter, diretor-geral da Agência Federal de Investigação. Estamos em uma diligência para prender um hacker que está operando neste edifício. Quero saber a identificação das pessoas que ocupam o andar da cobertura.

– Desculpe, senhor, mas não tenho como dar essa informação – respondeu o atendente.

– Como não, rapaz? Vocês não têm o controle de todos que entram e saem do edifício?

– Temos, sim, mas acontece que não há ninguém na cobertura. Aquele andar está completamente vazio.

– Então, me dê as chaves que vamos subir para verificar – ordenou Carter.

– Sinto muito, senhor, mas não temos as chaves. Elas estão em poder do proprietário – respondeu o atendente.

– Vamos subir assim mesmo – respondeu Carter irritado, chamando quatro agentes e mais Gilles Nordson para acompanhá-lo.

Deu ordens para o agente Gonzalez ficar no comando na frente do prédio e não deixar ninguém sair.

Tomaram o elevador e subiram até a cobertura. Saíram no hall bem em frente à robusta porta de entrada. Todos sacaram as armas, e Carter ordenou que arrombassem a porta.

Um dos agentes tomou distância e se atirou com o lado do ombro sobre a porta, que abriu sem oferecer resistência. Entraram apontando as armas para todos os lados, mas não encontraram ninguém. O local estava completamente vazio.

– Nordson! Tem certeza de que estamos no lugar certo? – questionou Carter bastante irritado.

O agente Nordson abriu seu laptop, que estava acoplado a um aparelho rastreador de sinal, e mostrou para Carter.

– Pode conferir, Dr. Carter. Estamos no lugar certo.

– Sim, é o que diz aí, mas onde está o computador? – questionou Carter.

– Vamos verificar no terraço da cobertura – ordenou Nordson, na esperança de encontrar alguma coisa.

No piso superior da cobertura também não havia nada. Uma ampla sala, completamente vazia, com uma porta de correr que dava para o jardim.

O agente Nordson estranhou a pequena antena fixada no chão. *Mas que diabos será isso?*, pensou. Raciocinou um pouco e logo encontrou a resposta.

– Esse não é um hacker qualquer. Estamos lidando com um profissional, Dr. Carter.

– Do que está falando, Nordson?

– O hacker instalou um replicador de sinal. É uma novidade no mercado. Ele deve ter instalado diversas antenas espalhadas pela cidade e provavelmente está usando um servidor Proxy que gera um endereço IP falso e anônimo, praticamente impossível de ser rastreado.

– Mas como ele consegue criar uma localização falsa? – questionou Carter.

– Ele deve ter um programa que fica renovando conexões via servidor Proxy, gerando endereços IP falsos e diferentes o tempo todo. O sistema replica os sinais através das antenas que ele instalou, espalhando milhares de endereços falsos. É como procurar uma agulha em um palheiro. Nosso programa encontrou um desses números e nos trouxe até aqui. Foi um golpe de sorte. Poderia ter nos levado a qualquer outro lugar – disse Nordson.

– Temos que descobrir quem é o dono da cobertura e quem instalou a antena – ordenou Carter.

O agente Nordson empurrou a pequena antena com o pé e ela se dobrou totalmente. Em seguida, pisou em cima, destruindo o rádio transmissor que estava acoplado. *Menos uma para ajudar o desgraçado*, pensou.

Desceram até a recepção e Carter pediu os dados da empresa que administra o prédio. O funcionário relutou um pouco, mas terminou por fornecer. Não havia motivos para não fazer isso, além do mais, o homem era uma autoridade federal.

Carter chamou o agente Gonzalez e ordenou que todos voltassem à Agência. Ele iria buscar informações na administradora do prédio.

•••

Parker & Parker Property Administration estava instalada em uma moderna casa construída na área mais nobre do centro da cidade, na Avenida Marginal Leste, entre as pontes San Francisco e San Pietro.

Carter entrou e se identificou para a secretária na recepção, exigindo ser imediatamente levado à presença do gerente responsável, no que foi prontamente atendido.

– Sente-se, Dr. Carter. Sou Augusto Massau, gerente responsável pela empresa. Em que posso ajudá-lo?

– Preciso saber quem é o proprietário da cobertura do prédio comercial que vocês administram na rua 32.

– Algum problema com esse imóvel?

– Por enquanto não. Preciso apenas do nome do proprietário.

– Só um instante que vou procurar no sistema e lhe informo. Pronto! Aqui está! O proprietário é o Sr. Bruno Sartore. Ele é um renomado industrial, com negócios na Província do Sul.

– Ele costuma vir a San Pietro?

– Não, nunca o vi pessoalmente. Sempre falamos por telefone ou por e-mail. Ele tem diversos imóveis sob nossa administração, mas todos estão desocupados.

– E por que estão desocupados?

– Acredito que ele os tem como investimento e não quer problemas com inquilinos. Por isso os deixa fechados.

– O senhor saberia me informar quem instalou uma antena de transmissão de dados por internet naquela cobertura?

– Não tenho a menor ideia, Dr. Carter. O imóvel não está sendo utilizado e não teria nenhum sentido instalar uma antena dessas. O prédio conta com instalação própria para conexões com internet.

– Muito estranho essa situação, Sr. Massau!

– Se o senhor me falar o que procura, talvez eu possa ajudá-lo, Dr. Carter.

– Eu preciso saber quem instalou a antena que encontrei nessa cobertura.

– Com certeza não foi o proprietário, e nós também não autorizamos a instalação da antena. Vou requisitar imagens das câmeras de vigilância do prédio para ver se identificamos quem fez isso – respondeu o gerente.

– Ok. Faça isso imediatamente e me informe assim que você encontrar quem foi o responsável.

– Está bem, Dr. Carter. Tomarei as providências e o manterei informado.

Carter lhe entregou um cartão de visitas e fez mais um pedido:

– Preciso de mais uma coisa, Massau. Mande por e-mail a lista dos imóveis do senhor Sartore em San Pietro.

– Certo, Dr. Carter. Farei isso. Claro que apenas aqueles que estão sob nossa administração.

Carter concordou. Agradeceu a colaboração do gerente, despediu-se e retornou à Agência Federal.

[43]

A senadora Laura Schelman decidiu deixar o Congresso Nacional mais cedo que de costume. Tinha ligado para o marido e avisado que precisava falar com ele sobre um assunto muito importante.

A partir da nomeação de Max como presidente da Siderúrgica Nacional ele passara a morar em San Pietro durante a semana, no mesmo apartamento que a esposa senadora ocupava desde que fora eleita.

Chegaram quase ao mesmo tempo ao apartamento:

– Oi, minha querida. Como foi o seu dia hoje? Achei você com a voz preocupada quando ligou – disse Max Schelman para a esposa.

– Oi, Max. O dia foi cheio e realmente estou um pouco preocupada – respondeu Laura, dando um beijo carinhoso no marido.

– Mas então, meu bem, sobre o que você queria conversar comigo?

– Sente-se, Max. Vou lhe contar o que hoje fiquei sabendo através de um agente federal que foi meu aluno na universidade.

Max franziu a testa, arqueando as sobrancelhas e estranhando um pouco o semblante fechado e o tom preocupado da esposa.

Laura Schelman contou para o marido tudo o que tinha ouvido de Samuel Blummer e Eliza Huppert. E no final perguntou se ele sabia quem tinha autorizado o uso do furgão e do helicóptero da Siderúrgica Nacional por Ricco Cameron, o assessor de segurança do Ministério da Casa Civil, principal envolvido no sequestro de Eliza.

Max Schelman demonstrou a mais absoluta surpresa sobre tudo que ouviu da esposa, dizendo que não tinha a menor ideia de quem era Ricco Cameron e de como ele poderia ter utilizado o furgão e um helicóptero da Siderúrgica para agir em um sequestro.

Ficou ainda mais perplexo do que já estava. Percebeu que o nível de corrupção no governo era muito mais grave do que ele mesmo já sabia.

Refletiu um pouco sobre tudo o que ouviu e, pela primeira vez desde que assumira a presidência da Siderúrgica, acumulou coragem suficiente para se abrir com a esposa. Decidiu que não podia mais esconder a situação que estava vivendo com a chantagem do ministro Enrico Maya, que o obrigava a permanecer no cargo.

– Minha querida, eu lhe dou minha palavra de honra que não sei absolutamente nada sobre esse sequestro e muito menos sobre essa estrutura de corrupção que envolve a cúpula do Governo Federal.

– Eu nunca duvidei disso, querido. Sei que você nunca se envolveria em situações dessa natureza, mas acho que você precisa investigar quem está por trás disso dentro da Siderúrgica.

– Laura, eu sei que talvez você não me perdoe pelo que fiz, mas tenho de lhe contar sobre os motivos que me obrigaram a permanecer até agora na presidência da Siderúrgica Nacional.

Com muita sinceridade nas palavras, Max Schelman relatou para a esposa que pouco tempo depois que havia assumido a presidência da empresa descobrira um esquema para desviar dinheiro através dos contratos de exportação da Siderúrgica. E que, quando apresentou o problema para o ministro Enrico Maya, ele o mandou esquecer o assunto e fazer vistas grossas, porque aquelas verbas sustentavam as alianças políticas e os planos do governo.

Explicou que se recusara a continuar com aquela situação e pedira demissão, mas o ministro exigira que ele continuasse, ameaçando-o com a divulgação do vídeo que mostrava o encontro que ele havia tido com uma garota de programa no Hotel Danúbio, em San Pietro.

Laura Schelman ouviu tudo impassível e com a elegância de sempre, sem demonstrar toda a decepção que sentia com o comportamento leviano do marido, além da enorme surpresa em saber que talvez seu próprio partido estivesse recebendo dinheiro fruto de corrupção.

– Me perdoe, querida. Eu nunca pensei que poderia cometer um erro que tomasse tal dimensão. Sei que não só prejudica a mim mesmo como também a sua carreira política. Depois de todo o esforço que você fez para conseguir o respeito e a admiração dos seus eleitores, eu não tinha o direito de cometer um erro de tamanha gravidade – expressou Schelman, demonstrando profundo arrependimento.

– Talvez tenha sido minha culpa, Max. Eu sempre tolerei os seus deslizes porque achava que seu interesse por outras mulheres passaria mais cedo ou mais tarde e você iria se acomodar. Mas nunca pensei que poderia cair em uma armadilha como essa – respondeu a doutora Laura, com a classe que a caracterizava nos momentos difíceis.

– Eu a amo mais do que tudo na vida, Laura, e não posso imaginar a minha vida sem você. Confesso que tive algumas aventuras, mas sempre foram passageiras e nunca traí aquilo que sinto por você. Acho que eu perdi parte da minha juventude trabalhando para ampliar o império que herdei do meu pai e depois, mais maduro, achei que poderia viver as aventuras que não vivi quando era jovem – explicou Max Schelman com lágrimas nos olhos, tentando se justificar.

– Eu sei, querido. Eu o conheço o suficiente para saber o que você sente por mim e sei que é verdadeiro. Vamos ter que superar isso e encontrar uma forma de você se livrar dessa chantagem do ministro Enrico Maya – respondeu Laura, passando a mão carinhosamente no rosto do marido.

– Isso você pode deixar comigo, Laura. Amanhã mesmo vou procurá-lo e entregar minha carta de demissão. Vou deixar a Siderúrgica Nacional o mais rápido possível. Não quero estar envolvido em nenhum esquema de corrupção, quanto mais em um crime de sequestro – decretou Schelman decidido a pôr um fim no suplício que estava vivendo.

– Mas e se ele ameaçar divulgar o vídeo com as imagens que ele tem sobre você?

– Não se preocupe, querida. Ele não vai fazer isso. Eu também posso ameaçá-lo com o que sei sobre os desvios de urânio e o uso indevido do furgão e do helicóptero da Siderúrgica por Ricco Cameron, seu assessor de segurança, para a realização do sequestro da jornalista – respondeu Max, acreditando que tinha um importante trunfo nas mãos.

– Mas isso pode ser perigoso, Max. Com tudo que sabemos, dá para ver que essa gente pode fazer qualquer coisa – falou Laura, com certa apreensão nas palavras.

– Vamos ter que arriscar, querida. Eu não posso mais continuar com isso. Ainda mais agora, com tudo que você me relatou.

– Acho que você tem razão. Aconteça o que acontecer, vamos estar preparados e lutaremos juntos – respondeu Laura, levantando-se e abraçando o marido.

– Você é uma mulher maravilhosa e admirável, Laura. Inteligente, linda como uma princesa, elegante e educada como uma rainha, com personalidade inigualável, além de generosa com todos à sua volta. Eu realmente não sei o que fiz para merecer você. Mas eu lhe prometo que não irei decepcioná-la de novo – disse Schelman, beijando a esposa carinhosamente nos lábios.

[44]

Ainda era muito cedo e Blummer já conversava com Caliel, enquanto ele preparava o café da manhã na cozinha:

– Fiz uma cópia completa de tudo o que temos, para mostrar ao juiz Érico Galletti ainda hoje, Caliel.

– Eu estarei lá com você. Quero ter certeza de que ele é confiável.

– Entramos juntos no prédio ou você aparece de surpresa?

– Vou aparecer apenas no momento certo. Você entra no prédio sozinho, mas, se ocorrer algum problema, estarei por perto para ajudar.

Blummer sabia muito bem o que Caliel queria dizer. Ele não estaria fisicamente presente, mas acompanhando todos os acontecimentos em um fluido completamente invisível para os olhos humanos.

– Está bem. Então, vamos esperar todos acordarem para avisá-los – concluiu Blummer.

Não demorou para Hades, Eliza e Isabella se juntarem a eles na cozinha, onde tomaram o café da manhã e conversaram um pouco sobre amenidades. Logo voltaram ao tema central dos últimos dias: a investigação sobre a terrível rede de corrupção no Governo Federal, que a cada dia parecia pior.

Blummer pediu que Hades se concentrasse, junto com Isabella, nas pesquisas sobre a fundação FPDM e sobre o norte-americano Thomaz McKinney. Ele e Caliel iriam visitar o juiz Galletti na sede do Superior Tribunal de Justiça.

•••

PALÁCIO DA JUSTIÇA – 9 HORAS

Blummer chegou ao saguão de entrada do suntuoso prédio em que ficava o Superior Tribunal de Justiça, na área mais nobre de San Pietro, a Praça dos Três Poderes.

Ele se identificou como agente federal na recepção principal e se dirigiu à ala onde ficavam os gabinetes dos juízes. Encontrou outra recepção, que praticava um rígido controle de entrada e saída de pessoas. Identificou-se novamente e informou que estava lá para ver com urgência o juiz Érico Galletti, a pedido da senadora Laura Schelman, apresentando o envelope endereçado ao juiz.

O responsável pelo controle de entrada pediu que esperasse. Chamou um auxiliar, para quem ordenou levar o envelope ao gabinete do juiz.

Após aproximadamente trinta minutos de espera, a secretária do juiz ligou na recepção, autorizando a entrada. O chefe da recepção informou:

– Agente Blummer, está autorizado a entrar – e entregou um crachá para Blummer, indicando o caminho até o gabinete.

Blummer caminhava e sentia a presença de Caliel, que o acompanhava em um fluido sutil e invisível.

Abriu a porta do gabinete e entrou na sala de recepção, onde uma secretária ocupava uma mesa ao lado da porta de entrada para a sala do juiz. Apresentou-se, e ela respondeu que o juiz iria atendê-lo em poucos minutos.

Um pouco depois, o telefone tocou. A secretária atendeu e ouviu as ordens do juiz. Ela se levantou e pediu que Blummer a acompanhasse até a sala do juiz Érico Galletti.

Entraram por um amplo corredor, passaram pelas salas onde trabalhava a equipe técnica que assessorava o juiz nos trabalhos e processos sob sua responsabilidade, e chegaram à porta do gabinete principal. Ela bateu duas vezes com o dedo indicador dobrado, abriu a porta e entrou.

– Por favor, acomode-se em uma das poltronas da mesa que o juiz está na toalete e já vem – informou a secretária.

Era uma sala espaçosa e muito confortável, decorada com vasos de flores nos cantos e diversos quadros de pinturas abstratas na parede; além disso, havia uma estante com livros, simetricamente alinhados e muito bem organizados, que tomava uma das paredes laterais quase completamente, e uma mesa grande com uma poltrona confortável, de costas para a janela.

Havia, ainda, um conjunto de sofás de um lado da sala e uma mesa de reuniões com cadeiras do outro lado, um projetor fixado no teto com tomadas de conexão no centro da mesa e um telão preso à parede lateral, permitindo boa visão de qualquer ponto da sala.

Os móveis de madeira eram impecavelmente encerados, produzindo um ambiente refinado, mas, talvez, um tanto austero para ficar confinado horas e horas debruçado na montanha de processos que diariamente chegavam à mesa do gabinete do juiz.

Blummer se acomodou em uma cadeira ao redor da mesa de reunião, como pedira a secretária, e Caliel aproveitou a ausência do juiz e se materializou na cadeira ao lado, tão logo ela se retirou. Em poucos minutos o juiz entrou na sala, por uma porta lateral, saindo da toalete privativa.

– Desculpem a demora, senhores, mas não temos controle sobre certas coisas – explicou o juiz com um sorriso nos lábios.

Blummer e Caliel levantaram-se, cumprimentaram o juiz e se apresentaram:

– Agradecemos por ter nos recebido, Meritíssimo. Eu sou o agente federal Samuel Blummer e este é Caliel, um velho amigo que está colaborando comigo. Estamos aqui para pedir sua ajuda.

– Eu li a carta da senadora Laura Schelman, por quem tenho profundo apreço, e não poderia deixar de recebê-los – respondeu o juiz olhando fixamente para Caliel. – Vamos ver o que posso fazer.

Caliel estava compenetrado, parecendo fazer uma retrospectiva do passado, e, quando Blummer olhou para ele, como se pedindo uma avaliação do caráter do juiz, ele fez uma transmissão telepática. Blummer recebeu a informação como um torpedo em seu cérebro: *Fique tranquilo, Haamiah. Galletti é médium e sua alma, um espírito de luz que já esteve comigo em muitas missões em tempos passados. Ele é* absolutamente *confiável.*

O juiz estava confortável com a visita, estranhando um pouco aquela momentânea apreensão de Blummer. Fixou mais uma vez os olhos em Caliel e perguntou:

– Caliel! Já disse a ele que nos conhecemos há muito tempo?

– Sim, Meritíssimo... acabei de fazê-lo.

– Ótimo! Mas, enfim, como posso ajudá-los?

Sob os olhos atentos de Caliel, feliz por estar diante de um antigo colaborador em missões ordenadas pelo Criador, Blummer entregou um pen drive para o juiz com todas as informações e documentos que tinham conseguido nas investigações.

Relatou todos os detalhes do que tinha acontecido, a matéria completa que Eliza havia levantado a partir do assassinato do auditor, o sequestro que ela havia sofrido no dia em que a matéria seria preparada para publicação, o atentado contra ele dentro da sede da Polícia Federal e a possível colaboração do diretor Octávio Carter no esquema de corrupção do governo.

Explicou o resgate de Eliza, o envolvimento de Ricco Cameron, assessor de segurança do ministro da Casa Civil, do general Amon, ministro da Defesa, do ministro Jorge Stabler, de Minas e Energia, e o uso do furgão e do helicóptero da Siderúrgica Nacional.

Informou, também, sobre o misterioso norte-americano proprietário da casa e da fazenda utilizadas no sequestro, que era fundador e presidente da FDPM, a Fundação que recebia o dinheiro das vendas de urânio que eram feitas a Ian Petrov, um conhecido contrabandista internacional de armas.

O juiz instalou e abriu o pen drive em seu computador e foi examinando os registros e confirmando tudo o que tinha ouvido com um semblante de espanto e incredulidade, parecendo duvidar de que tudo aquilo pudesse ser verdade.

– Eu tenho visto muitos processos que envolvem crime de corrupção, mas nunca uma coisa tão grave e perigosa como esse contrabando de urânio. Esse crime pode colocar o país em dramática situação perante a comunidade internacional – manifestou o juiz, ainda espantado com o que vira e ouvira. – E vocês já descobriram o que essa fundação realmente faz com todo o dinheiro que eles têm recebido?

– Não, Excelência. Ainda não sabemos. Mas esse será nosso próximo passo – respondeu Blummer. – Precisamos de um mandado judicial para entrar nas instalações e verificar de perto o que estão fazendo.

– E o que está acontecendo dentro da Agência Federal de Investigação que não lhe dão apoio nessa operação? – perguntou o juiz Galletti.

– Eu sou um agente federal e me reporto a Xavier Martinho, que é chefe da Equipe de Operações Táticas, uma equipe de apoio de campo para as ações desenvolvidas pela Agência. Xavier é um funcionário de carreira da Agência, muito correto e ótimo profissional, mas está completamente subjugado pelo centralizador e ostensivo comando do diretor Octávio Carter, que não admite ser contrariado em seus propósitos. Carter é um delegado federal que sempre esteve metido na política – prosseguiu Blummer. – Foi nomeado diretamente pelo ministro da Justiça e certamente está colaborando com essa rede de corrupção. Xavier sabe de tudo o que está acontecendo, mas não consegue dar o apoio que precisamos porque o diretor Carter bloqueia qualquer iniciativa.

– Eu já ouvi falar desse Octávio Carter e sei que foi uma indicação desastrosa do governo. É um sujeito ambicioso, que faz qualquer coisa por dinheiro e poder – manifestou o juiz. – Deixe-me pensar um pouco, Blummer e Caliel. Tomem uma água e um café, enquanto eu reflito sobre o que podemos fazer.

Blummer e Caliel levantaram-se, serviram-se de água e café, que estavam sobre uma mesinha lateral, enquanto o juiz analisava todos os dados e documentos novamente, pensando em como poderia ajudar na investigação, até que tomou a decisão:

– Já sei o que vamos fazer, agente Blummer. Como juiz federal, tenho jurisdição em todo o território nacional, com prerrogativas legais de desenvolver investigações, requisitar qualquer servidor público federal em atividade no Poder Executivo, Legislativo ou Judiciário. Vou requisitar você para atuar no meu gabinete no comando das investigações desse caso. Isso vai lhe dar respaldo legal para agir.

– Eu não tinha pensado nessa hipótese, Meritíssimo, mas acho que é uma excelente alternativa – concordou Blummer, enquanto Caliel balançava a cabeça afirmativamente.

– Você terá que se reportar somente a mim e me manter completamente informado sobre todos os seus passos, do contrário não poderei lhe dar cobertura em caso de algum problema – exigiu o juiz.

– Eu farei isso, Meritíssimo. Não se preocupe. Mas como se processa essa transferência?

– Eu vou preencher agora mesmo uma requisição de transferência, em duas vias, com meu carimbo e assinatura e o selo de autenticidade do Poder Judiciário. A primeira via você deve portar juntamente com suas credenciais de agente federal, e a segunda via você deve entregar para seu chefe direto. Ele precisa recepcionar esse documento e registrar a transferência no sistema da Agência, da mesma forma como farei no sistema do Poder Judiciário. Também vou preparar um mandado judicial federal de vistoria, busca e apreensão de provas, para você entrar na Fundação que precisa ser investigada – completou o juiz.

O juiz chamou seu assistente, passou todos os dados para ele e pediu para que providenciasse os documentos imediatamente, e comentou com Blummer:

– Você deverá tomar ainda mais cuidado. Logo sua transferência para o meu gabinete será de conhecimento público. Então, você poderá ser um alvo ainda mais importante para os que estão envolvidos nessa rede de corrupção.

– Não se preocupe comigo, Meritíssimo. Esse é meu trabalho e já estou acostumado. Acho que o senhor é quem deveria requisitar segurança adicional a partir de agora. Essa quadrilha já deu mostras de que é muito perigosa – recomendou Blummer.

– Não é necessário, agente Blummer. Eu já estou suficientemente protegido – respondeu o juiz, confiante.

Não demorou e o funcionário entrou com todos os documentos prontos. O juiz assinou-os e chancelou-os com o selo oficial do Poder Judiciário e entregou-os para Blummer.

– Agradeço o que está fazendo, Meritíssimo. Com sua ajuda estaremos mais fortes para enfrentar essa poderosa quadrilha.

– Não é mais do que minha obrigação, Blummer. Não se esqueça: assim que retornar de San Martin, quero saber o que encontrou na Fundação.

– Não se preocupe, eu o manterei informado.

– Pode me ligar a hora que quiser ou precisar – esclareceu o juiz, despedindo-se de Blummer e de Caliel como se fossem velhos amigos.

Blummer e Caliel saíram da sala do juiz, passando pelo corredor em direção à saída. Assim que o juiz fechou a porta, Caliel desmaterializou-se, e Blummer apareceu sozinho na recepção, da mesma forma como havia entrado.

[45]

Samuel Blummer deixou o prédio do Poder Judiciário satisfeito com o resultado da visita. Finalmente conseguira um reforço de peso para seguir com a investigação até as últimas consequências. Decidiu ir direto para a Agência Federal, onde pretendia encontrar Xavier Martinho, para lhe entregar o documento de transferência emitido pelo juiz Galletti.

Blummer estacionou o carro e entrou no prédio pela porta exclusiva dos agentes. Tomou o elevador e parou no andar onde ficava o Comando da Equipe de Operações Táticas. Abriu a porta e entrou, recebendo o olhar espantado de todos que estavam na sala. Cumprimentou um por um dos membros da sua equipe e seguiu para a sala de Xavier, deu duas batidas à porta e entrou.

– Olá, Xavier. Precisamos conversar – falou Blummer, entrando na sala e assustando Xavier com a surpresa.

– Samuel Blummer! Estava mesmo pensando em você, meu rapaz. Sente-se que precisamos conversar sobre muitas coisas – respondeu Xavier, com entusiasmo incomum.

– Mas fale você primeiro. Quais são as novidades do caso?

Blummer pegou o documento de transferência que levava em uma pasta de couro e o entregou para Xavier, que, quando bateu os olhos nele, já sabia do que se tratava.

– Você esteve pessoalmente com o juiz Érico Galletti?

– Sim, estive com ele há poucos minutos, contei tudo o que está acontecendo e apresentei as provas que temos. Diante da gravidade dos crimes que estão em andamento, ele decidiu comandar pessoalmente as investigações. Fez essa requisição para que eu seja transferido temporariamente para seu gabinete – explicou Blummer.

– Ele fez a coisa certa. Eu já ouvi falar muito dele. É um grande jurista e um homem com reputação inatacável. Vou aceitar a transferência sem criar qualquer dificuldade – respondeu Xavier, ligeiramente contrariado.

– Você parece decepcionado, Xavier. O que está acontecendo?

– Estou decepcionado com a Agência Federal, Blummer. Um caso tão importante como esse e não podemos fazer o nosso trabalho porque estamos contaminados por uma rede de corrupção sem precedentes.

– Não esmoreça, meu amigo. Tenha confiança e mantenha seu time unido. Na hora certa você vai ter a chance de prender esses delinquentes. Além disso, com minha transferência, Carter vai deixar de ser sua sombra e você ficará mais livre para agir.

– Você está certo. Eu decidi agir.

– Agir como?

– Primeiro, listar os agentes que não estejam alinhados com o diretor Carter e estejam dispostos a nos ajudar.

– Como pretende fazer isso?

– Com a ajuda de Isadora Dumont; ela é a líder da equipe interna do Departamento de Operações Táticas.

– Por que acha que ela pode fazer isso?

– Ela atuou no campo por muitos anos, conhece praticamente todos os integrantes da Agência e também sabe como funciona nossa engrenagem.

– Mas ela é mesmo de confiança, Xavier?

– É claro que sim. Tenho trabalhado com ela por muito tempo. É ótima profissional, sempre foi muito leal e correta.

– Foi uma pergunta idiota. Você tem razão; ela é uma agente acima de qualquer suspeita. Eu também a conheço de muito tempo

– respondeu Blummer, perguntando em seguida: – E o que pretende fazer depois?

– Assim que listar os agentes leais, farei uma reunião com todos para transmitir o que está acontecendo. Darei instruções específicas para estarem preparados e que iremos agir no momento certo.

– Nossas ações devem ser desenvolvidas de forma sempre integrada. Não podemos permitir ações independentes que possam atrapalhar o andamento das investigações – exigiu Blummer.

– Estou de acordo. Vou deixar para você coordenar as ações junto com o juiz Galletti.

– Ótimo! Outra coisa, Xavier. Existe uma Fundação, também em San Martin, envolvida nessa rede de corrupção. Trata-se da FDPM, a Fundação para Desenvolvimento e Pesquisa de Medicamentos. Amanhã irei para lá junto com Aaron Hades, para inspecionar as atividades que estão desenvolvendo.

– Se você precisar de alguma coisa é só falar.

– Será que você teria um agente de confiança naquela região que pudesse dar um suporte de logística?

– Sim, temos um agente em San Martin. Ele é muito competente e de minha total confiança. Trata-se de Jayme Fraccari. Avisarei para ele esperar na entrada da cidade. Vou dar o número do celular para você ligar assim que chegar – respondeu Xavier, procurando o nome e o telefone do agente nos arquivos em seu laptop, que anotou em um papel e entregou para Blummer.

Blummer despediu-se do amigo. Saiu da sala e seguia para o elevador quando deparou com o diretor Octávio Carter, que vinha pelo corredor rumo à sala de Xavier Martinho, certamente para pressioná-lo sobre novas informações. Blummer pretendia passar por ele como se não o tivesse visto, mas Carter se colocou na sua frente, impedindo sua passagem.

– Aonde você pensa que vai, meu rapaz?

– Estou me retirando do prédio. Vou para casa.

– Nada disso, meu jovem. Você é um agente federal e me deve muitas explicações. Eu sou o diretor-geral desta casa, então você vem comigo até a minha sala, que temos muito que conversar.

– Não tenho como atender seu pedido, Dr. Carter. Não estou mais sob a jurisdição da Agência Federal. Acabei de entregar a Xavier Martinho o documento da minha transferência. A partir de hoje me reporto ao juiz federal Érico Galletti, presidente do Superior Tribunal de Justiça, e não tenho nenhuma informação que seja da sua conta – respondeu rispidamente, seguindo em frente, rumo ao elevador, sem dar nenhuma chance de Carter reagir.

Carter ficou estático, sem saber o que fazer. Pensou em dar voz de prisão a Blummer, mas logo raciocinou que não podia fazer isso. Por fim, resignou-se e foi verificar o documento de transferência que estava com Xavier.

Quando voltou para sua sala, pegou o telefone sobre a mesa e discou o número de um ramal:

– Gonzalez! Instale uma escuta telefônica no gabinete do juiz Érico Galletti. Quero saber tudo o que ele faz – ordenou Carter irritado.

– Deixe comigo, Dr. Carter, farei ainda hoje.

[46]

O ministro Enrico Maya retornava do almoço, entrando em seu gabinete, e foi imediatamente avisado pela secretária que tinha uma visita inesperada, tendo ela chegado sem nenhum aviso prévio, insistindo em esperá-lo.

Tratava-se de Max Edward Schelman, presidente da Siderúrgica Nacional.

Ele andava de um lado para o outro, demonstrando excessiva ansiedade, coisa que não era comum no seu comportamento.

– Olá, Sr. Schelman. Não me lembro de ter marcado alguma coisa com o senhor – disse o ministro Maya rispidamente.

– Não, ministro. Realmente, não marcamos nada, mas precisamos conversar. Trata-se de um assunto urgente que não pode mais esperar.

– Está bem, Sr. Schelman. Vamos entrar. Mas terá que ser muito rápido porque tenho um compromisso dentro de quinze minutos.

O ministro entrou na sala, seguido por Max Schelman. Sentou-se em sua mesa e apontou a poltrona em sua frente para que Schelman a ocupasse.

– Vou direto ao ponto, ministro. Aqui está minha carta de demissão da presidência da Siderúrgica Nacional e, desta vez, em caráter irrevogável.

O ministro pegou a carta, deu uma rápida olhada e a jogou sobre a mesa, demonstrando irritação.

– Mas de novo essa história, Schelman? Nós já falamos sobre isso e não vou admitir que você deixe a empresa agora. Nós precisamos de você e não me force a fazer o que eu não gostaria.

– Não tem escolha, ministro. Estou decidido a sair e não há nada que possa fazer para me impedir. Tomei conhecimento do que está acontecendo na Usina de Produção de Urânio, em Santa Fé, e que o senhor autorizou pessoalmente o uso de um helicóptero da Siderúrgica Nacional pelo seu assessor de segurança Ricco Cameron, que está diretamente envolvido no sequestro da jornalista Eliza Huppert. Diante desses fatos, não posso mais aceitar sua chantagem. Prefiro ver minha vida pessoal exposta a estar envolvido com crimes dessa natureza – explicou Schelman, deixando transparecer visível satisfação ao acuar Maya contra a parede.

As acusações de Max Schelman pegaram o ministro Enrico Maya de surpresa. Ele não conseguia imaginar como Schelman sabia daquelas informações. *Diabos! Como esse homem ficou sabendo dessas coisas?* Ele sabia que Schelman não estava blefando e que desta vez não iria recuar.

Tentou parecer calmo, para manter o controle da situação.

– Mas de quem recebeu informações tão estapafúrdias?

– Não importa como fiquei sabendo. O fato é que eu sei e o senhor também sabe do que estou falando. Então, não precisamos discutir sobre isso.

Com sua interpretação sempre rápida e precisa dos fatos, Enrico Maya percebeu que não havia mais o que fazer. Tinha que aceitar o pedido de Max Schelman, mas resolveu ganhar um pouco de tempo. Precisava encontrar uma forma de não perder o controle da situação.

– Está certo, Schelman. Vou aceitar sua demissão e não vou criar nenhum problema, desde que você se comprometa com o sigilo desta conversa, prometendo-me que ela ficará apenas entre nós. E, também, preciso que você fique pelo menos mais uma semana, para termos tempo de escolher seu substituto – exigiu Maya.

– Está bem, ministro. Concordo em ficar mais uma semana, mas nem um único dia a mais. E lhe dou minha palavra de que nada do que sei será revelado. Pretendo esquecer que um dia cometi a imprudência de aceitar sua oferta – respondeu Schelman, levantando-se e se retirando da sala sem nem mesmo se despedir do ministro.

[47]

Blummer abriu a porta do Ninho do Falcão e entrou. Encontrou todos reunidos em volta da mesa na sala de reuniões. Cumprimentou todos e também a Eliza, esta com um carinhoso beijo nos lábios, e se sentou ao lado dela.

Fez um relato do encontro com o juiz Galletti, que resultara em sua transferência funcional para trabalhar sob o manto do Poder Judiciário, e que já estivera com Xavier Martinho, na Agência Federal, para entregar o documento. Agora, ele se reportava única e exclusivamente ao presidente do Superior Tribunal de Justiça. Concluiu contando sobre o encontro com o diretor Carter, que a essa altura já sabia da sua transferência.

– Acho que agora vai ficar bem mais animado. O caldo vai começar a ferver! – comentou Hades. – Vou avisar o delegado Macedo; ele vai gostar de saber.

– Todos devem ficar muito mais atentos daqui para a frente; acredito que haverá reações da quadrilha – recomendou Caliel.

– Mas, então, vocês têm alguma novidade? Encontraram mais alguma coisa? – perguntou Blummer.

– Temos sim – disseram Hades e Isabella, quase ao mesmo tempo.

– Você primeiro, Isabella. Por favor, conte o que você descobriu sobre Thomaz McKinney – pediu Hades.

– O norte-americano Thomaz McKinney é um milionário de oitenta e dois anos, que vive recluso em uma fazenda nos arredores de Denver, no Colorado, Estados Unidos. Há dez anos ele vendeu seu grupo de empresas, da área de tecnologia e informática, para um grupo japonês, por uma fortuna incalculável, aumentando ainda mais a montanha de dólares que já tinha acumulado nos bancos. Alguns anos atrás, dividiu cinquenta por cento da sua fortuna para seus filhos e, com o restante, decidiu fazer ações beneméritas pelo mundo afora, criando fundações de interesse público e doando grandes quantias de dinheiro para mantê-las. Mas, curiosamente – prosseguiu Isabella –, nunca mandou um único tostão para qualquer entidade instalada na República Costa do Sul. Há quase dez anos ele não viaja para fora dos Estados Unidos e nunca esteve na Costa do Sul, nem a passeio e tampouco a negócios. É provável que tenham usado o nome dele apenas para outorgar uma fachada de credibilidade no esquema que montaram. Mas o mais surpreendente é que o representante e procurador do Sr. Thomaz McKinney na Costa do Sul é nada mais, nada menos que o Sr. Enzo Tagliatti, ministro da Justiça. Foi ele quem assinou as escrituras das propriedades e os documentos de criação da Fundação FPDM, sendo o responsável por toda movimentação financeira. As evidências indicam que utilizaram documentos falsos do Sr. McKinney para constar nos registros e, com esses mesmos documentos, forjaram em um cartório conivente com a trama uma procuração com amplos poderes em favor do ministro. A nossa sorte é que essa gente demonstra grosseira incompetência ou completo desprezo pela Justiça, porque deixam rastros muito visíveis para serem seguidos – concluiu ela.

– Além disso, descobrimos também quem são os principais responsáveis pelas atividades operacionais da fundação – disse Hades, iniciando o relato do que tinha encontrado. – A FPDM é uma fundação sem fins lucrativos, considerada de utilidade pública, e goza de isenções de impostos. Invadimos o site da Receita Federal e acessamos o cadastro com todos os dados da fundação, inclusive dos responsáveis técnicos pelas atividades operacionais: Mikhail Schroeder, um engenheiro originário da antiga Alemanha Oriental, especialista em robótica e veículos aeroespaciais leves, e a bielorrussa Karina

Dimitrovich, uma conhecida bioquímica. Sobre Schroeder recaem suspeitas de ter prestado serviços à Coreia do Norte no desenvolvimento de mísseis de curto alcance. Sobre Karina, as acusações são extensas. Ela é uma criminosa procurada em várias partes do mundo, sempre envolvida na criação e fabricação de armas químicas e, normalmente, trabalha para quem paga mais – concluiu Hades.

– Meu Deus! Estou cada vez mais assustada com tudo isso! – exclamou Eliza, que a tudo ouvia com atenção.

– Calma, querida. Estamos chegando cada vez mais perto. Acho que falta pouco para fecharmos esse quebra-cabeça – disse Blummer.

– Ainda tem mais – alertou Isabella.

Ela projetou no telão, preso na parede, a planta do prédio da Fundação e todo o sistema de segurança que tinha conseguido mapear invadindo o servidor central da empresa. Através de um programa tipo Cavalo de Troia, tivera acesso aos comandos das câmeras de vigilância.

Mostrou imagens internas das instalações industriais, com máquinas operatrizes, estoque dos mais variados tipos de materiais e uma linha de montagem para um aparelho que parecia um pequeno e sofisticado drone, comandado por controle remoto e que tinha um dispositivo de pulverização preso na base principal. Mostrou, ainda, imagens dos técnicos testando a funcionalidade do aparelho dentro do galpão. Estavam fabricando muito mais do que medicamentos.

– Isso é muito curioso. Temos mesmo que ver isso de perto – manifestou Blummer.

– Sim, temos que descobrir para que eles estão fabricando esses aparelhos – concordou Hades.

– Muito bem, Aaron e Isabella. Mais uma vez fizeram um ótimo trabalho! – parabenizou Caliel.

Blummer confirmou que ele e Hades iriam, no dia seguinte pela manhã, a San Martin, para uma vistoria completa na FPDM, e que teriam ajuda de um agente local indicado por Xavier Martinho. Pediu que Isabella providenciasse equipamentos para grampear os telefones da empresa e que, apesar de terem um mandado judicial, pretendiam entrar sem ser vistos, após o escurecer.

– Você irá conosco, Caliel? – perguntou Blummer.

– Não, não irei com vocês. Mas estarei lá na hora certa – respondeu Caliel.

Isabella preparou não só o grampo telefônico, mas uma estrutura completa de apoio: *headphone* com câmera e microfone acoplados, para comunicação on-line entre ela e os três agentes no momento da invasão, um aparelho transmissor de dados e uma miniantena de longo alcance, para serem instalados em um poste da companhia telefônica.

A antena de longo alcance permitiria a Isabella estabelecer contato on-line com os três agentes ao mesmo tempo, além de poder acessar as gravações do grampo telefônico.

– Você é mesmo craque nessas parafernálias eletrônicas! – exclamou Hades.

Ela apenas agradeceu com um leve movimento de cabeça e um brando sorriso, mas era óbvia sua satisfação pelo elogio que tinha ouvido, principalmente por ter vindo de Hades.

Blummer acomodou todos os equipamentos em uma sacola e agradeceu Isabella pela eficiente ajuda que ela vinha dando, com seus conhecimentos técnicos sobre comunicação e sistemas de informática.

Blummer se despediu de Isabella e Hades. Foi ter com Eliza, que se exercitava na sala de ginástica.

– Você está linda, meu bem. O cabelo preso e este rosto corado deixam você ainda mais encantadora – elogiou Blummer, abraçando Eliza, que correspondeu com um provocante beijo nos lábios.

– Estava sentindo falta de um elogio assim, meu amor. Você quase não tem tido tempo para mim – reclamou Eliza.

– Você tem razão, Eliza. Mas estamos avançando e cada vez mais perto de entender tudo o que está por trás dessa rede de corrupção. E, quando isso acontecer, nossa vida voltará ao normal e terei todo o tempo para você. Enquanto isso, minha querida, continue registrando tudo o que tem sido descoberto nas investigações. Será a matéria mais importante da sua vida! – concluiu.

– Estou fazendo isso, Sam. Além de ajudar Isabella quando ela precisa. É o que tem me ocupado nestes dias de reclusão.

Blummer passou os braços sobre os ombros de Eliza e foram para o jardim apreciar a vista que tinham da cidade. Soprava uma delicada brisa, que refrescava e secava o suor do rosto de Eliza.

[48]

Era madrugada quando um vulto vestido de preto se aproximou do muro que cercava o prédio de apartamentos onde morava o juiz Érico Galletti. Um prédio com apartamentos de alto padrão, na região sul do lado Oeste de San Pietro, em frente ao Grande Lago e cercado por muros de três metros de altura. O prédio estava protegido por um sofisticado sistema de câmeras e alarme infravermelho distribuído em todo o perímetro.

O vulto se preparou. Flexionou as pernas e deu um vigoroso salto, passando por cima do muro. Aterrissou no gramado do jardim que cercava o prédio. Tudo no mais absoluto silêncio e sem que fosse notado pelas câmeras e alarmes instalados.

No jardim, examinou tudo a sua volta. Moveu-se em direção à parede que pretendia escalar, utilizando-se das saliências nas laterais das sacadas. Seguiu seu caminho, ocultando-se entre os arbustos espalhados pelo jardim.

Quando se aproximou, sentiu como se tivesse ultrapassado uma barreira invisível, e seu corpo se tornou um pouco mais pesado e com os movimentos mais lentos. Parecia se mover sobre uma superfície de areia fofa. Tentou entender o que estava acontecendo, quando avistou uma esplêndida figura à sua frente.

– Eu estava esperando você, anjo desertor – falou o ser celestial.

– Ora, ora... Se não é um dos lacaios de Camael! O que faz aqui, guardião? – perguntou Ricco Cameron, o Anjo do Mal.

O anjo era Ariel, um poderoso Anjo Guardião, conhecido como o Leão de Deus. Estava em seu estado natural, com seus cabelos longos presos atrás da cabeça, olhos negros como a noite, um rosto perfeito, sustentado por um corpo com mais de dois metros de altura. Exibia um semblante sério e um olhar implacável em seus propósitos, vestindo uma túnica branca com detalhes dourados e portando a inseparável espada celestial presa às costas.

Ariel tinha por missão proteger todos aqueles que estivessem a serviço do Criador, e o juiz Galletti tinha esse privilégio.

– Você entrou em uma área protegida pelos guardiões, anjo maldito. Prepare-se para voltar para casa e ajustar contas com o Criador – disse o guardião, empunhando a espada e partindo em direção ao anjo desertor, que não esperava ter que enfrentar um oponente tão poderoso.

Apesar de enfraquecido por estar revestido de um corpo humano em um ambiente celestial, o Anjo do Mal se atirou para trás e rodopiou o corpo no ar, caindo em pé no gramado, fora do perímetro de proteção celestial.

Leão de Deus interrompeu seu ataque quando percebeu que o Anjo do Mal estava fora do seu alcance. Ele não podia persegui-lo fora da área protegida e delimitada pelo líder dos guardiões. Fazer isso seria contrariar as regras determinadas pelo Criador.

– Você tem sorte, anjo desprezível. Não posso persegui-lo no mundo terreno. Mas logo você encontrará seu destino! – expressou o Anjo Guardião.

– Não tenho medo, vassalo de Camael. Ninguém poderá me deter. O juiz não perde por esperar. Quando vocês se descuidarem, eu o matarei – respondeu o Anjo do Mal, saltando o muro em direção à rua e desaparecendo na escuridão.

[49]

Eram nove horas quando Max Schelman estacionou o carro na sua vaga privativa, no pátio da Siderúrgica Nacional, escoltado por outro carro, com os dois seguranças que normalmente o acompanhavam.

Desceu e seguiu em direção ao saguão de entrada, onde tomou o elevador até o oitavo andar, no qual ficava o gabinete da presidência, sempre escoltado pelos seguranças, que o acompanharam até a porta do gabinete.

Abriu a porta e entrou, cumprimentando a secretária, e seguiu para sua sala privativa. Entrou, fechou a porta e caminhou em direção à poltrona da sua mesa de trabalho, quando foi surpreendido por um vulto que, em um movimento rápido, encostou um pequeno aparelho abaixo da nuca, disparando um eletrochoque.

Max Schelman era um homem alto e forte, mas a potência do eletrochoque o deixou momentaneamente sem sentidos. Os músculos estavam flácidos e não respondiam a nenhum comando. Ficou esparramado sobre o carpete.

Com força sobrenatural, o homem levantou o corpo de Max e o acomodou na poltrona de sua mesa. Tirou uma pistola que carregava presa no cinto e a colocou na mão direita de Schelman, quando ele começava a recobrar a consciência. O cérebro voltou a raciocinar, mas os músculos continuavam ignorando os comandos que ele tentava desesperadamente transmitir.

– Antes de mandá-lo para o inferno, tenho que lhe transmitir um recado – sussurrou o homem, enquanto levantava a mão de Max Schelman, segurando a arma até a altura da cabeça. – Não deveria ter pressionado o ministro Maya. – Ao falar isso, apontou com cuidado para o centro do ouvido de Schelman e apertou o gatilho.

O corpo de Max Schelman pendeu para o lado, com a cabeça apoiada no ombro, e o braço esquerdo escorregou para fora da cadeira. Estava mortalmente ferido. O homem saiu rapidamente da sala, por uma porta de saída de emergência, somente utilizada em situações especiais e da qual apenas o próprio Schelman e o chefe da segurança tinham a chave.

Atraídos pelo estampido do tiro, a secretária e os seguranças entraram correndo na sala e depararam com a trágica imagem do seu presidente agonizando com um tiro na cabeça. A secretária saiu gritando desesperadamente por ajuda.

Ainda não eram dez horas quando os noticiários da TV, rádio e sites de internet noticiaram o suicídio do presidente da Siderúrgica Nacional, motivado pela divulgação de um vídeo com imagens dele mantendo relações sexuais com uma garota de programa, em um quarto de hotel na Capital Federal.

O delegado Macedo, da 4ª Delegacia de Polícia, estava no comando das investigações e foi o primeiro a chegar ao local. Não encontrou nenhum vestígio de que alguém mais tivesse estado na sala, mas, apesar de todos os indícios de suicídio, ele ainda tinha dúvidas.

Interrogou os seguranças e a secretária, que estava inconsolável, mas ainda em condições de transmitir informações importantes, como a hora exata em que ouvira o estampido do tiro: o relógio pendurado na parede à sua frente marcava 9h10.

O delegado pediu ao chefe de segurança da empresa que reproduzisse as imagens das câmeras que cobriam o corredor onde ficava o gabinete de Max Schelman, mas nada encontrou. Foi pressionado pelo ministro da Justiça a não complicar as coisas e declarar o mais cedo possível à imprensa que havia sido um suicídio, o que ele acabou fazendo um pouco a contragosto. No entanto, ressalvou que a polícia continuaria investigando, até não restarem dúvidas do que realmente havia acontecido.

O delegado não desistiu e resolveu investigar um pouco mais. Ficou na sala mesmo depois que a perícia removeu o corpo de Schelman.

Procurou digitais e não encontrou, mas observou a existência da porta de saída de emergência, que estava fechada, e chamou o chefe da segurança para destrancá-la.

Constatou que a porta dava para um pequeno hall, onde tinha um elevador privativo, e que descia diretamente para a garagem. Decidiu checar as imagens registradas pelas câmeras da garagem.

Não demorou muito e o delegado identificou Ricco Cameron quando este estacionou o carro, desceu e foi em direção ao elevador privativo, e também em sua saída, quando entrou de volta no carro e deixou a garagem em direção à rua, exatamente três minutos depois do ocorrido na sala da presidência da empresa. As imagens registraram que ele usava luvas. O delegado estava convicto: não se tratava de um suicídio.

Apesar das provas, ele sabia que Ricco Cameron era protegido do ministro da Casa Civil e certamente estava envolvido até o pescoço em todo o esquema de corrupção que existia dentro do Governo Federal.

Analisou as difíceis circunstâncias que teria que enfrentar para acusar o suspeito e preferiu manter sigilo das suas desconfianças e não estender mais a investigação naquele primeiro momento. Levantar essa polêmica poderia prejudicar as investigações que estavam em curso sob o comando do agente Samuel Blummer.

Pediu ao responsável pela segurança cópia das imagens em que aparecia Ricco Cameron, sem fazer nenhum comentário a respeito, e se retirou do prédio.

Na delegacia, o delegado chamou seu especialista de sistemas para investigar o vídeo postado na internet, mostrando o encontro de Max Schelman com uma garota de programa. Queria saber a que hora ele havia começado a circular.

A resposta não demorou. O vídeo tinha sido postado às 9h25, exatamente quinze minutos após a morte de Max Schelman. Ele não chegara a ver o vídeo divulgado na internet. Fora morto antes. Não havia mais dúvidas. Ricco Cameron assassinara o presidente da Siderúrgica Nacional.

[50]

Passava das dez horas quando Samuel Blummer e Aaron Hades entraram na avenida principal que levava ao centro de San Martin.

Samuel ligou para o celular do agente federal Jayme Fraccari, indicado por Xavier Martinho para dar apoio na operação de busca na FPDM, que prontamente atendeu e informou o local onde estava esperando.

Em poucos minutos, eles o encontraram e desceram do carro para se apresentar.

Blummer pediu ao agente Fraccari que providenciasse um veículo utilitário com placa da cidade e um adesivo indicando que estava a serviço da companhia telefônica local, além de uma escada com altura suficiente para acessar o cabeamento telefônico. Informou que pretendiam instalar uma escuta telefônica nas proximidades da Fundação.

Quando se preparavam para entrar no carro e partir, Isabella fez contato com Blummer:

– Olá, Sam. Tenho más notícias.

– O que houve, Isabella? Aconteceu alguma coisa?

– Se você vir ou ouvir o noticiário nacional vai saber sobre o suicídio do presidente da Siderúrgica Nacional. O delegado Macedo está no comando das investigações.

– Que coisa mais maluca, Isabella! Isso não pode ser verdade!

– Mas é o que está sendo noticiado, Sam.

– Obrigado, Isabella. Vou pedir que Aaron ligue para o delegado e obtenha mais detalhes – respondeu Blummer, desligando.

Hades ligou imediatamente para o delegado Macedo, que atendeu prontamente, informando tudo o que tinha acontecido e explicando que todos consideravam ter sido um suicídio motivado pela divulgação de um vídeo com imagens de Max Schelman com uma garota de programa.

Apesar dessa circunstância, ele tinha certeza de que se tratava de um assassinato, em vista de ter coletado imagens de Ricco Cameron entrando e saindo da garagem do prédio da Siderúrgica Nacional. Além disso, Max tinha sido morto antes de o vídeo ser postado na internet, portanto, não chegara a tomar conhecimento da sua divulgação. "Ele não tinha motivos para se suicidar", explicou o delegado.

Hades agradeceu as informações e desligou, contando a Blummer tudo o que tinha ouvido do delegado Macedo.

– Esse maldito desertor continua cometendo crimes! Isso tem que acabar! – expressou Blummer.

– Mas por que será que Max Schelman foi assassinado? – perguntou Hades.

– Talvez ele tenha cometido o erro de peitar o ministro Maya – especulou Blummer, um pouco arrependido de ter pedido ajuda da senadora Laura Schelman, esposa de Max.

– Será que ele sabia de mais alguma coisa? – questionou Hades.

– Isso vamos ter que descobrir – respondeu Blummer.

O agente Fraccari os acompanhou até a porta de um hotel no centro da cidade. Em seguida, despediu-se, informando que iria providenciar o que Blummer havia lhe pedido. Deixaram a bagagem no quarto e logo depois saíram para fazer um reconhecimento prévio no local onde a Fundação FPDM estava instalada.

Seguiram na direção que Isabella havia informado. Blummer logo encontrou a avenida que levava ao parque industrial, onde se localizava a maioria das inúmeras indústrias que existiam na cidade.

Dirigiu alguns quilômetros, passando por várias empresas, até que a avenida se estreitou em uma área praticamente deserta. De longe avistaram o prédio da Fundação, identificada por uma grande placa fixada no topo de uma caixa-d'água elevada.

Blummer parou o carro um pouco distante, mas em uma posição que permitia visualizar com um binóculo todo o perímetro que cercava a Fundação.

A empresa ocupava um amplo terreno, com um prédio espaçoso e bem construído no centro, cercado por jardins muito bem cuidados, com área para estacionamento de veículos e um heliporto – tudo interligado por ruas calçadas com paralelepípedos, bem colocados e alinhados com perfeição.

Todo o complexo era cercado por muros de três metros de altura, protegidos por alarmes com raios laser de detecção de presença, além das diversas câmeras cobrindo todo o entorno do prédio e dos seguranças distribuídos pelos quatro cantos do imóvel. Havia, ainda, o guarda na portaria de entrada, tudo conforme Isabella já tinha mostrado.

– É muita segurança para produzir apenas medicamentos – opinou Hades.

– Sem dúvida – assentiu Blummer.

Após se certificarem das condições de acesso para entrar na fundação, decidiram voltar para o hotel.

Estavam no quarto analisando alternativas quando tocou o telefone. Era o agente Fraccari, avisando que estava na frente do hotel com tudo que Blummer havia pedido.

Blummer pegou a sacola com os equipamentos fornecidos por Isabella e todos saíram.

Como Blummer havia pedido, Fraccari conseguira uma picape Mitsubishi cabine dupla, com um adesivo indicando que o veículo estava a serviço da companhia telefônica local, e com uma escada dobrável presa entre a caçamba e o teto. Entraram todos no veículo e foram novamente para a Fundação FPDM.

Blummer pediu que Fraccari parasse ao lado de um poste, a aproximadamente trezentos metros da portaria da Fundação.

Estenderam a escada e a apoiaram no poste. Hades, que tinha muita experiência nesse tipo de instalação, subiu na escada até alcançar os cabos telefônicos e detectou que praticamente todos eram da Fundação. Não existia nenhuma outra empresa em um raio de mais de dois quilômetros.

Hades trabalhou rápido. Conectou o equipamento grampeador, o transmissor e a antena, tudo conforme Isabella havia preparado.

Fizeram contato e testaram os equipamentos, principalmente os de comunicação entre eles. Estava tudo funcionando como desejado. Recolheram a escada, entraram na caminhonete e voltaram para o hotel no centro da cidade, para repassar os planos e informar os detalhes ao agente Jayme Fraccari.

[51]

Enquanto isso, na agência federal de investigação, o agente Gilles Nordson entrou na sala do diretor Carter.

– Fiz as pesquisas em cada um dos imóveis de propriedade de Bruno Sartore.

– Então, diga logo o que encontrou, Nordson.

– Excluindo o prédio onde estivemos, são dez imóveis. Seis são conjuntos comerciais, todos na cobertura dos respectivos prédios. Encontrei sinais de antenas retransmissoras em cinco deles. Apenas um não tem uma antena dessas.

– E daí, Nordson? O que isso quer dizer?

– Direcionei meu sistema de busca diretamente para ele e não deu outra, é lá que o hacker está operando.

– Tem certeza, Nordson?

– Absoluta.

– Onde fica esse prédio?

– No número 44 da rua 15, na região norte do lado leste de San Pietro.

Carter ficou eufórico, mas se conteve. Por um instante ficou imaginando que pegaria o hacker e, quem sabe, encontraria o agente Blummer e a jornalista no local, prendendo-os como cúmplices. Ele tinha certeza de que Blummer estava envolvido. Invadir computadores do governo é um crime grave. *Seria um golpe de mestre*, pensou, quando ouviu o telefone tocar sobre sua mesa.

– Doutor Carter?

– Sim, sou eu mesmo.

– É Augusto Massau, da Parker & Parker.

– Olá, Sr. Massau. Tem alguma novidade?

– Estou ligando apenas para avisar que não encontramos nenhuma imagem de alguém que possa ter entrado na cobertura do Sr. Sartore nos últimos trinta dias.

– Eu já esperava por isso, Sr. Massau. Quem fez o serviço era um profissional e não iria deixar pistas.

– Sinto muito, senhor, mas acho que não posso ajudar em mais nada.

– O senhor já ajudou muito. Obrigado – respondeu Carter, desligando.

Carter levantou-se e andou pela sala pensando. Por alguns instantes teve dúvidas, mas logo decidiu:

– Vamos providenciar um mandado para invadir esse local. Quero tudo nos conformes… para não dar chance de se safarem.

[52]

Era noite quando os três agentes federais seguiam pela longa avenida em direção à Fundação FPDM. Blummer estacionou no mesmo ponto em que tinha parado quando tinham ido pela primeira vez, de onde avistou, com um potente binóculo infravermelho, o prédio da Fundação e todo seu entorno.

Conversaram entre eles, repassando os detalhes do plano que traçaram. Colocaram e acionaram os *headphones* com câmeras acopladas e fizeram contato com Isabella para testar, mais uma vez, a comunicação de voz e imagem.

– Sam, fique alerta, porque, logo após a instalação do grampo telefônico, registramos uma ligação do general Hector Amon para um tal Raphael Bayne. Eles estão cientes da presença de vocês na cidade. Tomem cuidado, pois podem estar mais preparados do que vocês imaginam.

– Ok, Isabella. Entendido. Nós vamos em frente, conforme o planejado, e, sendo necessário, podemos usar o mandado judicial.

Com tudo funcionando como previsto, os três agentes entraram no carro em direção à portaria principal da Fundação, que estava protegida por um portão de chapa de aço na mesma altura dos muros.

Blummer parou a Hilux no acostamento da estrada, a trinta metros do portão principal, e pediu que Isabella, que já estava conectada ao servidor principal da Fundação, congelasse as imagens das câmeras da portaria para que a aproximação deles não fosse registrada. Isabella executou o pedido e autorizou para que seguissem em frente.

– Ok, Sam. Está feito. Vocês têm cinco minutos até que alguém na sala de controle perceba que a imagem está congelada.

Desceram do carro e seguiram a pé até o portão, onde Hades ordenou que o agente Fraccari apertasse o botão da campainha para comunicação com a portaria. Blummer se afastou sem que percebessem, flexionou os joelhos e, em um único movimento, saltou por cima do muro e do circuito de raio laser, aterrissando na frente da sala onde estava o guarda responsável pela portaria.

O guarda, que atendia ao interfone, ficou imóvel por alguns segundos, assustado com a repentina aparição de um intruso. Levantou-se, sacou a arma que estava no coldre preso na cintura e apontou para Blummer. No mesmo instante, sentiu um forte impacto no peito e caiu no chão sem sentidos, atingido pelas ondas celestiais que Blummer desferira com sua mão direita, com força suficiente para mantê-lo desacordado por algum tempo.

Blummer entrou na sala, encontrou o botão e abriu o portão automático para a entrada de Hades e do agente Fraccari, que ficou um pouco confuso, sem saber direito como Blummer havia entrado tão rápido.

Fraccari vestiu a jaqueta e o quepe usado pelo guarda, assumindo a mesma posição. Em seguida, amordaçaram e amarraram o guarda e o deixaram no banheiro, onde não seria captado pelas câmeras.

O agente Fraccari ficou no controle da portaria, enquanto Blummer e Hades seguiram para o prédio da Fundação, escondendo-se abaixados entre os arbustos do jardim.

Pararam a poucos metros da entrada principal do prédio. Escolheram entrar por uma porta lateral. Hades empunhou a pistola que trazia no cinto fixando o silenciador, mas ouviu um alerta de Blummer:

– Só vamos atirar em último caso, Aaron. Será melhor se ninguém sair ferido.

– Está certo, garoto, mas é bom estar preparado. Não sabemos o que vamos encontrar pela frente.

Antes de entrar no prédio, Blummer chamou Isabella, pedindo que ela causasse uma pane geral no sistema de câmeras e nos alarmes que protegiam a Fundação por alguns minutos.

– Está tudo preparado, Sam. Quando eu der o sinal, podem seguir em frente. A partir daí, vocês têm aproximadamente dez minutos para encontrar o que querem. É o tempo que levará para eles perceberem o problema e acionar o sistema reserva.

– Ok, Isabella. Está entendido... Faça agora que o caminho está livre – respondeu Blummer.

– Então, podem ir em frente que está feito – informou Isabella.

Eles se movimentaram rapidamente em direção à porta lateral. Blummer usou uma chave mestra, abriu a porta com facilidade e entraram no interior do prédio. Sabiam bem onde estavam porque haviam estudado cuidadosamente a planta e tinham conhecimento sobre onde procurar o que queriam.

Caminhavam com cuidado pelo interior do prédio, observando se não havia seguranças fazendo ronda. Encontraram o caminho livre até chegarem ao almoxarifado, onde havia um grande número de materiais armazenados. Blummer abriu uma porta que dava acesso a uma sala anexa, onde encontraram diversas caixas de madeira empilhadas, todas muito bem fechadas, com avisos de: "Cuidado ao manipular – PERIGO".

Blummer abriu uma das caixas e encontrou um moderno aparelho parecendo um drone, além de um frasco metálico embalado separadamente e com aviso de alerta de contaminação química. Observou que o frasco se encaixava perfeitamente em um dispositivo na base do drone.

Hades tinha muita experiência com equipamentos mecânicos e eletrônicos. Retirou tudo da caixa e decidiu examinar cuidadosamente todos os detalhes do aparelho.

Era um pequeno quadricóptero, com hélices de fibra de carbono e robustos motores, acionados por uma potente bateria com oito células independentes. Estimou que o aparelho tivesse autonomia de voo de pelo menos quarenta minutos e, pela potência dos motores, poderia atingir velocidade de cinquenta metros por segundo ou 180 quilômetros por hora.

Pelas dimensões do controle remoto, com uma tela de 9 polegadas, imaginou que o aparelho pudesse ser controlado de longa distância, talvez a mais de dois quilômetros. Constatou que era dotado de GPS e funções que permitiam a marcação das coordenadas para um preciso direcionamento do voo.

Estranhou o botão vermelho indicando "autodestruição" e os comandos para acionar o dispositivo pulverizador fixado na base. *Por que usariam um comando de autodestruição?*, perguntou Hades a si mesmo.

Hades guardou um frasco na mochila que carregava nas costas.

– Precisamos descobrir o que tem dentro deste frasco – sussurrou para Blummer.

A minicâmera acoplada ao *headphone* transmitia tudo para Isabella, que gravava as imagens em seu computador no Ninho do Falcão.

Saíram do almoxarifado e decidiram ir até o laboratório, onde eram feitas as pesquisas dos medicamentos. Encontraram tudo totalmente lacrado, com portas blindadas que abriam somente com identificação biométrica daqueles que estavam autorizados a entrar.

Nesse mesmo instante, com ouvido apurado, Blummer escutou o motor de um helicóptero pousando no heliporto no meio do jardim e sentiu a presença de um ser celestial. Visualizou uma aura densa e escura.

[53]

Ricco Cameron desceu do helicóptero, avisou aos seguranças que havia intrusos nas dependências da empresa, ordenou que cobrissem a parte de trás do edifício que ele cuidaria pessoalmente da parte da frente, berrando em seguida:

– Sei que está aí, guardião! Saia que estou esperando você aqui fora! É hora do nosso confronto!

Blummer escutou com clareza a voz de Cameron. Dirigiu-se à janela e olhou pelo vidro. Reconheceu o autor do desafio. *Finalmente, chegou a hora de enfrentar o Anjo do Mal.*

– Vamos sair, Sam. É uma boa oportunidade de pegar esse desgraçado – manifestou Hades.

– Calma. Eu vou sair, mas você fica protegido aqui dentro. Ele é perigoso e não quero que se machuque – explicou Blummer.

– Nada disso, garoto. Você sai na frente, mas eu estarei logo atrás. Não vou perder essa briga em hipótese alguma!

– Você sabe que ele é um ser celestial, dotado de poderes que não pode enfrentar.

– Não estou nem aí para os poderes que ele tem. Minhas balas vão perfurar o corpo dele do mesmo jeito.

– Está bem, Aaron. Mas fique atrás e se proteja, porque o cara é muito perigoso – concordou Blummer, sabendo que o amigo não aceitaria ficar escondido.

Blummer saiu na frente, seguido por Hades, que vinha logo atrás. Parou a quinze metros de Ricco Cameron, o anjo desertor.

– Estou aqui, anjo traidor! – gritou Blummer.

– Eu sabia que você estaria aqui hoje, lacaio de Camael. Por isso vim para matá-lo. Aproveite seu último minuto de presença na Terra, pois mandarei você de volta para casa! – bradou Cameron, empunhando um arco, no qual fixou uma flecha, apontou e atirou sem mais avisos.

Blummer percebeu imediatamente que se tratava de uma flecha celestial, que vinha zunindo em velocidade espantosa, na direção do seu coração. Com admirável habilidade, girou o corpo no último segundo e desviou da flecha, que passou a poucos centímetros do seu peito. Mas o infortúnio estava presente naquela noite. A flecha celestial atingiu o ombro direito de Hades, que vinha logo atrás. Ele tinha sido imprudente. Estava muito perto e na linha de tiro.

Blummer olhou para trás e viu o amigo caído no chão, gravemente ferido. Correu em sua direção e se abaixou para tentar socorrê-lo, percebendo a gravidade do ferimento. A flecha tinha atravessado seu corpo. Entrara pelo ombro, logo abaixo da clavícula, e a ponta saíra nas costas. Com a mão firme, Blummer partiu a flecha e disse a Hades que precisava arrancar o artefato celestial, que estava atravessado em seu corpo.

– Vamos, garoto! Pode puxar. É melhor tirar logo.

Blummer arrancou o pedaço da flecha enquanto Hades dava um urro de dor, embora permanecesse firme. Tirou a jaqueta que vestia, dobrou-a e a pressionou com firmeza sobre o ferimento.

– Não se preocupe comigo, garoto. Pegue o desgraçado. Não o deixe escapar.

Blummer estava ajoelhado sobre uma das pernas, com o braço apoiado na outra, ao lado do amigo. Olhou para Ricco Cameron, que assistia à cena com desfaçatez, zombando do guardião.

– Você deveria escolher melhor suas companhias, guardião. Esses humanos são todos muito fracos e vulneráveis.

Seu lado humano produziu um sentimento que ele não conhecia: a raiva, por ver o amigo ferido. O guardião olhou de longe para o inimigo e por um instante pensou em lançar seu raio de energia cósmica contra o anjo desertor, mas queria sentir o prazer de pôr as mãos nele e destruí-lo até a morte. Então, preparou-se para atacar.

Blummer se concentrou para acumular energia, e seus olhos celestiais brilhavam, emitindo uma luz prateada, como se ele reunisse forças para explodir.

Pegou o punhal que carregava e, na mesma posição em que estava, flexionou as pernas e partiu em um voo rasante e veloz em direção a Ricco Cameron. O movimento foi tão rápido que Cameron não teve tempo de se preparar para conter o ataque. Blummer alcançou e segurou firme o pescoço de Cameron com a mão esquerda, levantando-o no ar.

Cameron tentava se soltar com a mão direita e ao mesmo tempo agredir Blummer, inutilmente, com a outra mão. Não conseguia machucar o guardião.

O desertor conhecia o poder do guardião Haamiah, mas nunca havia imaginado enfrentar tamanha força de um ser celestial na Terra. Achava que ele estava adaptado a um corpo humano havia tanto tempo que seria praticamente imbatível, mas percebeu que tinha se enganado. Tinha os músculos da face contraídos e o semblante tomado pelo medo, que invadia seu pensamento.

Blummer segurava o inimigo no ar e cada vez mais apertava os dedos em torno do seu pescoço. Cameron tentava golpes desordenados, que não produziam nenhum efeito, e o guardião decidiu abreviar o fim da batalha. Em um movimento rápido, cravou o punhal no peito de Cameron, que perdeu as forças e parou de reagir. Blummer o soltou e ele caiu no solo como um saco de batatas, com o punhal espetado no coração.

Imediatamente, olhou para trás para ver o amigo ferido e avistou Caliel agachado ao lado de Hades, prestando socorro.

Caliel estava com a mão direita sobre o ferimento de Hades, emitindo um raio de luz azul que, aos poucos, restaurava tecidos, músculos, veias, vasos, ossos e pele, que tinham sido destruídos pela flecha atirada pelo Anjo do Mal.

Em poucos minutos não restava nenhum vestígio do ferimento que Hades havia sofrido. Ele só estava um pouco fraco por ter perdido sangue, mas estava perfeitamente bem.

– Desculpe, Haamiah. Eu me atrasei um pouco e não cheguei a tempo de evitar o que aconteceu.

– Está tudo bem, Caliel. Aaron está bem e pegamos o miserável. Cameron está morto e, a essas alturas, Aziel já deve estar nas mãos dos guardiões – respondeu Blummer, ao mesmo tempo em que ouvia o som do helicóptero levantando voo.

Pressentindo que alguma coisa estava errada, Blummer olhou para onde tinha deixado o corpo estirado de Ricco Cameron e nada encontrou. Percebeu, decepcionado, que ele tinha se recuperado e fugido no helicóptero.

Caliel olhou resignado para Blummer e lhe entregou uma adaga celestial, um objeto deslumbrante, com uma lâmina de ouro maciço e o cabo todo cravejado de diamantes com esmeraldas.

– Esse é o motivo do meu atraso, Haamiah. Demorou um pouco para conseguir autorização para materializar essa adaga aqui na Terra. Pertence ao príncipe Mikael. É a arma que você deve usar para exterminar definitivamente Ricco Cameron – explicou Caliel.

– Com a influência do corpo celestial – prosseguiu –, Cameron consegue alterar o metabolismo do corpo humano e pode facilmente se recuperar de um ferimento feito por qualquer arma da Terra. Mas ele não poderá restaurar um ferimento causado por essa adaga celestial. Essa adaga deve ser sua inseparável companheira daqui para a frente, Haamiah.

Blummer agradeceu, pegou a adaga e guardou-a presa no cinto. Ajudava Hades a se levantar quando notou que estavam cercados por um grupo de seguranças fortemente armados.

[54]

Um deles se colocou à frente:

– Eu sou Raphael Bayne, o chefe da segurança da Fundação, e vocês estão todos detidos por invasão de propriedade particular. Acionamos a polícia e eles estão a caminho.

– Desculpe discordar, Sr. Bayne, mas somos agentes federais e estamos aqui cumprindo um mandado de busca e apreensão expedido por um juiz federal de San Pietro, presidente do Superior Tribunal de Justiça. Espero que colabore, do contrário darei voz de prisão ao senhor e a qualquer um que atrapalhar nossa investigação – respondeu Blummer, mostrando sua identificação e o mandado judicial assinado pelo juiz Érico Galletti.

O chefe Bayne pegou os documentos, verificou com atenção e mudou o tom. Entendeu que estava diante de uma autoridade federal com um mandado judicial para adentrar os domínios da Fundação.

– Peço desculpas, agente Blummer, mas da forma como os encontrei aqui eu não podia supor que estivessem cumprindo uma ordem judicial. De qualquer forma, vamos esperar a polícia e o delegado chegarem para resolver tudo, afinal, eles são as autoridades locais – explicou o chefe da segurança.

Caliel simplesmente observava e não quis interferir, deixando a situação seguir para ver até onde iriam os acontecimentos. Estava curioso para saber qual seria o comportamento da polícia local.

Enquanto conversavam, Hades usou seu equipamento de comunicação. Fez contato com o agente Fraccari, que estava na portaria, no lugar do guarda, e informou que a polícia estava a caminho. Pediu que ele desamarrasse o guarda e se retirasse o mais rápido possível, aguardando os acontecimentos dentro do carro que haviam deixado na estrada.

Não demorou e chegaram três carros da polícia: um com o delegado e um policial dirigindo e os outros dois com três policiais cada um. O agente Fraccari, que ainda estava na portaria, abriu o portão e permitiu a entrada dos veículos, que seguiram até o estacionamento, onde encontraram todos calmamente esperando. O delegado logo se apresentou:

– Boa noite, senhores. Sou o delegado Cardoso e gostaria de saber o que está acontecendo aqui.

O chefe da segurança adiantou-se, cumprimentando o delegado, e informou que haviam chamado a polícia devido à invasão daquelas pessoas, mas que eles tinham se apresentado como agentes federais e cumpriam um mandado judicial expedido por um juiz federal de San Pietro. Apresentou os documentos ao delegado, juntamente com as credenciais de Samuel Blummer.

– E por que não se identificaram antes de entrar? – perguntou o delegado.

– Temos razões para supor que eles estão fabricando produtos não autorizados e preferimos chegar de surpresa, para evitar que escondessem alguma coisa – respondeu Blummer, com a habitual segurança.

– Aproveitando que está aqui, gostaríamos de contar com sua ajuda para fazer a apreensão dos produtos que identificamos como ilegais – concluiu Blummer.

– Sinto muito, senhores, mas terei primeiro que conduzi-los à delegacia para averiguar a veracidade desse documento e depois trataremos dos próximos passos – respondeu o delegado.

– Mas aí será tarde, delegado. Eles terão tempo para esconder o que viemos buscar – manifestou Hades.

– Por favor, não insistam. Entrem no carro e vamos até a delegacia – decretou o delegado, sem dar chance para nenhuma argumentação.

Acharam melhor não discutir. Entraram no carro do delegado, passaram pelo portão, que já estava aberto, e partiram para a delegacia no centro da cidade. O agente Fraccari, que estava esperando dentro da Hilux na estrada, viu quando os três carros da polícia passaram, com os amigos no banco de trás de um deles. Deu a partida e os seguiu de perto.

Estiveram calados durante todo o percurso e, quando chegaram à delegacia, o delegado Cardoso pediu que entrassem em sua sala e ofereceu-lhes café, alertando que provavelmente estaria frio. Depois, explicou:

– Eu sei que seus documentos são verdadeiros. Tenho experiência suficiente para reconhecer a autenticidade da credencial de um agente federal e de um mandado judicial emitido por um juiz federal, mas eu tinha que tirá-los de lá. Do contrário, eu teria sérios problemas – esclareceu o delegado.

– Mas do que está falando, delegado? – perguntou Blummer.

– Essa Fundação é protegida do ministro da Justiça e do ministro da Defesa. Eles tiram do caminho qualquer um que resolver enfrentá-los. Achei mais prudente sairmos de lá para sua própria segurança e para evitar problemas a mim mesmo – respondeu o delegado.

– Isso significa que não vai nos ajudar a fazer a apreensão dos produtos irregulares da Fundação? É isso mesmo, delegado? – perguntou Blummer.

– Sinto muito, mas não posso ajudá-los. Recomendo que peguem o caminho de volta e, se resolverem levar isso adiante, que tragam reforços – respondeu o delegado.

– Está certo, delegado. Acho que já entendemos a situação e não adianta perder mais tempo por aqui. Vamos voltar para casa – disse Caliel, para encerrar o assunto.

Blummer também estava satisfeito com o que tinha visto na Fundação e com as imagens que certamente tinham sido gravadas por Isabella. Com isto, mais o frasco que Hades havia conseguido pegar, teriam material suficiente para encontrar novas evidências. Avaliou que seria mais interessante pensarem que tinham fracassado na busca de provas, assim os corruptos manteriam as operações e ficariam mais vulneráveis.

Levantaram-se, cumprimentaram o delegado e se retiraram da delegacia. Encontraram o agente Fraccari com o carro parado na frente, esperando.

Blummer e Hades entraram no carro e Caliel se transportou para outro lugar sem que ninguém notasse.

Assim que saíram da delegacia, o delegado ligou para Raphael Bayne, chefe da segurança da Fundação FPDM.

– Sr. Bayne, tive que liberar os três invasores. Os documentos que portavam eram de fato verdadeiros e não tinha como detê-los por mais tempo, mas parece que aceitaram minha recomendação de voltar para casa.

– Está bem, delegado. Melhor seria se tivessem ficado presos – respondeu secamente o chefe Bayne, desligando o telefone.

[55]

No início da manhã, Blummer e Hades deixaram o hotel para retornar a San Pietro. Antes de partir, Blummer ligou para o celular do juiz Érico Galletti e explicou tudo o que havia acontecido. Informou sobre o frasco contendo um produto químico suspeito, que pretendia enviar para análise em um laboratório de confiança.

Assim que desligou, fez contato com Isabella para informar que estavam voltando para o Ninho do Falcão.

Eram 10h15 quando Blummer e Hades entraram ao norte da Avenida Marginal Oeste, em San Pietro.

Hades decidiu procurar um amigo, chefe do Laboratório de Pesquisa de Biologia e Química da Universidade Federal. Apresentaram-se na recepção e foram logo encaminhados ao laboratório, onde foram recebidos pelo Dr. Felipe Lorenzinni, um velho conhecido do agente Aaron Hades.

– Como vai, Dr. Lorenzinni? É um prazer encontrá-lo novamente – cumprimentou Hades.

– Aaron Hades! Que surpresa! Faz muito tempo que não nos vemos. Como vai você, velho amigo?

– Vou indo bem, obrigado. Este é Samuel Blummer, um agente federal e também um grande amigo. Precisamos muito da sua ajuda.

– Mas é claro, Hades. Em que posso ajudá-lo?

Hades explicou que estava colaborando com o agente Samuel Blummer, que, por ordem do juiz federal Érico Galletti, fazia uma importante investigação sobre uma empresa na qual, segundo desconfiavam, produziam-se armas químicas proibidas. Disse que precisavam de uma análise urgente de uma amostra que tinham apreendido, e entregou o frasco para o Dr. Lorenzinni, alertando que, provavelmente, tratava-se de material extremamente perigoso e de alto risco de contaminação.

– Não há problema, Hades. Vamos analisar isso o mais rápido possível. Preciso apenas preencher o formulário de registro interno para que sejam cumpridos os procedimentos de segurança e acho que amanhã mesmo terei algum resultado para informar – respondeu o Dr. Felipe Lorenzinni.

– Agradeço muito sua colaboração, Dr. Lorenzinni. Será muito importante saber qual é o conteúdo desse frasco, para tentar entender onde pretendem usá-lo – expressou Blummer.

Agradeceram novamente e se despediram, retirando-se do prédio da universidade em direção ao estacionamento. Entraram no carro e partiram.

[56]

Enquanto isso, na Agência Federal...

O agente Gonzalez entrou ofegante na sala do diretor Carter. Com pressa, havia subido as escadas pulando dois degraus a cada passo que dava.

– O mandado acabou de chegar, doutor Carter.

– Os homens estão prontos?

– Sim, tudo pronto. Escalei nove agentes, mais o Nordson, eu e o senhor. Estamos em doze homens no total, para serem distribuídos em quatro veículos da Agência.

– Ótimo! Esse hacker não terá como fugir – expressou Carter, confiante.

Nunca antes a Agência tinha reunido uma equipe tão grande para prender um hacker. O comboio de veículos, com adesivos da Agência Federal de Investigação nas portas, atravessou a ponte San Pietro e seguiu em direção ao norte pela Avenida Marginal Leste, até cruzar a rua 15. Entraram à direita na rua seguinte, contornando o quarteirão. Estacionaram sobre a calçada bem em frente ao prédio. Era um moderno prédio comercial, ocupado por profissionais liberais e escritórios de empresas.

Todos desceram e, ainda na calçada, Carter deu suas ordens:

– Vocês três! – Apontou para Gutierrez e os dois agentes que estavam ao seu lado. – Posicionem-se na porta da garagem. Identifiquem quem chegar ou sair, me informem pelo rádio e só liberem quando eu autorizar. Os demais vêm comigo – acrescentou, saindo em direção ao hall de recepção do edifício.

Dois seguranças do prédio estranharam aquele contingente de homens com armas à mostra, caminhando apressados rumo à porta de entrada. Posicionaram-se em frente da porta, impedindo a passagem.

– Somos agentes federais! Saiam da frente.

– Desculpe, senhor, mas o que está acontecendo?

– Estamos cumprindo um mandado de prisão, filho, não obstrua a passagem da justiça – respondeu Carter, empurrando os dois seguranças e entrando no hall da recepção.

Chamou pelo responsável. Um jovem solícito e educado, vestindo um alinhado uniforme azul-marinho, se apresentou. Carter mostrou suas credenciais e o mandado. Perguntou sobre as atividades da cobertura.

– Um momento, senhor. Preciso ver no cadastro.

O funcionário pesquisou seus controles internos e em poucos minutos tinha a informação:

– O andar inteiro da cobertura estava desocupado até poucos dias atrás, mas no momento está sendo utilizado pela filha do proprietário.

– O proprietário é o Sr. Bruno Sartore, certo?

– Isso mesmo, senhor. E a filha é a Srta. Isabella Sartore.

– Você sabe me dizer se ela está no momento?

– Nossos controles internos de entrada e saída da garagem indicam que ela está sim, senhor.

– Ótimo! Então, iremos subir para falar com ela.

– Um momento que vou anunciá-lo, senhor – pediu o funcionário, pegando o telefone.

– Você está caçoando de mim? Tire as mãos desse telefone – ordenou Carter, apontando a pistola para a cabeça do rapaz.

– Desculpe, senhor... é o regulamento do prédio.

– Eu sou o diretor-geral da Agência Federal de Investigação, estou aqui cumprindo um mandado de prisão e você... não vai avisar ninguém. Entendeu ou quer que eu desenhe?

– Entendi sim, senhor, me desculpe.

– Ótimo! – respondeu Carter. Em seguida deu suas ordens à equipe: – Gonzalez! Suba à cobertura com quatro homens. Arrombe a porta e entre sem aviso prévio. Algeme todos que estiverem lá. Ficarei com o Nordson e mais dois agentes cobrindo a saída. Me informe tudo pelo rádio e, se precisar de reforço, avise de imediato.

– Ok, Dr. Carter. Vamos lá, homens – ordenou Gonzalez.

Os cinco homens se espremeram dentro do elevador e apertaram o botão da cobertura. No meio do caminho, uma pane elétrica. O elevador estacou, trepidando e balançando como uma carroça trafegando em um piso de cascalho.

•••

Samuel Blummer pisou firme no freio da Hilux, quase em frente ao prédio do Ninho do Falcão. Olhou para Aaron Hades, surpreso com o que via. Quatro veículos da Agência Federal sobre a calçada, bem em frente à entrada do edifício.

– Carter! Ele descobriu onde estamos alojados.

– Só pode ser ele – assentiu Hades. – O que faremos?

Blummer se concentrou, esforçando-se para encontrar Caliel, mas não conseguiu conexão telepática com ele.

– Caliel ainda não sabe do que está acontecendo.

– Mas ele vai aparecer, Sam – opinou Hades. – Não se preocupe.

Blummer refletiu por alguns segundos, planejando como enfrentaria aquela situação, e tomou sua decisão:

– Vou descer aqui e entrar no prédio sem ser visto. Trarei Eliza e Isabella, enquanto você espera do outro lado da rua, em frente ao portão da garagem – ordenou Blummer, saindo do carro e andando rápido em direção à entrada, sem dar nenhuma chance para Hades discordar.

De longe, Blummer avistou Carter andando de um lado a outro no hall da recepção. Deu a volta, escondendo-se entre as folhagens do jardim até chegar à parte de trás do prédio. Olhou para cima e contou nove andares, um pouco mais de 27 metros de altura. Tentaria fazer o que não tinha certeza se conseguiria, mas não tinha alternativa. Seu corpo físico teria que cumprir os comandos do seu corpo celestial.

Posicionou-se perto da parede e permaneceu por alguns segundos se concentrando. Esticou os braços para o lado e alinhou-os com os ombros, agachou-se e flexionou os joelhos. Juntou as mãos acima da cabeça e deu um vigoroso impulso para cima. Subiu como uma flecha. Deu uma pirueta e aterrissou na laje da cobertura.

Encontrou Eliza vestindo luvas de jardinagem e retirando as pragas que infestavam o canteiro de bromélias. Ela não percebeu o que Blummer tinha acabado de fazer. Há alguns metros de distância, ele chamou por ela, que se virou surpresa.

– Sam! Que bom que voltou. – Enroscando os braços em seu pescoço e lhe dando um beijo ardente, só foi perceber um pouco depois que havia algo errado. – O que houve? – perguntou, enquanto tirava as luvas.

– Não há tempo para explicar, temos que sair daqui agora. Venha comigo – pediu Blummer, puxando-a pela mão e caminhando apressado em direção à escada de acesso a parte de baixo da cobertura.

Uma fração de segundo após chegarem à sala, Caliel se materializou na frente dos dois. Eliza tomou um dos maiores sustos da sua vida. Não conseguia acreditar no que tinha acabado de presenciar.

– Meu Deus! Como isso é possível...?

– Calma, querida. Depois eu explico – pediu Blummer.

Ouvindo as vozes, Isabella saiu do escritório para ver o que estava acontecendo.

– Temos que sair agora, Isabella. Um grupo de agentes de Carter está chegando para invadir o apartamento – explicou Blummer.

– Não precisam correr! Por enquanto estão presos no elevador, mas não posso segurá-los por muito tempo – expressou Caliel, dando instruções em seguida: – Leve-as pela escada até a garagem, Haamiah. Isabella sabe para onde tem que ir. Eu cuidarei de tudo por aqui.

– Preciso pegar meu laptop, a bolsa, minhas anotações – pediu Eliza, aflita em deixar tudo para trás.

– Não se preocupe, Eliza. Você encontrará tudo no lugar, assim que chegar ao nosso novo lar – informou Caliel.

– Vamos, Eliza! Caliel cuidará de tudo – pediu Isabella, sabendo exatamente o que Caliel queria dizer ao falar que cuidaria de tudo.

Blummer puxou as duas pelas mãos e saíram rumo à escada que descia até a garagem, enquanto Caliel se concentrava, buscando ajuda celestial. Quando os canais de comunicação se abriram, ele pediu:

– *Peto auxilium caeleste servientibus.*

Em poucos segundos, uma nuvem azulada começou a se espalhar pelo apartamento e logo tomou conta de tudo. Era impossível enxergar um palmo à frente do nariz.

• • •

Enquanto Carter esmurrava o balcão da recepção, irritado com a pane no elevador, onde seus homens estavam presos, Isabella manobrava o Civic buscando a saída da garagem.

Apertou o controle remoto em frente ao portão, que começou a se mover, escancarando a luminosidade do sol naquela hora da manhã. Quando ameaçou avançar, antes mesmo de o portão se abrir totalmente, foi cercada pelos três agentes que guardavam a saída da garagem. Dois na frente do carro e um ao lado da porta do motorista. Apontavam suas pistolas de forma ameaçadora, ordenando que todos saíssem imediatamente do carro.

Blummer se adiantou e saiu primeiro, dando um sinal para que Isabella e Eliza ficassem. Ergueu as mãos acima da cabeça e foi imediatamente reconhecido pelo agente que lhe apontava a Glock 9 milímetros.

– Desculpe, agente Blummer! Não o reconheci dentro do carro.

– O que faz aqui, Gutierrez? O que está acontecendo?

– Estamos com uma equipe sob o comando do diretor Carter. Ele tem um mandado para prender um hacker que tem invadido sistemas do governo – explicou o agente.

– Estou com minha namorada e uma amiga, garanto que nenhuma delas é o hacker que procuram.

– Tudo bem, agente Blummer. Vocês podem sair, não há problema – respondeu o agente Gutierrez, pedindo aos colegas para darem passagem.

Blummer agradeceu e entrou no carro, enquanto Isabella acelerava para sair da garagem.

Caliel se materializou dentro da Hilux, ao lado de Hades.

– Siga o Civic, Aaron! Estamos todos salvos. Agora vamos para nossa nova casa.

•••

Repentinamente o elevador voltou a funcionar, e Carter parou de berrar com os funcionários da manutenção, que tentavam entender o motivo da interrupção do equipamento.

Gonzalez e os colegas suavam em bicas naquele ambiente fechado com o ar insuportável, quase impossível de se respirar. O elevador finalmente parou no piso da cobertura.

Atropelaram-se para sair quando a porta se abriu; estavam ansiosos por ar fresco. Estranharam a porta entreaberta, como se fosse um convite à entrada no apartamento. Gonzalez sacou a pistola e empurrou a porta com a ponta do cano. Esta foi se abrindo vagarosamente, sem pressa para apresentar a surpresa que teriam. O apartamento estava completamente vazio; não havia um único sinal indicando que vinha sendo utilizado por alguém.

Gonzalez comunicou-se com Carter pelo rádio:

– Está tudo vazio, Dr. Carter. Não há ninguém aqui e também, não encontrei nenhum equipamento de informática.

– Isso não é possível! – esbravejou Carter. – Nordson! Seu idiota! Você me garantiu que o hacker estava nesse local – berrou, fazendo sinais indicando que estava louco de vontade de apertar o pescoço do agente Nordson.

– Também não entendo, Dr. Carter. Esse é o endereço que nosso programa de busca indicava até alguns minutos atrás. De fato, agora o sinal desapareceu. Não sei o que aconteceu – explicou Nordson, mostrando a tela do seu notebook para Carter, que virou as costas sem olhar nada.

Mas o dia de Carter ainda ficaria um pouco pior. Antes de retornar com a equipe para a Agência, resolveu perguntar para os três agentes que vigiavam a saída da garagem se tinham registrado alguma ocorrência.

– Ninguém saiu nem entrou, exceto o agente Blummer, que estava no prédio e deixou a garagem com a namorada e uma amiga – respondeu o agente Gutierrez.

– O que você está me dizendo? Imbecil! O agente Blummer estava no prédio e você o deixou sair?

– Ora, Dr. Carter! Ele é um agente federal, não havia nenhum motivo para impedir que saísse.

– Você deveria ter me avisado pelo rádio, idiota.

Carter estava a ponto de explodir. Ele tinha certeza de que Blummer ajudara o maldito hacker a sair do prédio, e ele escapara por entre seus dedos. Olhava para Gutierrez com vontade de arrancar sua cabeça, mas controlou a raiva, virou as costas e voltou para a Agência Federal.

Gonzalez assistiu a tudo sem fazer nenhum comentário; não queria pôr mais lenha na fogueira. Conhecendo Carter como conhecia, sabia que Gutierrez estava acabado. Ele seria transferido para fazer algum trabalho interno, maçante e sem nenhuma importância.

[57]

Como sempre fazia, Isabella dirigia o Civic com desenvoltura e habilidade; era difícil imaginar que estivesse há pouco tempo em San Pietro, pois conhecia a cidade como se ela fosse uma amiga íntima de longa data. Atravessou a ponte San José e entrou à direita na Avenida Marginal Oeste em direção ao norte. Hades na Hilux, com Caliel a seu lado, a seguia de perto.

No final da Avenida Marginal, começavam as propriedades com as casas utilizadas apenas nos finais de semana, construídas às margens do Grande Lago. Isabella imbicou o Civic em frente a um portão metálico, que abriu com um controle remoto. Entrou com o carro, tomando cuidado para se manter sobre o caminho de pedra que permeava o meio do gramado, enquanto o portão se fechava às suas costas, logo após Hades passar com a Hilux. Estacionou sob uma cobertura de telhas de barro, sustentada por robustas vigas e pilares de madeira. Hades estacionou ao lado.

Desceram dos veículos e caminharam até o pequeno píer de concreto às margens do lago, onde duas lanchas Focker 190, com motor Mercury 115 HP, estavam atracadas.

Apenas Caliel e Isabella sabiam para onde iam. Isabella assumiu uma das lanchas com Blummer e Eliza de passageiros. Hades assumiu a outra, tendo Caliel como guia.

Eliza olhava Caliel de longe e não conseguia esquecer o que tinha presenciado. Era um misto de surpresa e incredulidade. *Como alguém pode surgir do nada de uma hora para outra?*, perguntava a si mesma.

Partiram para a ilha no centro do lago, conhecida como Ilha das Araras. No centro da ilha erguia-se um morro, e o cume atingia quatrocentos metros acima do nível da água. Para quem a avistava da margem, só enxergava vegetação e árvores, sem nenhum sinal de que alguém habitasse aquele lugar. Era o hábitat natural de milhares de araras coloridas.

A viagem de apenas cinco quilômetros foi rápida, e poucos minutos depois já estavam contornando a ilha. Isabella apontou o barco em direção ao barranco, e Blummer teve receio de que iria se chocar contra uma parede. Atravessaram as folhagens que camuflavam um estreito canal, este conduzindo a uma caverna. Ela desligou o motor e deixou a lancha deslizar até o píer de madeira bruta, de onde se via a luz do sol iluminando a passagem que dava acesso a uma escada construída com pedras naturais, encaixadas como um quebra-cabeça.

Todos desembarcaram. No pé da escada se avistava a casa construída no centro de uma área plana do terreno, com o imponente morro ao fundo, onde as araras construíam seus ninhos e se abrigavam dos predadores. Havia uma casa ampla com varanda no seu entorno, cercada por um extenso gramado atulhado de canteiros de flores. As árvores em volta da casa encobriam a vista de quem olhasse do lago ou da margem. Era o esconderijo perfeito; poucos conheciam aquele lugar.

Uma águia fez um voo em volta da casa e pousou na cumeeira, no ponto mais alto do telhado. Abriu e fechou as asas algumas vezes como se enviasse uma mensagem para os invasores que chegavam: aqueles domínios pertenciam a ela. Blummer a observou com respeito e admiração.

– Do Ninho do Falcão para o Ninho da Águia – disse a si mesmo.

Escalaram os 23 degraus da escada e seguiram no caminho de pedra que permeava o jardim e levava à entrada da varanda. Um homem alto, vestindo uma calça cáqui folgada, uma camisa xadrez de algodão, uma botina típica dos agricultores e um chapéu com abas largas, que o protegia do sol, rastelava a terra, preparando um novo canteiro de flores. Caliel foi em sua direção e, quando se encontraram, cumprimentaram-se com um longo abraço, e Isabella fez exatamente o mesmo. Ele a abraçou pela cintura, erguendo-a do chão diversas vezes com ela prendendo os braços em volta do seu pescoço. Ficaram os três conversando e rindo como se não houvesse mais ninguém em volta.

Os demais se aproximaram curiosos em saber quem era aquele homem. Caliel finalmente o apresentou, terminando com o suspense:

– Meus amigos! Esse é nosso amigo e benfeitor Bruno Sartore, pai de nossa querida Isabella.

Sartore virou-se para cumprimentar a todos, expressando seu sorriso franco e os olhos brilhantes, que irradiavam ternura e sinceridade. Abraçaram-se como se fossem velhos amigos, mas, ainda assim, nos semblantes dos visitantes, permanecia a surpresa de encontrá-lo naquele lugar afastado de tudo. Não entendiam nem mesmo como ele tinha chegado até lá. Foi então que Blummer enxergou a cauda de um helicóptero Bell 206B-Jet Ranger, estacionado no fundo do jardim e parcialmente encoberto pela casa.

– Vamos entrar, amigos. Tenho um refrescante suco de melancia que fiz há pouco e o almoço logo estará pronto. Estou pressentindo que estão todos famintos – falou Sartore, mantendo o sorriso estampado no rosto e colocando os braços sobre os ombros da filha, para então seguirem rumo a casa.

Assim que entraram, outra surpresa: encontraram tudo exatamente como tinham no Ninho do Falcão, como se tivesse sido transportado por uma eficiente empresa de mudanças.

Durante o almoço, questionado pela filha, Sartore explicou por que estava na ilha.

– Ontem pela manhã, Caliel me fez uma visita em San Diego. Disse que talvez fosse precisar de mim e pediu que eu viesse para cá.

Eu não podia deixar de atender meu amigo; abasteci o helicóptero e vim no mesmo dia.

– Caliel já havia me alertado. Se tivéssemos algum problema no Ninho do Falcão, a ilha seria o plano B – explicou Isabella.

– Estou vendo que temos até eletricidade. Como isso é possível? – questionou Blummer.

– Construí uma cabine de entrada de energia elétrica no terreno onde deixaram os veículos – explicou Sartore. Em seguida, trouxe a energia através de um cabo submerso, fixado no fundo do lago. O telefone celular e o acesso à rede de internet funcionam através das antenas que instalei no ponto mais alto do morro – completou.

– Nunca imaginei que nesta ilha existisse uma casa como esta – expressou Eliza, surpresa com o conforto e a amplitude do imóvel. – Pensei que fosse uma área de preservação ambiental.

– Você tem razão, é mesmo uma área de preservação ambiental – respondeu Sartore. – A casa é muito antiga e já existia quando comprei a ilha; apenas fiz uma reforma para torná-la habitável.

– Nossa conversa está muito agradável, mas temos que trabalhar – interveio Caliel. – Isabella! Prepare a sala, você vai encontrar tudo o que precisa lá.

Eliza puxou Blummer pelo braço e praticamente o arrastou para o jardim. Ela estava ansiosa para ouvir as explicações do que tinha acontecido no Ninho do Falcão, quando Caliel surgiu do nada e se materializou bem a sua frente. Blummer não tinha alternativa, teria que falar a verdade.

– Talvez você não vá acreditar no que vou dizer, Eliza... Mas a explicação é muito simples... Caliel é um anjo materializado na Terra.

Eliza ouviu aquilo e ficou ainda mais atônita. Nunca poderia imaginar que uma coisa daquelas pudesse ser possível. Tentou se acalmar e refletir sobre os acontecimentos anteriores, aí entendeu algumas das dúvidas que povoavam sua cabeça, como a sua extraordinária recuperação após o sequestro.

– Você está me dizendo que Caliel é um anjo? Um anjo mesmo, desses que têm asas e vivem no céu?

– Caliel é um anjo que cumpre missões na Terra. É claro que, sendo um anjo, ele tem poderes sobrenaturais difíceis de explicar.

– Meu Deus! Eu nunca imaginei que os anjos existissem de verdade.

– Acredite, Eliza. Eles existem, e Caliel é um deles.

– É incrível! Não sei como irei me acostumar com isso – respondeu Eliza, sem ter ideia de que estava em frente a outro anjo, o guardião Haamiah.

– Pense como uma coisa normal, Eliza. Olhe para a imensidão do universo e veja a perfeição da criação de Deus. Ele não criou o mal; o mal surgiu entre os homens na Terra. Os anjos foram criados para combater o mal. Muitas vezes, eles são indispensáveis para fazer o bem triunfar.

– Se eu contar por aí que eu tenho um amigo anjo, ninguém vai acreditar.

– Você não deve fazer isso. Apenas usufrua esse privilégio e o aceite como um amigo especial que estará sempre ao seu lado quando precisar.

– Você tem razão, Sam! É mesmo um privilégio. Mas você tem que reconhecer que, para mim, é uma descoberta absolutamente surpreendente.

– Eu sei, querida. Com o tempo você vai se acostumar.

– E os outros, eles sabem sobre Caliel?

– Sim. Todos eles já sabiam.

– E por que ninguém nunca me contou?

– Bem... Talvez porque ainda não tivesse chegado a hora.

– É estranho, mas estou com uma sensação de que seremos invencíveis em nossos propósitos.

– Isso é ótimo! Seja bem-vinda ao time.

[58]

Isabella entrou na sala de reuniões e encontrou tudo o que havia deixado quando saíra às pressas do Ninho do Falcão: o potente desktop, com monitor tela plana de vinte polegadas, o projetor com acesso remoto preso no teto, o telão fixado no alto da parede e a impressora a laser de alta velocidade. Ligou os aparelhos, fez os testes e conectou-se à internet. Em seguida, testou o equipamento DMR para comunicação de voz. Constatou que tudo estava funcionando e os arquivos estavam intactos, conforme havia deixado quando partira do Ninho do Falcão.

Baixou novos programas e modificou as codificações criptográficas que vinha utilizando, para eliminar qualquer possibilidade de ter seu servidor novamente rastreado ou suas comunicações grampeadas.

Estava tudo preparado.

Sentaram-se em volta da mesa retangular, e Blummer tomou a palavra para relatar o que encontraram na vistoria da FPDM. Explicou sobre os potentes drones, as suspeitas em relação ao frasco pulverizador e a sofisticação do moderno laboratório que encontraram. Falou sobre a inesperada aparição de Cameron e da cumplicidade do delegado local em relação às atividades da fundação.

Hades completou informando que deixara o frasco para ter o conteúdo analisado pelo Dr. Lorenzinni, chefe do Laboratório de Biologia e Química da Universidade Federal de San Pietro.

Eliza comentou sobre o funeral de Max Schelman e que a viúva dera uma breve entrevista, manifestando que não acreditava que o marido havia se suicidado. Blummer prometeu procurá-la nos próximos dias, porque temia por sua segurança.

Caliel pediu que Isabella apresentasse o resultado das pesquisas que havia feito junto com Hades.

Ela começou falando do ministro de Minas e Energia:

– Jorge Stabler é um homem com ótima reputação, um renomado professor universitário, e não há nenhum registro de qualquer antecedente negativo contra ele. Pesquisei suas contas bancárias e não encontrei nada além dos seus rendimentos como ministro. Não há indícios de que ele esteja envolvido nessa rede de corrupção. Pelo menos, não como mentor dessa organização. O Dr. Enzo Tagliatti – prosseguiu –, atual ministro da Justiça, é reconhecido no meio jurídico por sua competência, mas também por sua ambição desmedida pelo poder. Nunca foi militante de nenhum partido político, sempre esteve envolvido em questões polêmicas e nem sempre se manifesta com os princípios éticos que se espera de um ministro da Justiça. Ele caminha entre o certo e o errado com a mesma desenvoltura. Tudo indica que falsificou documentos do milionário norte-americano Thomaz McKinney, usado como fachada, para encobrir as atividades ilícitas da fundação FPDM. Em relação ao ministro da Defesa, general Hector Amon, encontrei coisas que parecem preocupantes. Ele é conhecido por sua ambição pelo poder, mas, principalmente, pelo manifesto que distribuiu dentro das três Forças Armadas condenando o atual sistema democrático do país, que transformou a política em um balcão de negócios. Com essa opinião, ele tem apoio de um grande número de oficiais nas três Armas. Mas o mais importante: encontrei nos arquivos secretos do Ministério da Defesa um acordo de cooperação militar, recém-assinado pelo governo, com a Rússia e a China, sem que esse documento tenha sido divulgado para a imprensa. Nem mesmo o Congresso Nacional tem conhecimento dele.

– E sobre Enrico Maya? Você encontrou alguma coisa? – perguntou Caliel.

– Sim. Tenho informações que indicam que o ministro da Casa Civil Enrico Maya é o homem forte e principal articulador político e estratégico das ações do governo, além de conselheiro pessoal do presidente da República. Ele está por trás de todos os acordos que são feitos, tanto no ambiente interno como no externo. Nada se faz no governo sem que ele tenha dado sinal verde – respondeu Isabella.

– Esses dois juntos formam uma dupla e tanto! Certamente são as figuras centrais dessa rede de corrupção montada no Governo Federal – comentou Caliel.

Eliza, que a tudo ouvia com atenção, concordou com Caliel e informou sobre a intuição que havia tido, após a morte do presidente da Siderúrgica Nacional com a divulgação do vídeo difamatório, de pesquisar a origem da gravação.

– Percebi que não tiveram o cuidado de apagar a data da gravação no rodapé do vídeo divulgado. Com ajuda de Isabella, pesquisamos onde estava Max Schelman naquele dia e descobrimos que estava no Hotel Danúbio Palace, em San Pietro, num evento organizado pelo Partido Social Trabalhista. Tudo indica que planejaram uma armadilha para ele e que também deve existir um grande esquema de corrupção dentro da Siderúrgica.

– Ótimo trabalho, mas ainda temos que descobrir o que eles pretendem. Algo me diz que não é apenas enriquecer à custa dos recursos públicos. Deve existir alguma outra coisa muito mais grave por trás de tudo isso – especulou Blummer.

– Gostaria de ouvir o que você gravou quando estivemos na Fundação e também se o grampo telefônico produziu alguma informação adicional – disse Hades a Isabella.

– Sim, Aaron. Conseguimos coisas muito interessantes. Interceptei uma ligação do general Hector Amon para Raphael Bayne, na Fundação, quando ele comunicou que tinha tomado conhecimento da expedição de um mandado judicial de busca e apreensão na Fundação FPDM. Ele orientou Bayne a parar a linha de montagem dos drones e lacrar o laboratório, criar dificuldades, mas não usar a força quando os federais aparecessem na empresa, porque ele mesmo tomaria as providências necessárias para impedir a busca e a apreensão de documentos e produtos.

– Por isso Ricco Cameron apareceu ontem à noite na Fundação. O general deu a ordem para ele impedir nossa vistoria – comentou Blummer.

– E também por isso o delegado não nos deu apoio. Só não consigo entender como o general ficou sabendo do mandado judicial – completou Hades.

– Ele deve ter gente trabalhando para ele dentro do gabinete do juiz Érico Galletti – opinou Eliza.

– Ou então grampearam os telefones do gabinete. Vou alertá-lo sobre essa possibilidade – expressou Blummer.

– Tenho mais uma informação importante, Sam. Hoje de manhã, o Sr. Bayne, chefe da segurança da Fundação, ligou para o coronel Magno Callahan, na Base Aérea Simón Bolívar, em San Martin, pedindo que ele mandasse retirar com urgência o estoque de drones, prontos e embalados, que estava disponível há várias semanas, e que era muito arriscado manter aquele material na fundação. Ficou bem claro que, depois de prontos, os drones, com os frascos acoplados, serão transferidos para a base aérea – concluiu Isabella.

– É a mesma base aérea onde chega e sai o urânio que está sendo desviado e vendido no mercado negro – ressaltou Eliza.

– Isso mesmo, Eliza. Essa base é reduto do general Amon. Parece que ele é mesmo o homem-chave da operação. Junto com Maya, ele deve ser o grande coordenador desse planejamento todo – expressou Blummer.

– Você não conseguiu descobrir nada mais no servidor do Ministério da Defesa ou da Casa Civil, Isabella? – perguntou Caliel.

– Não consegui, Caliel. Mas acredito que o general e o ministro Maya usem um computador privativo, no qual devem guardar as informações. É impossível acessá-lo porque eles não usam esses computadores conectados à rede do Ministério. Aparentemente, eles são muito cuidadosos – respondeu ela.

No momento em que Isabella terminava sua explicação, Hades ouviu o toque do seu telefone celular. Era o Dr. Felipe Lorenzinni, chefe do Laboratório de Pesquisa da Universidade Federal.

– Olá, Hades. Fiquei muito curioso sobre o conteúdo do frasco. Por isso, resolvi testá-lo com a máxima urgência e diante da gravidade da descoberta achei prudente ligar de imediato – explicou Lorenzinni.

– Ótimo, Dr. Lorenzinni. Também estamos ansiosos por alguma informação. O que descobriu?

– Não tivemos nenhuma dificuldade para identificar o conteúdo do frasco. Trata-se de um vírus com as características do HTLV-1. No entanto, o que está no frasco foi geneticamente modificado e se tornou extremamente agressivo. Quando liberado no meio ambiente, ele se multiplica numa velocidade espantosa. Está concentrado em um gás aerossol artificial misturado com pó metálico, para deixá-lo mais pesado que o ar. É absolutamente fatal para qualquer ser vivo – prosseguiu o Dr. Lorenzinni. – Dependendo da altura em que for pulverizado, pode atingir uma quadra inteira. Em contato com o meio ambiente, o vírus tem uma vida curta; sobrevive por aproximadamente duas horas, mas é tempo suficiente para infectar um grande número de pessoas. A embalagem é hermeticamente fechada e totalmente lacrada. Contém um dispositivo pulverizador, acionado eletronicamente. O invólucro protege o vírus, mesmo armazenado em temperatura ambiente. Aspirado pelas vias respiratórias, esse vírus se aloja no sistema nervoso central e provoca paralisia gradativa em todos os músculos do corpo, até chegar ao pulmão e coração, causando a morte do infectado em menos de duas horas, por insuficiência respiratória ou cardíaca. É tão poderoso que não há nenhum medicamento que impeça seu avanço. Ele tem o ciclo de vida interrompido quando submetido a temperaturas abaixo de dez graus negativos ou acima de cem graus positivos – concluiu Lorenzinni.

– Sabíamos que era perigoso, mas é ainda pior do que imaginamos – respondeu Hades.

– Infelizmente, é isso mesmo. Vou preparar um laudo formal do laboratório da universidade e você poderá retirar amanhã pela manhã – acrescentou o Dr. Lorenzinni.

– Obrigado, Lorenzinni. Agradeço muito sua pronta colaboração e amanhã passo para pegar o laudo – respondeu Hades, desligando o telefone e transmitindo as informações para todos que ouviam atentos à conversa.

– Mas o que pretendem fazer com esse vírus? – indagou Blummer.

– Os drones! O dispositivo pulverizador! Controle remoto de longo alcance! Tudo indica que planejam ataques terroristas – arriscou Hades.

– E quais seriam os alvos? – questionou Eliza.

– É uma pergunta difícil de responder – comentou Isabella.

– Seja como for, a situação é extremamente preocupante – externou Blummer – Você tem mais alguma coisa sobre o general Amon, Isabella?

– Tenho sim. Nos últimos anos, o general Amon transferiu um grande número de oficiais da sua confiança para a Base Aérea Simón Bolívar, e também triplicou o número de soldados na base. Ampliou a frota de helicópteros, de tanques e veículos de ataque. Nomeou como comandante o coronel Magno Callahan, um militar de reputação duvidosa, que há três anos esteve envolvido em desvios de verbas na unidade que comandou em San Sebastian, na Província do Sudeste. Nessa ocasião, foi protegido pelo ministro Hector Amon, com forte apoio da cúpula do Governo Federal, e o processo está engavetado até hoje. Tudo indica que ele montou na base um forte e numeroso grupo armado, para ser utilizado a qualquer momento, em qualquer parte do país – concluiu Isabella.

– Uma bem equipada base militar controlada por corruptos, contrabando de urânio, drones, armas químicas mortais e mais o envolvimento de figuras importantes do governo. Tudo isso nos leva a pensar que podem estar planejando uma conspiração contra instituições do país – especulou Blummer.

– Ou um ataque terrorista contra algum país vizinho – comentou Hades.

– Mas por que fariam uma coisa dessas? – questionou Eliza.

– Para criar instabilidade e medo, para depois lucrar com isso – respondeu Hades.

– Como poderiam lucrar com uma coisa dessas? – insistiu Eliza.

– Seria um novo mercado para Ian Petrov vender armas. Talvez eles sejam sócios e estão juntos nessa loucura – especulou Hades.

– De uma forma ou de outra, a situação é grave e não podemos perder tempo. Temos que agir – decretou Caliel.

– O que você sugere, Caliel? – perguntou Blummer.

– Vamos pensar, Haamiah… Vamos pensar – respondeu Caliel, em seguida transmitindo uma mensagem telepática para Blummer. – "Não posso interferir no andamento natural dos acontecimentos, mas acho que está na hora de fazer uma visita ao nosso principal aliado, o juiz Galletti."

Caliel saiu e se embrenhou no meio dos jardins que cercavam a casa. Concentrou-se, mentalizando e procurando pelo juiz Érico Galletti. Encontrou-o presidindo uma audiência, prestes a terminar. Desmaterializou-se e partiu.

•••

Quando o juiz Galletti entrou do gabinete, deu de cara com Caliel em pé, esperando no meio da sala. Apenas se olharam, antes do afetuoso abraço de dois velhos amigos.

– A sala está limpa?

– A equipe de segurança tem feito uma verificação diária.

– Todo cuidado é pouco.

– Eu estava ansioso por sua visita, Caliel.

– Está na hora de agir, meu amigo, não há mais tempo a perder.

– Não se preocupe, já está tudo planejado.

– Ótimo! – respondeu Caliel, antes de partir.

[59]

Ricco Cameron pousou o helicóptero EC 120 Colibri no gramado que circundava o entorno da casa-sede da fazenda Paraguaçu, na área rural de San Martin.

Um grupo de homens mal-encarados, fortes e armados até os dentes, saíram na varanda em volta da casa e ficaram observando o aparelho com as hélices girando, espalhando resíduos de grama seca, folhas e pequenos gravetos para todo lado.

Cyrus McNickson, o líder, um grandalhão desengonçado, aproximou-se para recepcionar Cameron. Encontraram-se em um caloroso abraço, como se fossem dois amigos que há tempos não se viam.

– Vejo que está em forma, campeão!

– A duras penas. Aqui está muito parado. Precisamos de mais ação.

– Logo vocês terão. Os drones estão funcionando bem?

– Estão perfeitos. Rápidos e precisos.

– Ótimo! Os homens estão bem treinados?

– Pode escolher qualquer um deles que eu lhe mostro.

Cameron andou até perto da varanda, parou com as mãos na cintura, batendo os olhos em cada um dos homens que estavam em pé, assistindo à sua chegada.

– O careca, o baixinho, o barbudo e o gorducho com cara de bunda. Quero ver o que eles sabem fazer. – Escolheu aqueles que pareciam ter mais chances de falhar.

Cyrus pediu para os quatro se posicionarem no gramado e chamou um dos seus ajudantes de ordens.

– Traga quatro drones para fora.

Cada um dos quatro homens no gramado recebeu um controle remoto para acionar seu respectivo drone. Em poucos segundos, os quatro estavam no ar fazendo todo tipo de manobras, voos rasantes, piruetas, deslocamentos para a frente, para trás, esquerda e direita. Tudo em uma velocidade e precisão que espantava quem assistia à demonstração.

– Posicionem a cinquenta metros de altura e acionem o pulverizador – ordenou Cameron.

Atenderam à ordem e, em poucos segundos, estavam os quatro alinhados, a cinquenta metros de altura, e dispararam o pulverizador, soltando um pó vermelho que se espalhou com o vento.

– Esse é um pó apenas para teste – explicou Cyrus.

– Estou satisfeito, campeão. Parece que está tudo sob controle.

– Parece não! Tudo está sob o mais absoluto controle! Só estamos esperando a indicação dos alvos e o dia de agir – respondeu Cyrus, com certa arrogância na voz e na atitude.

– Por isso eu o trouxe aqui, meu camarada. Com você no comando eu sei que tudo vai sair como planejado – respondeu Cameron, repetindo a mesma atitude arrogante de Cyrus.

– Afinal, quando vamos agir? – questionou Cyrus.

– Em três a quatro semanas. Não mais do que isso.

– É muito tempo. Vou ter que liberar os homens para se divertirem um pouco na cidade.

– Tudo bem, mas libere em grupos pequenos. Eles não podem chamar atenção. Se alguém se meter em encrencas, está fora. Eu mesmo venho aqui para me livrar dele. Entendido?

– Não se preocupe. Eles são profissionais.

– Estou contando com isso, colega – respondeu Cameron.

Despediram-se. Cameron entrou no helicóptero e partiu.

[60]

No início da noite, Caliel foi em direção à cozinha, para preparar o jantar. Era mesmo seu momento de descontração e aproveitava para exercitar suas habilidades de alquimista, misturando ervas, temperos e especiarias, na tentativa de agradar aos mais exigentes paladares.

Ele raciocinava consigo mesmo que esse era um dos prazeres de se materializar na Terra: a possibilidade de experimentar os mais variados sabores e aromas, que não existiam em outras dimensões do universo.

Eliza estava fechada em seu quarto escrevendo. Com a extensão da sua matéria inicial, já pensava que teria conteúdo suficiente para publicar um livro.

Isabella também estava recolhida em seu quarto. Blummer, Hades e Sartore estavam sentados na sala, conversando e discutindo alternativas, bem como estabelecendo a provável hierarquia da rede de corrupção, conjecturando sobre as possibilidades para desmantelar aquela organização. Blummer ouviu o som do seu celular. Era o juiz Érico Galletti:

– Olá, agente Blummer. Preciso falar com você.

– Pode falar, Meritíssimo. Estou ouvindo.

– Preciso de você para uma reunião com autoridades importantes que darão apoio a nossa operação. Será amanhã em San Sebastian, na sede do Clube Militar, às catorze horas.

– Não há problema, estarei lá.

– Leve todo o material que você tem, para fazer uma apresentação. Gostaria de contar com a presença dos agentes Hades e Xavier Martinho.

– Tudo bem, eles irão comigo.

– Recomendo tomar o voo das onze horas.

– Combinado, juiz Galletti. Até amanhã! – respondeu Blummer, desligando.

• • •

San Sebastian é a segunda maior cidade da região sudeste. Tem a maior extensão de praia urbana do país e é conhecida mundialmente por suas belezas naturais. Mas, também, tem muita tradição por abrigar as bases mais importantes das Forças Armadas: Marinha, Exército e Aeronáutica.

• • •

Blummer informou Hades sobre a reunião no Clube Militar, em San Sebastian. Em seguida telefonou para Xavier Martinho, dando as mesmas informações. Combinaram de se encontrar no aeroporto.

Caliel entrou na sala, pedindo para se reunirem na cozinha, pois o jantar logo estaria servido. Blummer o informou da reunião:

– Amanhã temos um encontro com o juiz Galletti e algumas autoridades, no Clube Militar, em San Sebastian.

– Ótimo, Haamiah. Essa reunião será muito produtiva.

Logo após o jantar, sentaram-se nas confortáveis poltronas na sala de estar, e Caliel serviu um refinado licor de laranja a todos.

Isabella tinha acabado de sentar-se quando ouviu um alarme em seu computador. Levantou-se apressada para verificar e logo voltou.

– Venham ver o que acabei de descobrir.

Todos se levantaram e foram para o escritório. Na tela do monitor, uma imagem surpreendente.

– São os drones fabricados na FPDM – expressou Hades, surpreso.

– Quem são esses homens e onde é esse lugar? – indagou Blummer.

– Vamos descobrir agora mesmo – respondeu Isabella.

Isabella havia instalado um programa de busca, por satélite, para localizar os deslocamentos do helicóptero utilizado por Cameron, de propriedade da Siderúrgica Nacional. Quando o sistema encontrou uma informação, disparou o alarme que ela havia programado.

Como era um programa de busca, as imagens encontradas não eram transmitidas em tempo real. Elas haviam sido registradas com algumas horas de defasagem.

Isabella pressionava velozmente o teclado do computador, buscando um conjunto maior de imagens daquele local, e logo encontrou: Cameron pousando o helicóptero e depois quatro homens testando o funcionamento dos drones.

– É o desgraçado do Cameron! – bradou Blummer.

– Quem são os outros homens? – questionou Eliza.

– Parecem mercenários profissionais – especulou Isabella.

– Faça cópias das imagens desses homens que vou enviar para a Interpol, para identificar quem são eles, principalmente o que cumprimentou Cameron – pediu Hades.

– E o lugar? Onde fica? – perguntou Caliel, satisfeito com as novidades que surgiam.

– As coordenadas indicam a localização da fazenda Paraguaçu, zona rural de San Martin – respondeu Isabella.

– Perto da Base Aérea Simón Bolívar – comentou Eliza.

– Parece que tudo está concentrado em San Martin, na base aérea, na Fundação FPDM, e agora nesse grupo suspeito – emendou Blummer.

Isabella conseguiu salvar imagens dos integrantes daquele estranho grupo de brutamontes e enviou para o amigo de Hades, na Interpol, em Lyon, na França, pedindo que ele verificasse nos arquivos a identidade de cada um deles. Pela diferença de fuso horário, a resposta só viria no dia seguinte.

– Amanhã cedo teremos a resposta da Interpol. Talvez em tempo de levar para a reunião no Clube Militar – especulou Hades.

– Ok. Vamos nos preparar para a reunião de amanhã – concordou Blummer, pedindo que Isabella fizesse cópia dos arquivos para ele distribuir na reunião.

Um pouco depois, Blummer ligou para o celular da Dra. Laura Schelman, senadora e esposa do falecido Max Edward Schelman, presidente da Siderúrgica Nacional que havia sido assassinado. Ela mesma atendeu ao telefone:

– Boa noite, Dra. Laura. É Samuel Blummer. Me desculpe importuná-la nesse momento tão difícil, mas estou preocupado com a senhora.

– É muito bom ouvir a voz de um amigo, Samuel.

– Gostaria de saber como tem passado e se posso ajudá-la em alguma coisa.

– Considerando as circunstâncias, estou bem, Samuel. Já estou de volta ao meu apartamento, em San Pietro, e minha irmã veio do sul para ficar alguns dias comigo.

– Bem, se está em San Pietro, gostaria de passar em seu apartamento para conversar um pouco e transmitir algumas informações que descobrimos nos últimos dias.

– Claro, Samuel. Venha sim. Amanhã mesmo, se quiser. Venha perto das nove horas e tomaremos o café da manhã juntos.

– Então, está combinado, Dra. Laura. Amanhã, às nove, estarei aí – respondeu Blummer, despedindo-se e desligando o telefone.

[61]

CASA DA ILHA – 8H15 DA MANHÃ

Blummer despediu-se de Eliza e se preparava para sair, junto com Hades, quando Caliel apareceu.

– Eu também estarei no Clube Militar, Haamiah. Mas só vou aparecer se for necessário. Pedi proteção aos guardiões porque estou pressentindo que o Anjo do Mal pode aparecer por lá.

– Ele gosta de se esconder nas sombras, Caliel. Não sei se teria coragem de tentar alguma coisa à luz do dia, em um local tão conhecido.

– Mas é bom estar preparado. As pessoas que estão lutando contra essa organização criminosa estarão reunidas em um mesmo local. Isso pode ser perigoso.

– Você tem razão, Caliel. Mas não se preocupe, meu amigo. Estarei atento – respondeu Blummer, colocando a mão sobre o ombro de Caliel, num gesto de agradecimento pela preocupação.

Blummer e Hades desceram até o píer e embarcaram em uma das lanchas Focker. Em poucos minutos já estavam no carro a caminho da Universidade Federal, onde Hades iria pegar o laudo elaborado pelo Dr. Felipe Lorenzinni, chefe do Laboratório de Biologia e Química da universidade, sobre a análise do conteúdo do frasco retirado da fundação FPDM.

Blummer parou a Hilux quase em frente à entrada do laboratório. Esperou enquanto Hades entrou para buscar o laudo. Em poucos minutos Hades estava de volta, portando um envelope, e comentou o que tinha ouvido do Dr. Lorenzinni.

– Ele está absolutamente surpreso com o que encontrou no frasco, Sam. Disse que nunca tinha visto uma concentração tão grande desse tipo de vírus. A composição química para mantê-los vivos dentro do frasco por tanto tempo também é uma novidade para ele.

– É assustador o que certas pessoas são capazes de fazer. É ainda mais angustiante não saber onde e quando pretendem usar essa arma mortal – expressou Blummer.

– Mas nós vamos descobrir, garoto. É questão de tempo.

– Pressinto que não temos muito tempo – disse Blummer, preocupado.

Seguiram em direção ao apartamento da senadora Laura Bauer Schelman, na região sul do lado oeste de San Pietro. Blummer estacionou o carro em frente ao prédio. Desceram e caminharam em direção à portaria, onde se identificaram. O porteiro anunciou a presença deles e logo autorizou que entrassem, indicando o hall de elevadores.

Blummer tocou a campainha e esperou em frente à porta, que foi aberta por Marcia Bauer, irmã da senadora, pedindo prontamente que entrassem e se acomodassem no sofá da sala, que a Dra. Laura estaria com eles em poucos minutos.

A senadora entrou na sala e Blummer se levantou, indo ao seu encontro. Deu-lhe um afetuoso abraço e expressou seus sentimentos pela recente perda do marido. Em seguida, apresentou Hades.

Laura Schelman pediu que a acompanhassem à mesa do café, que estava servido na copa anexa à cozinha. Acomodaram-se nas cadeiras em volta da mesa, e Blummer reuniu coragem para entrar no assunto da morte de Max Schelman, marido da senadora.

– Sabemos que seu marido foi assassinado, Dra. Laura. Mas o Dr. Macedo, da 4ª Delegacia, que está com o caso, decidiu manter sigilo porque o assassinato de Max Schelman é uma peça dentro de uma rede de corrupção na cúpula do Governo Federal que estamos investigando – explicou Blummer.

– Eu sei disso, Samuel. Um pouco antes da sua morte, Max me contou que havia descoberto um desvio de quase dois bilhões de dólares por ano dentro da Siderúrgica Nacional. E, quando informou o ministro da Casa Civil, Enrico Maya, para que o ajudasse a tomar providências, ele simplesmente pediu que ele não fizesse nada. Quando apresentou sua demissão, passou a ser chantageado pelo ministro, que o forçou a continuar, sob a ameaça de divulgar o vídeo. Quando ele tomou conhecimento dos desvios de urânio – prosseguiu a senadora –, do uso do furgão e do helicóptero da Siderúrgica pelo assessor de Segurança da Casa Civil, envolvido no sequestro de Eliza, ele procurou o ministro Enrico Maya e pediu demissão em caráter irrevogável. Mas ninguém poderia imaginar que eles chegariam tão longe, a ponto de assassinar meu marido.

– Por isso estou preocupado, Dra. Laura. Temo pela sua segurança. Acho que seria recomendável sair de San Pietro, até que essa investigação termine. Poderia ir passar uns dias na casa de sua família, no sul do país – recomendou Blummer.

– Sim, acho que você tem razão. Vou arrumar minhas coisas e sair daqui ainda hoje, aproveitando que minha irmã está comigo – concordou Laura Schelman.

– Ótimo, Dra. Laura. É uma sábia decisão. Infelizmente, temos que ir. Precisamos tomar um avião para San Sebastian e já estamos em cima da hora – explicou Hades.

Blummer preferiu não comentar sobre as últimas descobertas. A senadora estava sofrendo muito com a morte do marido e ele não quis dar a ela mais preocupações.

Blummer deu um novo abraço em sua amiga, despediram-se agradecendo o café da manhã e deixaram o apartamento em direção ao elevador. Entraram no carro, estacionado na frente do prédio, e seguiram para o aeroporto.

•••

Assim que saíram do prédio da senadora, Ricco Cameron recebeu um telefonema de um informante:

– Finalmente, o agente Blummer apareceu, Sr. Cameron. Ele e o amigo estão saindo do prédio onde mora a senadora Laura Schelman – relatou o informante.

– Fique atrás dele e não o perca de vista. Faça isso de forma discreta, sem que ele perceba, e me mantenha o tempo todo informado. Quero saber aonde ele vai e tudo o que faz. Entendeu, seu palerma? – ordenou Cameron.

– Pode deixar, Sr. Cameron. Não o perderei de vista – respondeu o informante.

•••

No caminho para o aeroporto, Blummer percebeu que estavam sendo seguidos, mas o perseguidor mantinha considerável distância. Resolveu ignorar e seguir seu percurso. Apenas se manteve mais alerta do que de costume quando estacionou o carro.

Desceram e caminharam em direção ao local de check-in da companhia aérea onde Isabella tinha feito as reservas das passagens. Fizeram os procedimentos e foram para a sala de embarque, onde mostraram suas credenciais, que os autorizava a embarcar portando armas.

Logo encontraram Xavier Martinho que já estava aguardando. O juiz Galletti chegou em seguida, acompanhado de um militar vestindo uma farda impecável e cheia de condecorações.

O juiz Galletti fez as apresentações:

– General Caetano Mendes, Presidente do Superior Tribunal Militar, agentes federais Samuel Blummer, Aaron Hades e Xavier Martinho.

Cumprimentaram-se com cortesia e respeito, como determina as regras de etiqueta entre as autoridades, especialmente as que usam farda.

– Logo que tomei conhecimento das denúncias, informei ao general Mendes. Ele será fundamental para lidarmos com os militares envolvidos na quadrilha – esclareceu o juiz Galletti.

– Isso é ótimo, Meritíssimo. Sem dúvida será um reforço de peso – manifestou Blummer.

• • •

O informante que observava a distância ligou para Ricco Cameron:

– Acho que alguma coisa está acontecendo, Sr. Cameron. O agente Samuel Blummer, acompanhado do amigo Aaron Hades, encontrou-se com o também agente federal Xavier Martinho e tem mais duas pessoas no grupo que não conheço. Um deles é um militar graduado. Todos estão na porta de embarque do voo das onze horas para San Sebastian.

– Está bem. Fique por aí e me confirme assim que embarcarem. Mas se mudarem os planos me informe imediatamente – respondeu Cameron, desligando.

Ricco Cameron ligou para Octávio Carter, diretor-geral da Agência Federal de Investigação:

– Carter, o agente Samuel Blummer está embarcando agora para San Sebastian, acompanhado de Aaron Hades, Xavier Martinho e mais duas pessoas. Quero que você mande algum agente aguardá-los no Aeroporto de San Sebastian e segui-los, sem perdê-los de vista. Preciso ser informado de para onde estão indo. É muito importante.

– Certo, Cameron. Não se preocupe. Tenho um bom agente lá que ficará em cima deles. E pedirei para ele manter contato diretamente com você, sobre todos os passos que derem.

– Está bem. Conto com isso. Estou indo para lá de helicóptero. Chegarei um pouco depois deles, por isso tenho que saber para que lugar da cidade estão indo.

– Fique tranquilo, Cameron. Não tem como eles se esconderem. E precisando de mais alguma coisa, é só me ligar.

– Ok, Carter. Então, mãos à obra – ordenou Cameron, desligando.

[62]

Samuel Blummer e os amigos desembarcam no Aeroporto de San Sebastian. Perderam algum tempo para um lanche rápido. Em seguida, dirigiram-se ao ponto de táxi e partiram, para a sede do Clube Militar, no centro da cidade.

Chegaram um pouco antes das catorze horas. Apresentaram-se na portaria e foram encaminhados para a sala de reuniões, no segundo andar, previamente reservada pelo general da reserva Ulisses Câmara, presidente do Clube Militar, que os recebeu com entusiasmo.

Mais uma vez, o juiz Galletti fez as apresentações dos visitantes. Terminados os cumprimentos, o general Ulisses apresentou dois oficiais que estavam ao seu lado: o coronel aviador Mariano de Arruda Prado, comandante da Base Aérea de San Sebastian, e o tenente--coronel Milton de Oliveira Dutra, comandante do Batalhão de Infantaria de San Juan, na Província do Sudeste.

Um terceiro militar estava sentado em uma cadeira na ponta da mesa. Tinha um semblante sóbrio e sereno, e o rosto marcado pelo tempo.

Quando o general Caetano o avistou, foi imediatamente em sua direção como se não houvesse mais ninguém na sala. O velho afastou a cadeira e se levantou vagarosamente, como se carregasse um pesado fardo nas costas. Estava em pé quando o general se aproximou e fez o tradicional cumprimento militar: juntou os pés, abaixou os braços colados ao corpo e dobrou o braço, levantando a mão direita até encostar as pontas dos dedos da testa, cumprindo a tradicional continência dos militares. O velho correspondeu ao gesto, mas sem a mesma vigorosa dinâmica do general.

O velho olhava fixamente para o general, e seus olhos cansados brilhavam como há muito tempo não acontecia. Encontraram-se em um abraço apertado e demorado.

– Como tem passado, meu tio?

– Cansado pelos anos que carrego nos ombros, sobrinho.

O velho era Levy de Almeida Mendes, o último marechal vivo do país, um herói nacional, o militar mais respeitado e reverenciado na história das Forças Armadas. Uma lenda viva.

Seguiram-se as apresentações. Em seguida, o general Ulisses Câmara pediu que se acomodassem nas cadeiras em torno da mesa para darem início à reunião. A sala estava bem preparada para atender aos assuntos que surgiriam, com projetor, telão e pontos de conexão para a utilização dos laptops que portavam.

•••

Do lado de fora, o agente de Carter se comunicou com Ricco Cameron, para informar sobre o paradeiro de Blummer:

– O agente Blummer e os amigos entraram no Clube Militar, no centro da cidade. Consegui falar com o porteiro e, após uma boa gorjeta, ele informou que estavam em uma reunião no segundo andar, com o presidente do Clube Militar e mais alguns oficiais.

– Tudo bem. Fique por aí observando, que logo estarei chegando. Informe imediatamente se acontecer qualquer movimento – respondeu Cameron.

Ricco Cameron chegou de táxi e ordenou ao motorista que parasse a alguns metros da portaria do prédio. Pagou a corrida e desceu do carro, indo em direção à entrada.

A sede do Clube Militar estava em um antigo e preservado prédio no centro de San Sebastian. Ricco Cameron se apresentou na portaria, mostrando sua credencial de assessor de Segurança do Ministério da Casa Civil, argumentando que estava lá para participar da reunião com o general Ulisses Câmara, no segundo andar. O encarregado da portaria, constrangido pela forma autoritária do visitante, autorizou sua entrada sem checar a informação.

Cameron preferiu usar as escadas e aproveitou a caminhada pensando em uma estratégia de ataque. Decidiu simplesmente entrar no local da reunião e disparar seus raios de energia cósmica contra aqueles que lá estivessem e, no final, colocar fogo no prédio e sair rapidamente. Queria matar a todos, principalmente Samuel Blummer, para despachar o guardião Haamiah de volta para casa. *Tenho que eliminar todos que fazem parte desse grupo, assim não terão forças para seguir investigando*, pensou Cameron.

Assim que pisou no segundo andar, sentiu suas pernas se enfraquecerem, da mesma forma como havia ocorrido quando tentara entrar no apartamento do juiz Érico Galletti. Percebeu que o lugar também estava protegido pelas forças celestiais, mas, como não avistou nenhum guardião pela frente, decidiu prosseguir com cautela, procurando a sala onde acontecia a reunião.

Quando Cameron menos esperava, o guardião Ariel, o Leão de Deus, surgiu em pé a sua frente, segurando a espada em posição vertical, com a ponta apoiada no chão.

– Preferi deixar você chegar mais perto, anjo traidor.

– É você de novo, lacaio de Camael? Vocês deveriam se envergonhar de interferir nas coisas que acontecem na Terra. Isso contraria as leis do seu Criador – reagiu Cameron, tentando falar com voz firme, mas mostrando insegurança por se defrontar com um Anjo Guardião em um ambiente celestial.

– Há muito tempo que o Criador ordenou seu retorno ao mundo celestial, anjo desertor. E isso está perto de acontecer. Hoje você não tem como escapar! – respondeu o guardião Ariel, partindo velozmente na direção de Cameron.

Ariel levantou a espada com as duas mãos e desferiu um golpe, visando atingir a cabeça de Cameron, que, por uma fração de segundo, conseguiu se esquivar, o que fez com que a lâmina passasse a alguns milímetros da sua cabeça.

Em um movimento contínuo ao golpe da espada, Ariel projetou seu ombro direito contra o peito de Cameron, que foi atirado a alguns metros de distância, chocando-se de costas contra a parede e se estatelando no chão.

Ao colidir com a parede, Cameron destruiu o dispositivo do alarme de incêndio, e a sirene disparou.

Em poucos segundos, as pessoas que estavam nas diversas salas do prédio correram desesperadamente rumo à saída. Na presença de tanta gente, o guardião Ariel foi forçado a se desmaterializar para não ser visto.

Cameron levantou-se, misturou-se às pessoas e saiu do prédio em direção à rua. Mais uma vez, o Anjo do Mal conseguira escapar e, desta vez, por um inesperado golpe de sorte.

[63]

Na sala da reunião, também houve movimentação para deixarem o prédio, mas, como num passe de mágica, surgiu Caliel para acalmar a todos, com seu elegante terno branco e sua inseparável bengala.

Ele informou que o alarme de incêndio havia disparado por acidente e que ninguém se preocupasse, pois não havia fogo no prédio. Caliel fez uma transmissão telepática para Blummer informando que Ricco Cameron tinha estado no local e havia sido rechaçado pelo guardião Ariel, mas que, infelizmente, tinha escapado mais uma vez.

Logo os funcionários da manutenção verificaram o alarme estranhamente danificado e todos perceberam que não havia incêndio nenhum. Aqueles que tinham saído retornaram para suas salas.

A reunião seguiu seu curso, enquanto Caliel se afastava calmamente, desaparecendo assim que virou no corredor.

– Senhores! O general Mendes nos tem relatado sobre as investigações comandadas pelo juiz Galletti que reportam graves delitos protagonizados por importantes personagens do Governo Federal – expressou o marechal Levy. Estamos aqui reunidos para ouvir um resumo dos fatos que serão apresentados pelo juiz Galletti. Por favor, Meritíssimo – pediu o general.

– O agente Blummer fará um resumo completo da situação – explicou Galletti.

Blummer conectou seu laptop ao projetor. Isabella havia preparado um arquivo onde as imagens surgiam automaticamente, na sequência dos relatos dos fatos. Ele teclou start e se levantou, iniciando sua apresentação, com as imagens estampadas no telão.

– Tudo começou quando o assassinato de João Carlos Albertin, auditor da Agência Internacional de Energia Atômica, chamou a atenção da jornalista Eliza Huppert. Ela decidiu investigar e descobriu o desvio de urânio U-235 da Usina de Santa Fé, que é transferido para a Base Aérea Simón Bolívar, em San Martin, e de lá é embarcado no avião particular do contrabandista internacional de armas Ian Petrov. Ele paga o urânio através de transferências bancárias para a Fundação FPDM, também em San Martin. A Base Aérea é reduto do general Hamon, ministro da Defesa. A fundação é controlada por ele e pelo ministro da Justiça, que falsificou documentos para usar como fachada o nome do milionário norte-americano Thomaz McKinney. Na FPDM estão produzindo modernos drones e um vírus mortal, atestado pelo laudo do Dr. Lorenzinni. O vírus está sendo armazenado em um dispositivo pulverizador acoplado na base dos drones. Os responsáveis técnicos pelas atividades operacionais da fundação são a bioquímica Karina Dimitrovich e o engenheiro Mikhail Schroeder, ambos procurados pela Interpol. Esse material está sendo estocado na Base Aérea Simón Bolívar.

– Eliza foi sequestrada no dia em que sua matéria seria publicada – continuou Blummer –, e o autor do sequestro é Ricco Cameron, assessor de segurança do ministro da Casa Civil, Enrico Maya. Cameron usou um furgão e um helicóptero da Siderúrgica Nacional, com autorização direta de Maya. Cameron também foi responsável pelo assassinato de Max Schelman, presidente da Siderúrgica. É o que foi apurado pelo delegado Macedo, que comandou as investigações. Por enquanto ele não denunciou Cameron, para não interferir em nossa investigação. A senadora Laura Schelman, esposa de Max, confirmou que ele relatou a ela a existência de um sistemático esquema de desvio de dinheiro na Siderúrgica Nacional, algo em torno de dois bilhões de dólares por ano.

– Cameron também é o suspeito de ter atentado contra minha vida, dentro da Agência Federal – prosseguiu Blummer. – Os indícios mostram que ele teve cobertura do diretor-geral Octávio Carter, que foi nomeado pelo ministro da Justiça. E, para finalizar, descobrimos um grupo de mercenários alojados em uma fazenda na área rural de San Martin. Eles estavam praticando o manejo dos drones. Pedimos ajuda à Interpol para identificá-los – concluiu Blummer, quando então sentiu o celular vibrar. Era uma mensagem de texto enviada por Isabella, sobre a identidade dos mercenários.

– Acabou de chegar a resposta da Interpol – expressou Blummer. – Vou resumir: são mercenários internacionais, liderados por Cyrus McNickson, norte-americano, ex-sargento que serviu nas Forças Especiais nos últimos anos da Guerra do Golfo. Desertou e formou um grupo com o que há de pior nas Forças Armadas de diversos países. Vendem seus serviços para quem pagar mais. São profissionais do crime. Por dinheiro, matam crianças, mulheres, velhos, o que estiver pela frente. Foram identificados quarenta mercenários, todos procurados pelos mais bárbaros crimes que se possa imaginar. Com isso, termino o que tinha a relatar – concluiu Blummer.

– Obrigado, agente Blummer, mas faltou uma informação. Quais são os objetivos dessa quadrilha? – questionou o marechal Levy.

– Não sabemos, marechal. Infelizmente ainda não descobrimos.

Todos estavam inquietos, alguns demonstrando um pouco mais sua preocupação. O coronel Prado, incrédulo com o que acabara de ouvir, apoiava os braços na mesa e segurava o queixo com uma das mãos. Seus olhos estavam abaixados para algum ponto indefinido no tampo da mesa; parecia ter receio de levantar os olhos e descobrir que tudo o que ouvira estava mesmo acontecendo. Seu colega, o tenente-coronel Dutra, se empertigava na cadeira sem conseguir achar uma posição confortável. Hades e Xavier apenas observavam. Mas nenhum deles conseguia entender como essas informações estavam conectadas entre si e quais eram os planos da quadrilha instalada na alta cúpula do Governo Federal.

O marechal Levy mantinha o semblante sereno, de alguém que já tinha visto quase tudo na vida.

O juiz Galletti, o general Mendes e o general Câmara, sentados próximos do marechal Levy, faziam uma análise da situação:

– As provas são substanciais e contundentes: corrupção na Siderúrgica Nacional, desvio e contrabando de urânio, drones para espalhar armas químicas mortais, atividades ilegais na Base Aérea Simón Bolívar, desmandos na Agência Federal, sequestro, assassinatos e agora esse grupo de mercenários assassinos – relacionou o juiz Galletti.

– E os principais envolvidos estão muito bem identificados – acrescentou o general Caetano Mendes, presidente do STM.

– Ainda não sabemos quais são os propósitos desses malfeitores, mas temos que agir imediatamente – decretou o Marechal Levy.

Não havia mais dúvidas. Algum plano terrível estava em andamento. Não tinham tempo a perder. Precisavam agir com a máxima urgência e decidiram estabelecer três condições fundamentais:

Distribuir as ações em duas grandes forças-tarefas. Uma militar, comandada pelo general Caetano Mendes, para neutralizar a Base Aérea Simón Bolívar e os mercenários, e a outra, com os agentes federais, coordenada pelo juiz Galletti, para prender os ministros, o diretor Carter e os responsáveis pela Fundação FPDM.

As ações seriam organizadas para atingir todos os alvos ao mesmo tempo, para evitar qualquer possibilidade de reação ou fuga.

Tudo seria planejado e preparado no mais absoluto sigilo e, principalmente, sem permissão de que viesse a público o desvio de urânio, pois isso seria motivo de forte retaliação da comunidade internacional contra o país.

Combinaram um prazo de três a quatro dias para prepararem as equipes, a logística e os instrumentos jurídicos, para então definirem o dia em que as ações seriam desencadeadas. Tinham que agir rápido, não havia mais tempo a perder.

[64]

Era início da noite quando desembarcaram no Aeroporto de San Pietro. O juiz Galletti e o general Mendes foram recepcionados por um dos motoristas do Poder Judiciário, e Isadora Dumont estava à espera de Xavier Martinho. Blummer e Hades caminharam em direção ao estacionamento onde tinham deixado o carro.

Blummer pressentiu o perigo assim que se aproximou da Hilux. Seu semblante estava sério e compenetrado, os instintos celestiais aguçados. Parou ao lado do carro e ficou tentando interpretar o que estava acontecendo.

– O que houve, Sam?

– Estou sentindo que alguma coisa está errada.

– Do que você está falando?

– Do carro.

Hades entendeu a preocupação do amigo e os anos de experiência como agente federal lhe deram a resposta. Abaixou-se para olhar o assoalho da Hilux e logo avistou o perigo.

– Temos uma bomba fixada no assoalho.

– O que vamos fazer? – indagou Blummer.

– Deixa comigo – respondeu Hades, tirando um canivete suíço do bolso, destacando uma pequena tesoura e se arrastando para debaixo da Hilux. Com exímia precisão, cortou os fios que conectavam a bomba ao sistema de ignição do veículo e a desprendeu do assoalho. – Pronto. Está neutralizada.

– Quem será que a colocou aí? – questionou Blummer.

– Por certo, alguém fez o serviço a mando do diretor Carter ou de Ricco Cameron – respondeu Hades com convicção.

Livraram-se do artefato explosivo nas águas do lago e logo depois chegaram à casa na ilha, decidindo não comentar sobre a bomba. Eliza correu para abraçar e beijar Blummer.

– Que bom que voltaram! Como foi a reunião?

– Foi ótima, Eliza. Conseguimos reforços muito importantes.

Entraram na cozinha, onde Isabella conversava animadamente com Caliel, enquanto o ajudava no preparo do jantar. Cumprimentaram-se e se sentaram em volta da mesa.

– Acho que agora chegou a hora de agir, Caliel – explicitou Blummer.

– Sim, Haamiah. Estamos muito perto de pôr fim a essa extensa e maléfica rede de corrupção – respondeu Caliel.

– Ainda não sei como podemos pegar Ricco Cameron – falou Blummer com preocupação.

– Certamente, ele vai sumir quando o barco começar a fazer água. É o que ele tem feito em outras ocasiões. Mas tenho a intuição de que desta vez nós vamos pegá-lo – respondeu Caliel.

– Assim espero, Caliel. Enquanto isso não acontecer nossas vidas não voltarão ao normal, especialmente a de Eliza, que teria que conviver com o permanente risco de uma vingança de Cameron – manifestou Blummer, olhando preocupado para a jornalista.

– Mas você vai pegá-lo, Haamiah. Tenha calma que isso vai acontecer, mais cedo do que você pensa – respondeu Caliel com seu habitual otimismo.

– Não se preocupe, meu amor. Eu também sinto que tudo vai terminar bem – disse Eliza.

– Só voltaremos a ter paz quando pegarmos Ricco Cameron. Não vou descansar enquanto isso não acontecer – replicou Blummer, antes de mudar o assunto. – Amanhã de manhã, eu e Aaron temos um encontro com o juiz Érico Galletti. Ele quer conversar com Aaron sobre o processo disciplinar que Carter armou contra ele.

– É uma ótima notícia, Aaron. É muito bom saber que ele se interessou sobre esse assunto. Pode ser uma valiosa ajuda – expressou Isabella, com um sorriso de satisfação.

– Ele disse que soube do processo através de Xavier Martinho e que gostaria de ajudar – explicou Hades.

– Esteja certo de que ele vai ajudar! – falou Caliel.

[65]

SUPERIOR TRIBUNAL DE JUSTIÇA – 9 HORAS

Samuel Blummer e Aaron Hades entraram na sede do STJ para falar com o juiz federal Érico Galletti, presidente do Tribunal. Após apresentarem suas credenciais, foram prontamente encaminhados ao gabinete do juiz, que já os esperava.

– Bom dia, Meritíssimo!

– Bom dia, Blummer e Hades! Sentem-se, por favor.

O juiz fitou Aaron Hades nos olhos e indagou:

– Tomei conhecimento do seu caso, agente Hades. Explique-me o processo que Carter armou contra você na Agência Federal.

Hades relatou detalhadamente todos os problemas que tivera com Carter, que insistia em obstruir suas investigações, especialmente as que envolviam políticos ou integrantes do alto escalão do governo. Concluiu relatando o dia em que havia perdido a cabeça e o pendurado pelas pernas, no lado de fora da janela do sexto andar, e que a ação fora interrompida pela chegada do agente Gonzalez com mais dois colegas.

Aquele tinha sido seu único erro, mas terminara por outorgar veracidade aos fantasiosos argumentos que tinham sido mencionados por Carter em sua peça acusatória.

– Foi um dia para esquecer. Fiquei descontrolado com as acusações que ele armou.

– Eu posso imaginar.

– Eu sei que aquele destempero me prejudicou muito no processo.

– É verdade! Mas temos um conjunto expressivo de acusações contra Carter e, depois que for preso, não será difícil provar que ele forjou o processo disciplinar contra você. Formulei uma petição para você assinar – prosseguiu o juiz –, requerendo a transferência do processo para o Judiciário, com pedido de mandado de segurança, alegando vício de origem no julgamento de Primeira Instância, por abuso de poder e violação de direitos.

– Eu assino agora mesmo! – disse Hades, com o rosto iluminado por um otimismo incomum.

O juiz Galletti colocou o documento na frente de Hades, que o assinou sem ler nenhuma linha. Expressou total confiança no juiz.

– Com essa petição assinada, vou requisitar a transferência do processo para o STJ. Nós vamos reverter aquela decisão, Hades – previu o juiz.

– Fico muito grato pelo seu interesse, Meritíssimo. Eu ficaria muito feliz de ter meu trabalho de volta.

Resolvido o assunto do processo disciplinar de Hades, voltaram a se concentrar nas ações para prender a quadrilha instalada na alta cúpula do Governo Federal.

– Estamos lidando com ministros de Estado, que normalmente têm foro privilegiado. Precisamos usar a estratégia correta para que eles não possam se safar, e nossa principal arma será a surpresa – comentou o juiz Galletti.

– A operação é complexa. Temos quatro ministros envolvidos, o diretor da Agência Federal, o coronel comandante e mais um grupo de oficiais da Base Aérea Simón Bolívar, vários diretores da Siderúrgica Nacional, os gerentes da Fundação FPDM, além dos mercenários que precisam ser neutralizados. Não será uma tarefa fácil – concordou Blummer.

– Preciso que estejam preparados – pediu o juiz Galletti. – Xavier Martinho ficou de conseguir um grupo de agentes leais, vocês sabem se ele já conseguiu?

– A última vez que conversamos, ele já tinha vinte e cinco agentes. Além disso, o delegado Macedo ofereceu ceder alguns homens se for necessário – respondeu Blummer.

– O delegado também ofereceu as celas da 4ª Delegacia para alojar os prisioneiros, enquanto a Agência Federal não for reorganizada – informou Hades.

– Ótimo! – manifestou o juiz Galletti. – Acho que está tudo caminhando bem. Estejam preparados e aguardem meu aviso – pediu o juiz.

– Ok, Meritíssimo. Estaremos preparados.

Blummer e Hades levantaram-se, cumprimentaram o juiz, despediram-se e saíram da sala em direção ao estacionamento.

[66]

No estacionamento, entraram na Hilux e partiram de volta para casa. Assim que ganharam a Avenida Marginal Oeste, perceberam que estavam sendo seguidos por dois carros pretos com vidros escuros, que impediam visualizar seus ocupantes.

Blummer mudou o trajeto. Atravessou a Ponte San José e entrou à direita na Avenida Marginal Leste, em direção ao Sul de San Pietro. A ideia era despistar os perseguidores em uma direção contrária ao caminho da ilha.

Ele aumentou a velocidade, mas continuava sendo perseguido de perto, até que um dos carros o ultrapassou e tomou a frente, enquanto o outro batia insistentemente em sua traseira. Olhou para Hades pedindo alguma sugestão e viu que ele já estava de pistola em punho, preparado para atirar.

Inesperadamente os perseguidores abriram o teto solar e surgiu um homem em cada um dos carros, armados com pistolas automáticas H&K 9 milímetros equipadas com pentes de trinta tiros.

Começaram a atirar contra o veículo dos agentes federais. As balas não faziam muitos estragos porque o veículo era totalmente blindado. Então, surgiu, no carro da frente, no lugar do atirador, a figura de Ricco Cameron, que apontou sua mão direita em direção ao carro dos agentes e disparou seu raio de energia cósmica.

Blummer pisou bruscamente no freio, e a Hilux afundou a frente, quase encostando no asfalto, mas não conseguiu evitar o impacto do raio, que atingiu o capô, destruindo toda a parte frontal do veículo.

– Cacete! O que foi isso? – falou Hades, assustado.

– É o maldito Cameron – respondeu Blummer.

O carro que vinha logo atrás desviou da Hilux parada no meio da avenida, deu um cavalo de pau e estacionou ao lado do outro, em que estava Cameron.

Os quatro homens desceram empunhando as pistolas e se posicionaram de frente para o carro dos agentes, envolto em uma cortina de fumaça, e de novo dispararam uma saraivada de balas.

Os agentes, abaixados dentro da Hilux, estavam encurralados e não tinham para onde ir nem onde se esconder. Só restava enfrentar os inimigos, como já haviam feito antes, em tantas ocasiões.

– Vamos lá, garoto! Saímos ao meu sinal. Eu pego os dois da direita e você os dois da esquerda – ordenou Hades.

Saíram ao mesmo tempo do carro, disparando contra os inimigos com tiros certeiros, que abateram três deles na primeira tentativa. Restou Cameron, que estava observando em pé e impassível, como se a briga não fosse com ele.

Blummer não pensou muito. Virou a mão direita com a palma para cima e formou uma bola incandescente, que arremessou em direção ao Anjo do Mal.

Cameron demonstrou exímia destreza. Em um movimento rápido esquivou-se e a bola de fogo passou a poucos centímetros do seu corpo, mas explodiu sobre o carro que estava logo atrás, destruindo completamente o veículo.

Cameron se surpreendeu com a potência da energia cósmica disparada pelo guardião e, como sempre fazia quando percebia sua inferioridade, entrou rapidamente no carro que sobrou e fugiu, deixando Blummer frustrado por tê-lo perdido mais uma vez.

As pessoas que assistiram não podiam acreditar no que tinham visto.

Em poucos minutos, o lugar estava cercado pela polícia, com o delegado Macedo no comando. Vendo Blummer e Hades juntos, logo percebeu que tinham sido atacados. Desceu do carro e olhou em volta, analisando a situação. Abaixou-se para verificar o estado e a identificação dos três homens feridos no chão. Pediu a um assistente que chamasse por socorro e foi falar com Blummer.

– O que aconteceu aqui, agente Blummer? – perguntou o delegado.

– Era Ricco Cameron, delegado, acompanhado daqueles três que estão baleados. Repetiram a tentativa de nos matar, reagimos, e Cameron conseguiu fugir.

– Os três estão gravemente feridos e portam credenciais de agentes federais. Seu carro está quase destruído, o outro, praticamente desintegrado. Como isso aconteceu? – perguntou o delegado.

– Esses três são do lado podre da Agência Federal. Quanto ao estado dos veículos, eu explico uma outra hora, delegado. Precisamos sair daqui agora mesmo e gostaria de contar com sua compreensão – pediu Blummer.

– Vamos deixar as explicações para depois, Dr. Macedo – insistiu Hades.

– Está bem, Hades. Farei de conta que não os encontrei aqui. Vou rebocar o que sobrou para o pátio da polícia e mandar aqueles três para o hospital – concordou o delegado.

– Obrigado, delegado – agradeceu Blummer.

Atravessaram a avenida em direção a um ponto de táxi em uma rua transversal. Seguiram para o norte na Avenida Marginal Oeste e desceram do táxi 100 metros antes da entrada do píer onde estavam as lanchas Focker que os levaria até a casa na ilha.

Quando chegaram, Eliza foi ao encontro de Blummer e percebeu seu semblante preocupado.

– O que houve, Sam? Vocês estão bem?

– Sim, Eliza. Estamos bem. Não se preocupe.

– Foi Cameron! Desta vez o desgraçado nos atacou no meio da rua – expressou Hades com raiva.

Isabella olhava Hades e deixava transparecer sua especial preocupação com o novo amigo. Sabia que ele não tinha os mesmos poderes de proteção que Blummer e Caliel.

– Você deve tomar mais cuidado, Aaron. Estão enfrentando gente muito poderosa.

– Não se preocupe, Isabella. Já estou acostumado. Na verdade, estava mesmo sentindo falta dessa adrenalina – respondeu Hades, sorrindo tranquilo. Sua expressão era quase de deboche.

– Não brinque, Aaron! O assunto é sério!

– Eu sei. Mas fique tranquila que sei me cuidar.

– Desculpe, Isabela, mas o carro ficou destruído. Não tivemos como evitar – expressou Blummer.

– Não se preocupe com isso, Sam. Temos cobertura do seguro e também carros reservas. O mais importante é que vocês escaparam ilesos.

Caliel entrou na sala, e Blummer relatou o atentado comandado por Cameron. Provavelmente, ele tinha deixado alguém vigiando o gabinete do juiz Galletti.

[67]

Blummer e Hades se surpreenderam quando entraram ao mesmo tempo na cozinha. Não havia mais ninguém ali. Isabella estava junto com o pai lidando com as plantas do jardim, e Eliza estava compenetrada, escrevendo a matéria que pretendia publicar após tudo terminado.

Sam pegou uma jarra de suco na geladeira e dois copos, e convidou Hades para se sentar ao redor da mesa na cozinha.

– Você deve estar sentindo falta de casa, Aaron.

– Sim, um pouco, especialmente da tia Zilda, mas tenho falado com ela por telefone e ela está bem.

– Você é um grande amigo, Aaron. Sua ajuda tem sido muito importante. Acho que a melhor retribuição que você poderia ter é a anulação do processo disciplinar e ser reintegrado à Agência Federal.

– Seria muito bom, Sam. Mas tenho um pouco de dúvida sobre se será possível.

– Por que está dizendo isso?

– Foi uma grande besteira ter pendurado Carter pelos pés no lado de fora da janela do sexto andar.

– Ele mereceu.

– Eu sei disso, mas não deveria ter feito.

– Vamos confiar no juiz Galletti, Aaron. Acho que ele vai conseguir reverter o processo que Carter armou para você. Mas me diga – prosseguiu Blummer com um sorriso brando e malicioso –, tenho visto seu apego com Isabella. O que está rolando entre vocês?

– Ora, garoto... Ela é apenas uma grande amiga. Nós nos damos muito bem. É uma moça muito especial. Não está acontecendo nada.

– Você é meu melhor amigo, Aaron, e o conheço o suficiente para perceber que você está muito interessado nela. Não a deixe escapar.

– Não brinque com isso não, garoto. Você sabe que sou um solteirão convicto e que não pretendo me amarrar em ninguém.

– Ora, você não é mais uma criança. Precisa se assentar e formar uma família.

– Acho que vou dar uma volta por aí. Meu jovem aluno resolveu me dar lições de como devo levar minha vida.

– Não é nada disso, Aaron. Mas tudo bem, vamos mudar de assunto. Não quero aborrecer você com meus conselhos.

De repente, Blummer foi surpreendido por Eliza, que entrou na cozinha e se jogou em seu colo, os braços transpassados ao redor de seu pescoço, dando-lhe muitos beijos em todas as partes do rosto.

– Mas qual o motivo de tanta alegria?

– Minha matéria está ficando ótima! E depois vou transformá-la em um livro! Acho que vai ser um sucesso!

– Disso eu não tenho dúvida, querida. Certamente, será uma bomba que vai estremecer os pilares da República.

Isabella chegou acompanhada do pai e de Caliel. Eles cumprimentaram-se, e Caliel ficou contemplando aquele grupo de pessoas tão especiais reunidas em um projeto para tornar o mundo melhor.

Nunca antes havia reunido uma equipe tão eficiente. *Será uma pena que logo vamos nos separar*, pensou Caliel consigo mesmo.

[68]

Exceto Caliel, que se ausentava frequentemente, os demais ficaram confinados na ilha por quatro dias inteiros, mantendo permanente contato por telefone com os outros membros da equipe, planejando ações, a distribuição de tarefas, a montagem das equipes e questões técnicas relacionadas à comunicação entre os líderes de equipe.

Na manhã do quinto dia, o general Ulisses Câmara informou a todos que as prisões aconteceriam no dia seguinte de manhã. O juiz Galletti e o general Caetano Mendes estavam com os documentos prontos e seriam emitidos no final daquele dia, após o término do expediente do Poder Judiciário. Os documentos seriam transmitidos para todos através dos meios eletrônicos, assim os corruptos não teriam como saber das ações com antecedência.

Marcaram para iniciar todas as ações no mesmo horário, às 10h30, para que aqueles que agissem em locais mais distantes tivessem tempo de chegar.

Na tarde do mesmo dia, o marechal Levy de Almeida Mendes se comunicou com os membros da equipe através de uma conferência telefônica pelo Skype.

Além de ouvir a voz calma e serena, a equipe enxergava na tela dos seus monitores o rosto sóbrio e confiante do marechal. Seu semblante transmitia determinação e até as rugas que o tempo lhe entregara pareciam ter batido em retirada. O velho, agora, parecia mais jovem. E seu discurso, um alento para o futuro:

– Passei os últimos dias conversando pessoalmente com grande parte dos comandantes dos quartéis espalhados pelo país. Detectei insatisfação e revolta com os desmandos do general Hector Amon, nosso atual Ministro da Defesa. Muitos desses comandantes estarão conosco, para dar apoio em qualquer dificuldade que surja no decorrer das operações. Montamos uma central de comunicação no Clube Militar – continuou o marechal. – Eu pessoalmente estarei aqui para coordenar as ações que cada um de vocês irá desempenhar. Estarei pronto para acionar as equipes que teremos em prontidão, para atender qualquer emergência que surgir. E, para terminar – prosseguiu o marechal –, informo a todos que o presidente da República já está ciente de que importantes acontecimentos serão revelados. Mas ele concordou em só fazer alguma manifestação pública após receber, no Palácio Presidencial, o juiz Galletti, o general Mendes e o general Ulisses.

– Desejo boa sorte a todos. Vocês são aqueles que darão um novo rumo ao destino desse país.

Vai dar tudo certo! Vamos prender todos esses criminosos corruptos, pensou Samuel Blummer.

No final daquele dia, Isabella começou a receber os arquivos com as medidas judiciais, que foi imprimindo uma a uma.

O juiz Galletti, presidente do Superior Tribunal de Justiça, emitiu mandados de busca e apreensão de provas e documentos e mandados de prisão contra os ministros Enrico Maya e Enzo Tagliatti; contra o diretor da Agência Federal de Investigação, Octávio Luiz Carter; contra o assessor de Segurança da Casa Civil, Ricco Cameron; contra a bioquímica bielorrussa Karina Dimitrovich; contra o engenheiro alemão Mikhail Schroeder e contra o chefe de segurança Raphael Bayne, esses três últimos da fundação FPDM. O ministro Jorge Stabler e os diretores da Siderúrgica Nacional ficaram para uma segunda etapa, após ampliação das investigações.

O juiz emitiu também mandado de segurança, para tornar sem efeito o julgamento em Primeira Instância do processo contra Aaron Hades, determinando sua imediata reintegração às suas funções na Agência Federal.

O general Caetano Mendes, presidente do Superior Tribunal Militar, emitiu mandado de prisão preventiva contra o general Hector Amon, ministro da Justiça; contra o coronel Magno Callahan, comandante da Base Aérea Simón Bolívar; e contra uma lista de vinte oficiais que estavam servindo naquela base. E, ainda, mandado de reintegração de posse da fazenda Paraguaçu, em San Martin, e mandado de prisão contra quarenta mercenários paramilitares que lá estavam alojados e que haviam entrado ilegalmente no país, admitindo o uso de força proporcional à reação dos invasores.

Tudo estava pronto e precisamente planejado para eliminar a rede de corrupção que se instalara na cúpula do Governo Federal.

[69]

MINISTÉRIO DA CASA CIVIL – 10H08

Ricco Cameron solicitou autorização para pousar o helicóptero EC 120 Colibri, que ele mesmo pilotava, no heliporto no topo do prédio. Com sua credencial de assessor de segurança do ministro, recebeu autorização sem qualquer dificuldade.

Chegou à recepção do gabinete e anunciou para a secretária que queria falar com o ministro Enrico Maya imediatamente.

– Sr. Cameron, o ministro está em uma reunião. Precisa esperar – respondeu a secretária.

Cameron se debruçou sobre a mesa e olhou fixamente para seus olhos, dizendo rispidamente:

– Interrompa a reunião. Diga a ele que estou aqui e que o assunto é urgentíssimo.

Ela se levantou assustada e foi em direção à sala de reuniões, abriu a porta e entrou. Aproximou-se do ministro e falou em seu ouvido, quase sussurrando, que Ricco Cameron estava muito nervoso na recepção e desejava falar com ele com urgência.

O ministro encerrou a reunião e pediu para os participantes se retirarem, argumentando que tinha um assunto urgente para resolver, e autorizou a secretária a deixar Cameron entrar.

– O que houve, Cameron? Por que essa afobação?

– Eu vim buscar meu pagamento, ministro. E o quero agora, porque estou pulando fora do esquema – respondeu Cameron.

– Mas o que está acontecendo, Cameron? Por que isso agora?

– Se fosse mais esperto já deveria saber. O presidente do Superior Tribunal de Justiça emitiu ordens de prisão contra o senhor e mais um monte de gente que faz parte do seu grupo. Então, estou caindo fora e quero meu dinheiro.

– De onde tirou informação tão estapafúrdia?

– Eu tenho um homem dentro do gabinete do juiz e ele me deu essa informação alguns minutos atrás.

– Isso não pode ser assim, Cameron. Nós precisamos de você; não pode fugir de uma hora para outra!

Ricco Cameron estava com pressa e não tinha tempo para conversar. Pegou Enrico Maya pelo pescoço, levantou-o da cadeira e o arrastou até seu gabinete, anexo à sala de reunião.

– Abra seu cofre, ministro, e me dê o dinheiro, que vou embora agora mesmo.

– Calma, Cameron. Me solte. Você sabe que não gosto de violência. Se é isso que você quer, não há problema. Eu lhe dou seu dinheiro. Deixe-me pegar a chave do cofre em minha mesa.

Cameron soltou o ministro, que se dirigiu até a sua mesa. Ele se abaixou para abrir uma das gavetas e quando se levantou empunhava uma pistola Glock 9 milímetros, com um silenciador já fixado. Apontou e atirou sem qualquer aviso.

Cameron foi pego de surpresa e não teve tempo de reagir. O tiro o acertou em cheio no meio do peito e o jogou contra a parede, antes de cair no chão mortalmente ferido.

Enrico Maya olhou para Cameron no chão e falou baixinho:

– Você ficou louco, rapaz? Com quem acha que está lidando? Vir aqui, na minha sala, me ameaçar desse jeito?

Enrico Maya voltou à mesa, pegou o telefone e ligou para o general Hector Amon, relatando o que tinha acontecido e transmitindo a informação sobre os mandados de prisão e sobre Cameron, que estava morto em sua sala.

O general ficou surpreso com o relato do ministro. *Como uma coisa dessas pode ter acontecido?* Mas ele logo reagiu. Certamente, tinha planos já traçados para uma situação de emergência.

– Acho melhor deixar a cidade imediatamente, ministro Maya. Vá para a Base Aérea Simón Bolívar, onde nos encontraremos logo mais para avaliar a situação. Lá estaremos seguros – recomendou o general Amon.

– Está bem, general. Vou pegar o dinheiro que tenho no cofre e sairei imediatamente.

Enrico Maya pegou uma sacola de couro que tinha em um armário, abriu o cofre e retirou vários pacotes com notas de cem dólares, que guardou na sacola. Enquanto ele voltava ao cofre para pegar seu laptop, sentiu a presença de alguém às suas costas. Quando se virou, seu sangue congelou. Foi surpreendido por Ricco Cameron, que estava em pé, bem na sua frente, totalmente recuperado do tiro que tinha levado.

Cameron o pegou pelo pescoço e, com força sobrenatural, ergueu-o facilmente do chão e o prensou na parede. O ministro Maya tentou se soltar, mas não tinha forças para enfrentar os poderes celestiais de Cameron.

Ele foi ficando sem ar, sem forças e perto de perder os sentidos. Enxergava apenas o sinistro vulto de Cameron e quase não conseguia ouvir sua voz. A cólera o tornava ainda mais assustador.

– Você é um ingrato, ministro! Tudo o que fiz pelos seus delírios de poder e no final você tenta me matar? Sinto muito, mas isso não posso perdoar! – disse Cameron, expressando toda a sua raiva e arrastando o ministro para perto da janela. Extravasando sua fúria, atirou-o contra o vidro, que se partiu em centenas de pedaços.

O ministro despencou do oitavo andar do prédio, esborrachando-se no chão do pátio em frente ao Ministério.

Ricco Cameron pegou a sacola com o dinheiro e saiu rapidamente da sala rumo à cobertura do prédio, onde o helicóptero estava pousado.

No térreo, um completo alvoroço. Um grupo de pessoas se aglomerava em volta do corpo do ministro. A equipe de segurança tentava entender o que tinha acontecido.

[70]

MINISTÉRIO DA JUSTIÇA – 10H25

Acompanhada de quatro agentes federais, Isadora Dumont entrou na recepção do prédio, na região norte da Avenida Marginal Oeste.

Apresentou suas credenciais e a ordem de prisão emitida pelo juiz federal Érico Galletti contra o ministro Enzo Tagliatti.

O chefe da segurança percebeu que não havia o que fazer e que não podia obstruir o cumprimento de uma ordem de um juiz federal, ainda mais do presidente do STJ. Avisou a secretária do ministro e autorizou a entrada dos agentes no prédio.

Apresentaram-se à secretária e pediram para serem levados à presença do ministro da Justiça. Quando ela se levantou para avisá-lo, ele já estava saindo do gabinete em direção aos agentes.

– Estou informado do que vieram fazer. Não criarei nenhum problema. Eu os acompanho imediatamente. Peço apenas que sejam discretos e evitem constrangimentos para mim e os funcionários do Ministério – pediu o ministro.

– Está bem, ministro. Melhor assim. Por favor, me acompanhe – respondeu Isadora Dumont, entregando cópia do mandado de prisão ao ministro.

Antes de se retirar, Isadora instruiu dois agentes para lacrar o gabinete. O local não poderia ser violado até que chegassem os peritos, em busca de mais provas e documentos que pudessem reforçar as acusações que seriam formuladas contra o ministro.

O ministro Enzo Tagliatti era um homem educado e polido no trato com as pessoas. Antes de ser ministro, era um advogado bem-sucedido e respeitado, que fizera fortuna defendendo gente da alta sociedade. Era muito confiante e tinha elevada autoestima. Imaginava que com dinheiro e bons argumentos jurídicos, mais a influência dos amigos que tinha no mundo político, a quem sempre havia feito muitos favores, poderia escapar das acusações que lhe seriam imputadas. Mas, desta vez, ele estava enganado.

Saíram do prédio do Ministério da Justiça sem nenhum incidente e foram para a 4ª Delegacia, onde o ministro seria mantido preso até segunda ordem.

[71]

FUNDAÇÃO FPDM – SAN MARTIN

O agente federal Jayme Fraccari aguardava na entrada oeste da cidade os agentes despachados por Xavier Martinho, para cumprirem os mandados de prisão na Fundação FPDM. Chegaram sete agentes distribuídos em três carros com o adesivo da Agência Federal nas portas.

Fraccari buscou o quartel da Guarda Civil local, onde se identificou e apresentou as ordens de prisão que tinha para cumprir, requisitando formalmente reforço policial diante da possível reação que poderia encontrar. Foi prontamente atendido pelo capitão comandante da corporação, que liberou oito soldados, mais um sargento, para comandar a pequena tropa.

O comboio de quatro carros, com os agentes federais, mais três veículos oficiais da Guarda Civil, seguiu em direção à sede da Fundação FPDM, com Jayme Fraccari no carro da frente.

Fraccari controlou a velocidade, para chegar à empresa no horário combinado a fim de realizar a operação. Quando avistaram a portaria, ele parou o carro e desceu para dar instruções finais aos integrantes da Guarda Civil, que davam apoio à operação. Pediu que os soldados cobrissem o lado de fora, no entorno do muro que cercava a Fundação, para evitar a fuga dos procurados.

Os quatro carros, carregando Fraccari e mais sete agentes federais, seguiram em frente. Pararam no portão de entrada da Fundação. Fraccari acionou o interfone e se identificou, explicando o motivo de sua presença, e exigiu que o portão fosse aberto imediatamente.

O porteiro relutou. Respondeu que precisava avisar o chefe da segurança, ordenando que esperassem. Fraccari acelerou o carro, colidindo contra o portão, que abriu sem muita resistência.

Os quatro veículos seguiram em direção ao prédio principal, estacionando em frente à porta de entrada. Não houve nenhuma reação dos guardas da segurança da FPDM, que ficaram intimidados ao verem os emblemas da Agência Federal nos veículos.

Entraram no prédio, e a recepcionista, assustada, atendeu-os prontamente. Fraccari perguntou por Raphael Bayne, Mikhail Schroeder e Karina Dimitrovich. A recepcionista respondeu que estavam no prédio, mas não sabia informar exatamente onde.

Fraccari perguntou onde ficava a sala de controle da segurança, e a moça informou de imediato. Ele ordenou que três agentes ficassem na recepção, e os demais seguiram com ele para a sala da segurança.

Encontrou a porta lacrada com uma potente fechadura eletrônica. Fraccari atirou seguidamente na fechadura, e a porta se abriu. Entraram e encontraram Raphael Bayne sozinho na sala, sentado e observando as imagens das câmeras de segurança.

Fraccari lhe deu voz de prisão, e ele não ofereceu nenhuma resistência. Prendeu seus punhos com a algema e perguntou sobre o engenheiro Mikhail Schroeder e a bioquímica Karina Dimitrovich.

Bayne simplesmente apontou para a tela de um dos monitores, que mostrava os dois fechados no laboratório, devidamente protegidos por roupas especiais e máscaras com filtros de ar, para evitar contaminação biológica.

Fraccari puxou Bayne pelo braço e ordenou que ele os acompanhasse até o laboratório. Entraram em uma sala grande e depararam com o laboratório cercado por vidros blindados transparentes, permitindo completa visualização do seu interior. A porta estava trancada por dentro. Logo avistaram o engenheiro e a bioquímica, sentados e esperando calmamente.

Fraccari questionou Bayne:

– Como podemos manter contato com eles?

Ele indicou um botão, que acionava o sistema que permitia a comunicação com a parte interna do laboratório.

Fraccari acionou o botão, se apresentou e informou que estava ali para cumprir uma ordem de prisão contra eles emitida por um juiz federal de San Pietro. A bioquímica, com um rústico sotaque russo, foi objetiva na resposta:

– Não perca seu tempo, delegado. Rendição é uma palavra que não existe no meu dicionário.

– Essa atitude não vai ajudar em nada – respondeu Fraccari.

– Se eu fosse você, prestaria mais atenção no risco que estão correndo – ameaçou Karina.

– Do que está falando?

Ela se levantou da cadeira e virou um monitor para que Fraccari pudesse ver a imagem estampada na tela: uma dezena de drones distribuídos na laje sobre o prédio da Fundação.

Fraccari sentiu um arrepio subir pela espinha. Entendeu logo a gravidade da situação.

– É disso que estou falando. Se vocês não atenderem ao que pedirmos, esses drones vão decolar em direção à cidade. Basta eu apertar um único botão e, em trinta segundos, atingirão os alvos programados.

– Você não está falando sério, não é mesmo?

– Você é surdo? É claro que estou falando sério. Vocês têm uma hora para fornecer o que vou lhe pedir. Do contrário, vou espalhar o vírus pelas principais áreas da cidade.

– Está certo! Então, me diga o que quer.

– Quero que disponibilizem um helicóptero, dois milhões de dólares e passagem livre para sairmos daqui.

– Eu preciso de mais tempo. Não acho que será possível conseguir tudo isso em apenas uma hora.

– Vou lhe dar trinta minutos a mais, e o tempo começa a contar a partir de agora. Acho melhor correr, delegado.

– Está bem. Vou avisar meus superiores sobre suas exigências.

– Outra coisa. Tenho câmeras cobrindo todo o perímetro do entorno do prédio. Não deixe ninguém se aproximar dos drones, senão aperto o botão.

– Fiquem calmos, que não faremos coisa alguma – respondeu Fraccari, saindo da sala e arrastando Bayne com ele.

– Isso que ela disse é verdade ou ela está blefando?

– Ela falou a verdade, e, se eu fosse você, levaria a sério a ameaça. Ela é completamente doida – respondeu Bayne, um tanto assustado com a situação.

Fraccari pensou rápido e percebeu, pelas informações que recebera sobre Karina Dimitrovich, que não havia o que negociar. Afastou-se e fez contato com o marechal Levy.

– Marechal, é o agente Jayme Fraccari. Estou cumprindo o mandado de prisão na Fundação FPDM, em San Martin, e estamos enfrentando uma situação de alto risco para a população local. A bioquímica responsável pelo desenvolvimento do vírus mortal está fechada dentro do laboratório, junto com o engenheiro alemão, fazendo exigências para não espalhar o vírus pela cidade através de drones que estão preparados para decolar. Não estou vendo nenhuma possibilidade de eles se renderem pacificamente.

– Estou informado sobre as atividades ilegais da FPDM e já entendi a situação. Sei o que é preciso fazer. Quanto tempo nós temos? – perguntou o marechal.

– Aproximadamente uma hora e vinte minutos – respondeu Fraccari.

– Retirem todos em um raio de dois mil metros do local e mantenha conversações amistosas com ela por mais uma hora. Depois, retire-se o mais rápido possível – instruiu o marechal.

– Está bem, marechal. Entendido – respondeu Fraccari, desligando.

Fraccari pediu aos colegas que evacuassem completamente o prédio, levando Raphael Bayne com eles. Avisou para que não ficasse ninguém num raio de dois mil metros em torno da Fundação.

Todos deveriam se retirar, deixando apenas um dos carros para ele usar. Em seguida, foi para a porta do laboratório a fim de reativar as conversações com a bioquímica.

– Seu pedido foi transmitido. Estão avaliando e darão uma resposta dentro de aproximadamente uma hora – explicou Fraccari.

– Está bem. Vamos esperar – respondeu calmamente a bioquímica.

Mikhail Schroeder não estava satisfeito com o andamento da situação; não confiava na estratégia de sua colega Karina Dimitrovich.

– Acho que não vamos conseguir sair dessa.

– Fique tranquilo que tenho tudo planejado.

– Quem me garante que não vão explodir o prédio com a gente aqui dentro? – questionou Schroeder, desconfiado de que isso pudesse acontecer.

– Não seja idiota! Não estamos lidando com militares; eles é que gostam de explodir prédios. Os federais são mais educados e não teriam coragem de fazer uma coisa dessas.

– Como pretende sair daqui com um helicóptero? Eles vão nos seguir, não temos como fugir.

– Vou exigir que não nos sigam. Eles sabem que podemos monitorar os drones a distância. Em poucos minutos chegaremos à Base Aérea Simón Bolívar, onde o coronel Callahan nos dará cobertura. Com o estoque de drones e de vírus que lá existe, teremos cacife para novamente chantageá-los. E o mais importante: poderemos fugir com um dos caças que estão estacionados na Base.

– Por acaso você sabe pilotar um caça?

– É claro que sim. Fiz parte do programa de formação de pilotos na antiga União Soviética.

Passados exatamente 55 minutos, Fraccari voltou a se comunicar com a bioquímica Karina Dimitrovich:

– Vou me retirar por alguns minutos para verificar com meus superiores se o helicóptero já está a caminho.

– Está bem, mas lembre-se: seu tempo está se esgotando – respondeu Karina.

Fraccari se retirou e foi em direção ao carro parado na frente do prédio. Ligou o motor e partiu em retirada, afastando-se o mais rápido que podia, até encontrar os colegas que tinham parado os carros na estrada.

Posicionaram-se em um ponto alto, do qual podiam avistar todo o prédio da Fundação. Não demorou e escutaram um barulho ensurdecedor.

Um caça da força aérea se aproximou em voo de baixa altitude. Disparou dois mísseis, que em fração de segundo explodiram diretamente sobre o prédio da Fundação, deixando tudo completamente destruído e totalmente carbonizado. Qualquer possibilidade de propagação do vírus mortal foi eliminada por completo, junto com os mentores da ameaça.

Jayme Fraccari ordenou que os soldados da Guarda Municipal isolassem a área e não permitissem a aproximação de ninguém, até receberem instruções das investigações federais que seriam iniciadas.

Retiraram-se, levando apenas Raphael Bayne para a prisão em San Pietro.

[72]

FAZENDA PARAGUAÇU – 9h58

Quatro helicópteros Eurocopter EC725 pousaram em um descampado a três quilômetros da fazenda Paraguaçu, na área rural de San Martin. O tenente-coronel Milton de Oliveira Dutra reuniu seus soldados de elite e repassou as instruções que já haviam combinado.

Testaram os equipamentos de comunicação, separaram-se em quatro grupos e se movimentaram em direção à sede da fazenda, onde estavam alojados os mercenários.

Eram 10h25 quando estavam todos posicionados, cercando a casa-sede da fazenda, aguardando apenas o sinal do comandante para iniciarem as ações.

A casa era grande e cercada por varandas. Estava construída no centro de um extenso gramado e no entorno. A propriedade estava toda cercada por uma plantação de eucaliptos, deixando livre apenas a estreita estrada de acesso.

Os soldados do Exército estavam posicionados em volta do gramado, mas ainda protegidos pelas árvores. O tenente-coronel observou que os mercenários estavam descontraídos e não demonstravam muita preocupação com a segurança. Alguns circulavam pela varanda no entorno da casa, outros jogavam vôlei no gramado, um pequeno grupo encontrava-se reunido em volta de uma mesa na varanda jogando cartas.

Apenas quatro homens fortemente armados cuidavam da segurança do local. Portavam pistolas no coldre e metralhadoras leves penduradas no ombro. Estavam distribuídos nos cantos do gramado.

O coronel observou que os demais, que estavam à vista, portavam apenas armas de fogo na cintura.

O tenente-coronel Dutra recebeu informações de que o grupo era composto de quarenta mercenários. Contou 25 homens do lado de fora e calculou que os outros quinze deviam estar dentro da casa.

Ele conhecia a periculosidade dos mercenários. Eram treinados para combate, assassinos cruéis, sem nenhum escrúpulo e que agiam apenas movidos pelo dinheiro. Por isso planejou fazer um ataque com tiros à distância. Evitar um confronto direto era a melhor forma de não ter baixas em sua equipe.

Pensou no tipo de trabalho que aqueles canalhas tinham aceitado fazer e mais uma vez decidiu: não havia nenhuma razão para ter clemência com aqueles miseráveis.

Os soldados portavam rifles americanos automáticos M4A1 com mira telescópica e pentes de trinta tiros e pistolas alemãs H&K USP 9 milímetros. Alguns usavam metralhadoras belgas FN Minimi, para aplicar rajadas de tiro e intimidar o inimigo. Tinham, ainda, lançadores de gás, granadas e lança-mísseis de pequeno porte, para serem usados apenas em último caso.

O tenente-coronel comandava o grupo que estava posicionado no lado sul, em frente à porta principal da casa. Transmitiu a ordem para iniciar o ataque:

– Equipes leste e oeste, preparem-se para atirar ao meu sinal. Equipe norte, posicione-se nos fundos. E, se alguém sair, atirem para matar – ordenou o tenente-coronel, disparando o primeiro tiro, dando assim início ao ataque.

Os primeiros tiros acertaram os alvos e deixaram vários mercenários fora de combate. Logo eles reagiram e revidaram, disparando contra os soldados, apesar de não terem visão do inimigo. Alguns se jogavam no chão, outros buscavam proteção dentro da casa. A saraivada de tiros continuava, até o tenente-coronel ordenar um cessar-fogo para avaliar a situação.

Dos 25 mercenários que estavam do lado de fora, dez estavam caídos e pareciam sem vida. Cinco estavam feridos e tentavam se mover para um lugar seguro, e os outros dez conseguiram entrar na casa.

– Agora são vinte e cinco dentro da casa – estimou Dutra.

O tenente-coronel se comunicou com as equipes e confirmou que estavam todos bem, e pediu para manterem as posições. Com um megafone, ele tentou convencer os mercenários a se renderem.

– Vocês estão cercados por um grupo de soldados de elite do Exército. Somos oitenta homens treinados para o combate. Se querem preservar suas vidas, rendam-se agora.

Um dos homens dentro da casa assumiu a liderança e respondeu irritado:

– Pode esquecer esse papo, soldado! Se quiser nos pegar terá que vir até aqui porque não vamos nos render!

– Eu vou dar a vocês cinco minutos para baixarem as armas e se renderem. Se fizerem isso, prometo que sairão com vida.

– Você é surdo, soldado? Eis a nossa resposta! – reagiu, gritando o mercenário líder e atirando a esmo para fora, no que foi seguido pelos demais.

Percebendo que não se renderiam, o tenente-coronel deu uma ordem aos seus soldados:

– Vamos lançar as bombas de gás lacrimogênio no interior da casa, através dos vidros das janelas. E se preparem para atirar no momento em que saírem.

Mais de uma dezena de bombas foram lançadas no interior da casa, espalhando uma densa fumaça, que dificultava a respiração e impedia a visão. Alguns homens saíram atirando e foram abatidos por tiros certeiros dos soldados. Mais uma vez, o tenente-coronel usou o megafone para pedir que largassem as armas e se rendessem.

– Vocês estão cercados e não há como fugir! Rendam-se e pouparemos as vidas daqueles que ainda restam!

Desta vez, o líder não se manifestou. Fez-se um longo silêncio e o tenente-coronel decidiu esperar. Não demorou muito e o líder gritou:

– Está bem! Nós vamos sair e estamos nos rendendo!

– Saiam devagar e joguem as armas no chão onde possam ser vistas! – ordenou o tenente-coronel.

Os mercenários que tinham sobrado saíram da casa e depositaram suas armas no chão da varanda. O tenente-coronel contou catorze homens e, como mais oito tinham sido abatidos, calculou que, dos 25 que haviam entrado na casa, três ainda estavam em seu interior. Fez contato com a Equipe Norte:

– Equipe Norte! Entrem com cuidado pelos fundos da casa. Três deles ainda estão lá e pelo jeito não pretendem se render. Tomem cuidado, podem ser mais de três.

A Equipe Norte, com vinte integrantes protegidos por máscaras de gás e carregando um equipamento de detecção de presença, que localizava o inimigo pela temperatura do corpo, entrou silenciosamente na casa pela porta dos fundos. Alguns minutos depois, três estampidos, quase ao mesmo tempo, quebraram o silêncio da espera. O líder da equipe se comunicou com o tenente-coronel.

– Os três estão fora de combate, coronel. Checamos a casa toda e não há mais ninguém.

– Bom trabalho, soldado. Vamos nos aproximar e algemar os que se renderam – ordenou o tenente-coronel.

Os soldados se aproximaram com os rifles ainda apontados para os mercenários em pé, na varanda. Recolheram as armas que estavam no chão, algemaram e revistaram cada um deles, inclusive os que estavam feridos.

Os mortos foram colocados em um saco escuro fechado com zíper para serem transportados. Em seguida, o tenente-coronel fez contato com os helicópteros que estavam estacionados a três quilômetros de distância, pedindo que pousassem nas proximidades da casa.

No primeiro helicóptero embarcaram os feridos e alguns soldados da equipe. Nos demais, distribuiu os corpos e os soldados restantes. Ficaram dez soldados para guardar a sede da fazenda até que a equipe de investigação viesse para fazer uma análise completa no local.

Durante o voo de volta ao Quartel do Batalhão de Infantaria, em San Juan, o coronel Dutra fez contato com o marechal Levy, no Clube Militar, para transmitir um balanço da operação:

– Missão cumprida, marechal. Sem nenhuma baixa. Eram mesmo quarenta mercenários. Dezenove foram presos, dos quais cinco estão feridos sem gravidade e vinte e um foram mortos no combate. Os presos ficarão no batalhão até segunda ordem.

– Muito bem, coronel Dutra. Ótimo trabalho! Transmita minhas congratulações aos homens.

– Obrigado, marechal. Foi uma honra estar sob seu comando – respondeu o coronel Dutra, desligando em seguida.

[73]

MINISTÉRIO DA DEFESA – 10h25

O delegado federal Xavier Martinho e um grupo de agentes que o acompanhava se apresentaram na recepção, com o mandado de prisão contra o general Hector Amon. De pronto, receberam a informação de que ele não estava no prédio.

Xavier subiu rapidamente até o gabinete do ministro, onde a secretária informou que ele havia embarcado no helicóptero estacionado no topo do prédio e partido para lugar ignorado. Ele mesmo pilotava a aeronave.

O delegado especulou que o general ficara sabendo dos mandados de prisão e fugiu antes que chegassem para prendê-lo. Ele entrou no gabinete para buscar alguma evidência do destino do general. Tudo estava bem-arrumado e organizado. Nem parecia que ele havia saído com pressa.

Chamou dois agentes e pediu que lacrassem a porta e mantivessem vigilância até a chegada dos peritos, que iriam passar um pente-fino na sala e recolher provas e documentos que dariam suporte às acusações contra o ministro Hector Amon.

Ligou para Samuel Blummer e avisou do acontecido.

[74]

MINISTÉRIO DA CASA CIVIL – 10h25

Samuel Blummer, acompanhado de um grupo de agentes federais, chegou em frente ao prédio do Ministério. Estranhou o tumulto e a aglomeração de pessoas em volta de um corpo estendido no piso do pátio.

Aproximou-se para descobrir o que estava acontecendo e logo reconheceu o ministro Enrico Maya inerte sobre uma enorme poça de sangue.

Imediatamente, deu ordens aos agentes para cobrirem o corpo, isolar a área e dispersar os curiosos.

Em seguida, apresentou-se na recepção e subiu até o gabinete do ministro, acompanhado do chefe de segurança do prédio, para investigar o que havia acontecido. Logo foi informado, pela apavorada secretária, que Ricco Cameron havia sido a última pessoa que esteve com o ministro e que ele chegou e saiu de helicóptero. *Mais uma vez o desgraçado do Cameron. Mas por que ele fez isso?*, pensou, sem entender as razões para Cameron ter assassinado seu cúmplice.

Ouviu o toque do celular. Era Xavier Martinho.

– O general Amon conseguiu fugir um pouco antes de chegarmos para prendê-lo.

– Aqui a situação é um pouco pior. O ministro Maya está morto. Provavelmente, foi obra de Cameron, que foi a última pessoa que esteve com ele.

– E como ele conseguiu escapar?

– Com um helicóptero, no topo do prédio.

– O general também escapou pilotando um helicóptero. Onde será que ele pretende se esconder? – indagou Xavier.

– Talvez na Base Aérea Simón Bolívar, um lugar onde se sentiria seguro – especulou Blummer.

– É melhor avisar o coronel Prado.

– Faça isso, Xavier. Vou dar uma olhada na sala do ministro. Talvez eu encontre alguma coisa importante – concluiu Blummer desligando.

A porta estava entreaberta. Blummer a empurrou, tocando com o dedo dobrado, e entrou na sala. O chefe da segurança ainda o acompanhava de perto. Parecia um cão de guarda. Não desgrudava dele.

– Não toque em nada. Não quero contaminar o ambiente com novas impressões digitais – ordenou Blummer.

Usou seu comunicador e pediu que viessem três agentes para dar apoio, trazendo embalagens para coleta de provas, fitas de isolamento e lacre para que o ambiente não fosse violado antes de a perícia iniciar seu trabalho.

Deu uma olhada no entorno e deparou com o cofre na parede. Percebeu que não estava fechado. Havia uma pequena fresta. Pegou uma caneta que trazia no bolso, enfiou a ponta na fresta e moveu a porta, deixando à vista o interior do cofre.

Avistou o pequeno laptop apoiado sobre uma pilha de documentos. Os três agentes entraram juntos na sala.

– Um par de luvas e um saco plástico, por favor – pediu Blummer.

Um dos agentes lhe entregou o que pediu. Ele colocou as luvas de borracha transparente e abriu o saco plástico. Pegou o laptop dentro do cofre e o introduziu cuidadosamente dentro do saco.

Pediu aos agentes que isolassem a área e lacrassem a porta da sala, dizendo que deveriam se revezar montando guarda até a chegada da perícia.

Blummer dirigiu-se à porta para deixar a sala e pediu que o chefe da segurança fizesse o mesmo.

– O senhor pretende levar o computador? – questionou o segurança.

– Sim, estou confiscando como possível elemento de prova.

– Não posso deixar o senhor fazer isso. Quero lhe pedir para deixar o computador aonde o encontrou.

Blummer nem se preocupou em dar uma resposta. Tirou do bolso da jaqueta o mandado de prisão, busca e apreensão de provas, emitido pelo juiz Galletti, e o estampou no peito do chefe da segurança.

– Leia isso, rapaz. Se ainda restar alguma dúvida, é só me avisar.

Blummer teclou o celular para chamar o juiz Érico Galletti. Ele atendeu de imediato:

– Estou ouvindo, Blummer.

– O ministro Maya foi assassinado, provavelmente por Ricco Cameron. Ele desapareceu, e o general Amon também está foragido.

– Isso não é bom!

– Estou com o laptop pessoal do ministro Maya. Nele, certamente, estão guardados muitos segredos da quadrilha.

– Mas como conseguiu o laptop?

– Estava dentro do cofre na sala do ministro. O cofre estava aberto. Provavelmente, ele foi morto antes de fechá-lo, e Cameron se preocupou em levar apenas o dinheiro.

– É verdade! Esse laptop pode conter informações muito importantes. O que pretende fazer?

– Decerto ele está protegido por senha. Posso levar para uma pessoa que consegue decifrar, mas gostaria de ter sua autorização.

– Tem razão. Precisamos cuidar para não perder a legitimidade da prova.

– Se o senhor estiver presente, acho que estaria resolvido.

– Ok. Eu vou com você e consultarei o general Mendes, para o caso de ele também desejar estar presente. Passe para me pegar. Quando estiver na recepção do prédio, ligue no meu celular que sairei para encontrá-lo.

– Combinado.

[75]

BASE AÉREA SIMÓN BOLÍVAR – 10h20

O coronel aviador Mariano de Arruda Prado estava a bordo de um avião bimotor Turboélice Airbus C-295 da força aérea, transportando 130 soldados de elite. Sobrevoava a base aérea, pedindo autorização à torre de controle para pousar e reabastecer.

– Controle da Base Simón Bolívar. Sou o coronel Mariano de Arruda Prado, comandante da Base Aérea de San Sebastian, cumprindo missão de treinamento. Solicito autorização de pouso para reabastecimento urgente.

– Nossa base está fechada para pouso, coronel. Solicitamos que se dirija à Base Aérea de San Pietro – respondeu a torre de controle.

– Tentei fazer isso, soldado, mas San Pietro está com a pista em manutenção e não foi possível pousar lá. A pista da Base Simón Bolívar é nossa única alternativa – explicou o coronel.

Após alguns minutos de silêncio, a torre respondeu:

– Está bem, coronel. O pouso está autorizado. Aproxime-se pelo norte e estacione as aeronaves na primeira saída à sua direita.

– Ok, torre. Entendido e obrigado – respondeu o coronel, terminando a comunicação e iniciando os procedimentos de pouso.

Assim que pousou o avião e estacionou no lugar indicado pela torre, o coronel desembarcou acompanhado por três oficiais.

Um jipe dirigido por um soldado da base aérea encostou. O soldado prestou continência ao coronel e aos oficiais e ofereceu transporte até o escritório central. Ele aceitou e pediu para serem levados à presença do comandante, coronel Magno Callahan.

No caminho, o coronel atendeu ao celular. Era Xavier Martinho, transmitindo uma informação importante.

– Não se preocupe. Estaremos preparados.

O soldado estacionou o jipe em frente à porta de entrada do escritório central. Todos desceram e entraram na recepção, onde um taifeiro, ajudante de ordens, prontamente se apresentou e se colocou à disposição.

O coronel apresentou-se e repetiu o pedido para ver o comandante da base.

– Sim, coronel. Aguarde um minuto que vou anunciá-lo e volto em seguida.

Não demorou e o taifeiro retornou pedindo que o coronel o acompanhasse. Ele o levaria ao comandante. Chegaram ao escritório do comandante e o taifeiro bateu na porta e entrou. Apresentou o coronel Prado e os três oficiais que o acompanhavam. Em seguida, retirou-se e fechou a porta.

O coronel Magno Callahan não se deu o trabalho de levantar. Cumprimentou o coronel Prado e os dois oficiais da poltrona em que estava confortavelmente sentado – um gesto totalmente contrário ao regulamento das Forças Armadas.

– É uma surpresa essa visita, coronel. Além de fornecer combustível para reabastecer seu avião, o que mais posso fazer pelo senhor?

– Bem, coronel Callahan, o que me traz aqui é uma missão muito difícil, mas terei que cumpri-la da melhor forma possível.

– Não estou entendendo, coronel Prado – reagiu o coronel Callahan intrigado.

O coronel Mariano de Arruda Prado tirou os documentos que levava em uma pasta de couro e entregou ao coronel Magno Callahan, que empalideceu assim que tomou conhecimento do conteúdo.

– Vocês estão aqui para cumprir ordens de prisão contra mim e meus oficiais que servem nessa base? É por isso que estão aqui? – questionou enfurecido.

– É isso mesmo, coronel Callahan. Está preso e tem o direito de ficar calado. Tudo o que disser poderá ser usado contra o senhor nos tribunais, e tem direito a um advogado – respondeu o coronel Prado, dando voz de prisão ao comandante da base.

– Você deve estar louco, coronel! Não tem poderes para fazer isso! Eu fui nomeado comandante desta base diretamente pelo ministro da Defesa, e apenas ele pode me destituir. Ninguém mais! – reagiu Callahan, indignado com a situação, sem entender direito o que estava acontecendo.

– Eu tenho aqui, para lhe mostrar, que o ministro da Defesa, general Hector Amon, também está sendo preso neste mesmo momento – explicou o coronel Prado, mostrando cópia do mandado de prisão contra o general.

– Seja como for, coronel, não vou me render assim. Tenho mil e duzentos homens que estão sob meu comando nesta base, e eles lutarão a meu lado. Basta ordenar.

– Pense bem, coronel Callahan. Não piore sua situação. Não poderá enfrentar as Forças Armadas do país inteiro e só vai aumentar a lista de acusações que existem contra o senhor. Além disso, tenho certeza de que, quando os soldados da base tomarem conhecimento das acusações que pesam contra o senhor, eles não ficarão ao seu lado.

– Isso é o que vamos ver, coronel! – respondeu Callahan, levantando-se e indo em direção à porta, no que foi prontamente retido pelos oficiais, que seguraram seus braços para trás e o algemaram, obrigando-o a se sentar na poltrona novamente.

Nesse momento, o comandante percebeu que não tinha saída. Estava vencido e não sabia o que fazer para se livrar daquela situação.

– Você fica cuidando do coronel e faça o que for preciso para ele não sair da sala. Vocês dois, venham comigo para dar sequência à operação – ordenou o coronel Prado.

O coronel e dois oficiais saíram da sala e foram ter com o taifeiro na recepção, pedindo que acionasse o toque de recolher da base, para que todos voltassem aos seus alojamentos. O taifeiro ficou um pouco indeciso, mas não conseguiu reagir contra as ordens de um coronel. Acionou a sirene, indicando o toque de recolher.

Os soldados, que estavam distribuídos em várias atividades, começaram a voltar para seus alojamentos. Os oficiais que os comandavam nas atividades retornaram surpresos para o escritório central, para tomarem conhecimento dos motivos do toque de recolher. Encontram o coronel Prado na porta de entrada, indicando que todos se dirigissem ao refeitório dos oficiais, onde receberiam informações sobre a situação.

O coronel portava um comunicador para fazer contato com o avião estacionado e autorizou o desembarque dos soldados que aguardavam em seu interior. Os soldados já tinham sido instruídos sobre os detalhes da planta de construção da base e sabiam para onde deveriam se dirigir sem chamar atenção.

Quando o coronel Prado contou os vinte oficiais que se encaminharam e entraram no refeitório, ele entrou e se apresentou a todos:

– Sou o coronel aviador Mariano de Arruda Prado e fui nomeado comandante interino da Base Aérea Simón Bolívar. Aqui está o documento assinado pelo presidente do Superior Tribunal Militar, em San Pietro.

Os oficiais mal podiam acreditar no que ouviam e logo perguntaram sobre o comandante Magno Callahan.

– Seu comandante está preso. Foi acusado de corrupção, traição à pátria e às normas do Exército. Ele será levado à corte marcial, da mesma forma que todos vocês, que também estão sendo presos neste momento, por ordem do general Caetano Mendes – explicou o coronel Prado, no mesmo momento que trinta soldados armados entraram no refeitório e cercaram os vinte oficiais.

Todos foram desarmados, algemados e levados às celas existentes na base, para onde também foi levado o ex-comandante Callahan.

Pelo sistema de som interno, que atingia todo o ambiente da base aérea, o coronel Prado convocou todos os soldados, cabos e sargentos que estavam em seus alojamentos para que se apresentassem desarmados no pátio principal da base, onde receberiam instruções.

Os demais soldados que desembarcaram dos aviões estavam distribuídos em diversos pontos estratégicos da base, cercando todo o perímetro do pátio principal.

Quando todos já estavam reunidos e alinhados, ouviu-se o barulho ensurdecedor de dois caças supersônicos Northrop F5 que sobrevoavam a base aérea repetidas vezes, e de uma frota de helicópteros EC135, armados com metralhadoras e lança-mísseis, como se estivessem mostrando sua presença. E o coronel aproveitou o momento para se manifestar:

– Senhores, não se preocupem! Os caças e os helicópteros estão apenas verificando se tudo está sob controle na base. Sou o coronel aviador Mariano de Arruda Prado e fui nomeado comandante interino da Base Aérea Simón Bolívar, por ordem do general Caetano Mendes, presidente do Superior Tribunal Militar, que também expediu mandado de prisão contra seu ex-comandante, o coronel Magno Callahan, e contra vinte oficiais que serviam nesta base. Todos são acusados de corrupção, traição à pátria e às normas das Forças Armadas. Serão levados à corte marcial para responderem por seus crimes. Os acontecimentos que ocorreram nessa base, sob o comando do coronel Callahan, estarão sob um amplo processo de investigação. Peço a colaboração de todos vocês para que isso seja levado a bom termo. E também peço que cumpram seu juramento de defender a pátria acima de tudo. Por isso eu pergunto a cada um: vocês estão comigo?

E todos responderam quase ao mesmo tempo:

– Sim, coronel. Estamos com o senhor.

– Obrigado, soldados. Eu não poderia esperar uma resposta diferente. Vamos juntos consertar os erros que aqui aconteceram e virar uma página triste na história das nossas Forças Armadas – concluiu o coronel, liberando a todos para voltarem aos seus alojamentos, informando que logo novos oficiais estariam divulgando o planejamento das atividades da base.

A Base Aérea Simón Bolívar estava livre do comandante corrupto coronel Magno Callahan. O coronel Prado escalou vinte oficiais para organizar as atividades dos soldados da base e iniciou os preparativos para levar os presos à Base Aérea de Santa Cruz, em San Sebastian. Depois, fez contato com o marechal Levy.

– Missão cumprida, marechal. A Base Simón Bolívar está sob nosso controle e todos os envolvidos estão presos. Estou me preparando para levá-los para a prisão na base aérea de Santa Cruz.

– Bom trabalho, coronel. É bom saber que cumpriu sua missão com êxito. Transmita minhas congratulações à tropa. Tudo está caminhando dentro do previsto – respondeu o marechal.

– Obrigado, marechal. Foi uma honra estar sob seu comando – respondeu o coronel, desligando.

Assim que desligou, um dos oficiais se aproximou do coronel para informar o que tinha encontrado:

– Coronel, encontramos uma sala anexa ao almoxarifado com um volumoso estoque de caixas de chumbo lacradas, parecendo armazenagem de urânio, e também quase uma centena de caixas de madeira contendo minidrones com um frasco metálico acoplado.

– Muito bem, oficial. Bom trabalho. Eu sei do que se trata. Lacre a porta da sala e organize um revezamento de segurança, para manter a sala permanentemente protegida até a chegada dos peritos responsáveis pela investigação militar – ordenou o coronel Prado.

[76]

AGÊNCIA FEDERAL DE INVESTIGAÇÃO – 10h25

Quatro viaturas da Polícia Civil encostaram na frente da Agência Federal de Investigação. Desceram doze policiais comandados por Aaron Hades, reintegrado às suas funções de delegado federal, por determinação do juiz Érico Galletti.

Os homens foram cedidos pelo delegado Macedo; Hades achou melhor não expor agentes federais em confronto uns com os outros e preferiu ter o suporte de policiais civis.

Hades ordenou que se posicionassem na entrada do prédio. Calculou que se houvesse um confronto seria na saída e não dentro do prédio. Em seguida, afastou-se alguns metros para conversar com um homem que o esperava na calçada. Cumprimentaram-se amistosamente, conversaram alguns minutos e se afastaram. Hades pediu que os dois policiais o acompanhassem. Às onze em ponto, entraram em direção à recepção.

Hades apresentou suas credenciais e a ordem de prisão contra o diretor-geral Octávio Luiz Carter. Logo chamaram o chefe de segurança do prédio.

– Olá, agente Hades. Como vai?

– Vou bem, Nunes. E você? Como tem passado? – respondeu Hades.

Nunes era um funcionário antigo da Agência Federal, responsável pela equipe de segurança da recepção do prédio.

– As coisas aqui estão cada vez mais difíceis, agente Hades. Mas estou vendo que você veio cumprir um mandado de prisão.

– É isso mesmo, Nunes. Espero que você não dificulte minha entrada.

– De maneira alguma. Você e seus homens estão liberados para entrar. Desejo que tenham boa sorte e que tudo termine bem – respondeu Nunes, abrindo uma das cancelas para Hades e os dois policiais passarem e seguirem em direção ao hall dos elevadores.

Tomaram o elevador até o andar onde ficava o gabinete do diretor Carter. Entraram no gabinete, passaram pela secretária e entraram sem bater na sala, onde Carter falava ao telefone, espalhado em uma confortável poltrona.

– O que é isso? Por que essa invasão repentina, agente Hades? – questionou Carter surpreso, desligando o telefone.

– Estou aqui para prendê-lo, Dr. Octávio Luiz Carter – respondeu Hades, entregando o mandado de prisão emitido pelo juiz federal Érico Galletti.

Carter levantou da cadeira, pegou o documento, leu várias vezes os termos e sentou novamente. Ficou pálido, suando frio e com as mãos trêmulas. Não imaginava que uma coisa daquelas pudesse acontecer.

– Deve ter algum engano, Hades, ou então é um documento falso e você está aqui apenas para me pregar uma peça – disse Carter, na esperança de que aquela situação não fosse verdade.

– O documento é legítimo, Carter. E saiba que todos os seus colegas da quadrilha também estão sendo presos neste exato momento. Seus dias de desmando e corrupção acabaram e você vai para a cadeia.

Carter ficou sem saber o que fazer por alguns instantes, mas aos poucos foi se recompondo e reagiu:

– Está bem, Hades. Irei com vocês, mas me deixe apenas ligar para meu advogado.

– Você tem esse direito – concordou Hades.

Carter pegou o telefone, teclou um número e do outro lado da linha um homem atendeu.

– Pois não, Dr. Carter.

– Junte todos os homens que temos disponíveis, fechem as saídas e cerquem o prédio. Estou sendo sequestrado neste exato momento – expressou Carter, falando rápido, e Hades não teve tempo de impedi-lo.

– Você é mesmo um imbecil, Carter! Escolheu a forma mais difícil e só vai aumentar as acusações que pesam contra você – disse Hades, ordenando aos policiais que algemassem o diretor.

Aaron Hades e os dois policiais, conduzindo Carter algemado, tomaram o elevador até o térreo, onde se dirigiram para a saída. Quando cruzaram a porta em direção ao pátio na frente do prédio, foram completamente cercados por pelo menos vinte agentes federais fiéis a Carter. Eles apontavam suas armas para o agente Hades. O comando estava com o agente Gonzalez, que ordenou berrando:

– Solte o diretor Carter e saia daqui, agente Hades, antes que eu lhe meta uma bala na cabeça!

Aaron Hades olhou em volta e reconheceu muitos dos agentes que estavam no grupo. Respondeu calmamente:

– Sei muito bem quem você é, Gonzalez. Para conseguir vantagens se transformou num capacho do diretor Carter. Mas agora está indo longe demais.

– Não fale besteiras, Hades! Vamos! Solte o homem!

– Conheço a maior parte de vocês que está seguindo esse crápula – expressou Hades, olhando para o grupo de agentes que o cercava. – Vocês também me conhecem e sabem muito bem que eu não sou de fugir das minhas responsabilidades. Estou aqui cumprindo uma ordem de prisão contra o diretor Carter, emitida pelo juiz federal Érico Galletti, presidente do Superior Tribunal de Justiça. Não sairei daqui sem ele. Vocês têm a escolha de saírem do caminho ou serem presos por obstruir a justiça.

– Não vou falar de novo, Hades. Solte o homem e caia fora! – respondeu o agente Gonzalez irritado, quando percebeu, surpreso, que os dez policiais que estavam do lado de fora se aproximaram com as armas em punho. Mas, vendo que ainda tinha um grupo mais numeroso, insistiu: – Esses homens não me assustam, Hades! Ainda somos maioria e, se você quiser evitar uma tragédia, solte o diretor Carter e saia daqui.

– Vou repetir, senhores. Vocês me conhecem e sabem que não sou de blefar, tampouco deixo de cumprir minhas responsabilidades. Então, aviso a todos que a situação vai piorar muito mais e sofrerão as consequências dessa insanidade. Por isso vou dar mais uma chance. Aqueles que desistirem, guardando as armas e se retirando daqui agora, serão poupados de irem para a prisão – manifestou-se Hades mais uma vez, com voz firme e decidida.

Uma grande parte dos agentes que estavam no grupo e que apoiavam o diretor Carter sabia que Aaron Hades era uma lenda entre os agentes federais, um homem que servira a Agência por 25 anos e tinha o respeito de todos pela eficiência do seu trabalho e pelos seus princípios éticos.

Sabiam que ele sempre estava do lado da verdade e da justiça. Além disso, era conhecido por sua coragem, sendo o único agente com três condecorações por bravura em combate. E, certamente, alguns deles se lembraram: ele tinha as chaves do inferno e mandaria para lá todos aqueles que fizessem por merecer. Portanto, não iam insultar aquele homem.

Parte do grupo guardou as armas e lentamente começou a se retirar. O agente Gonzalez começou a entrar em pânico quando contou que apenas oito colegas ainda estavam com ele e eram todos muito jovens.

– Voltem aqui, seus covardes! Temos compromisso com nosso diretor e não podemos deixar que ele seja levado para a prisão.

– Desista, rapaz. Você está cometendo um grande erro influenciando jovens agentes a seguirem um caminho errado e sem volta – argumentou Aaron Hades.

– Negativo, Hades. Solte o homem e caia fora, senão vamos começar a atirar e você será o primeiro que vou acertar – falou o agente Gonzalez, dando um passo à frente e apontando a arma próximo à cabeça de Hades.

Nesse delírio de loucura, Gonzalez não percebeu que outros dez homens armados se aproximavam e, com a ajuda dos policiais civis, foram rendendo um a um os agentes que ainda apoiavam o diretor Carter. Quando ele se deu conta, tinha mais de uma dezena de armas apontadas para sua cabeça.

– Terminou, rapaz. Entregue a arma e renda-se antes que alguém resolva acabar com sua vida – pediu Hades.

O agente Gonzalez olhou para Carter, que a tudo assistia sem manifestar qualquer reação, e disse com voz embargada:

– Desculpe, diretor Carter, mas eles são muitos e não há nada que eu possa fazer – justificou Gonzalez, entregando a arma para Hades e se rendendo.

Carter estava congelado e não conseguiu pronunciar nenhuma palavra. Por um momento pensou que uma tragédia poderia ter acontecido e que ele mesmo seria uma vítima daquela situação irracional que havia iniciado. No final, ficou aliviado de a situação ter sido controlada sem maiores incidentes.

Hades teve ajuda de agentes federais, que vieram de diversas regiões do país, todos de sua absoluta confiança e com quem já havia trabalhado antes. Vieram atender seu chamado porque ele sabia que Carter não se entregaria facilmente e que tentaria provocar um confronto de perigosas proporções.

Mas, no final, tudo terminara bem e sem nenhuma baixa. Além do diretor Octávio Carter, levaram algemados para a 4ª Delegacia nove agentes federais acusados de obstruírem a justiça, pela tentativa de livrar Carter da prisão.

[77]

BASE AÉREA SIMÓN BOLÍVAR

Aproximadamente uma hora após deixar San Pietro, o general Hector Amon, a bordo de um helicóptero EC135, sobrevoava a Base Aérea Simón Bolívar.

Pediu autorização para pousar, no que foi atendido de imediato.

Pousou na área destinada aos helicópteros e encontrou um jipe com um soldado, que o aguardava. O soldado prestou continência e abriu a porta do jipe para ele entrar. Em seguida, partiu em direção ao prédio do escritório central da base.

Quando o jipe se aproximou, o general observou que existia um contingente de soldados armados formando um corredor na frente da porta de entrada. Pensou ser um gesto de cortesia e uma reverência à sua patente, mas assim que desceu estranhou não receber continência dos soldados. Andou em direção à porta de entrada e viu surgir na sua frente o coronel Mariano de Arruda Prado, que também não prestou a habitual continência a um superior.

– O senhor e seus soldados estão diante de um general. Mostre respeito, coronel – ordenou o general Amon.

– Sinto muito, ministro Hector Amon, mas pisou em cima da sua patente e envergonhou as Forças Armadas. Está preso por prática de corrupção, traição à pátria e às normas das Forças Armadas, por ordem do general Caetano Mendes, presidente do Superior Tribunal Militar – explicou o coronel Prado, entregando os documentos para o general.

O general olhou os documentos e mal podia acreditar no que acontecia. Não conseguia entender como, de uma hora para outra, seus planos tinham começado a desmoronar.

Por ordem do coronel Prado, um soldado se aproximou e desarmou o general, e um oficial que estava ao lado pegou um de seus braços para colocar as algemas. Foi surpreendido por um movimento rápido do general, que lhe deu uma chave de braço e sacou a arma que o oficial carregava no coldre, encostando-a em sua cabeça.

Os soldados que estavam em volta levantaram as armas e apontaram todos na direção do general. O coronel Prado pediu calma.

– Não faça isso, general! Não há saída. Assim só irá aumentar as acusações que pesam contra o senhor.

– Fique onde está, coronel, e peça que os soldados abaixem as armas, senão eu estouro os miolos deste oficial. Eu não tenho mais nada a perder.

– Está bem, general. O que quer fazer? – perguntou o coronel.

– Quero voltar ao helicóptero. E, assim que tiver embarcado, eu solto seu oficial. Dou minha palavra – pediu o general.

– Mas isso não será uma saída, general. Sabe que teremos que caçá-lo e não há como fugir – respondeu o coronel Prado.

– Eu tenho consciência dos meus crimes, coronel, mas escolho morrer em combate. Não quero ir para a prisão. O senhor é um militar e não pode me negar isso – pediu de novo o general.

– Está certo, general. Tenho sua palavra que deixará o oficial livre assim que embarcar no helicóptero?

– Sim, dou minha palavra de honra, se é que ela ainda vale.

O coronel Prado entendeu os propósitos do general. Percebeu que ele sabia que não tinha saída e não suportaria ser preso. Preferia morrer lutando. O coronel ordenou a um soldado que se aproximasse com um jipe e levasse o general e seu refém até o helicóptero, instruindo que não fossem seguidos.

Assim que saíram, o coronel ordenou que preparassem dois lança-mísseis e que ficassem a postos para atirar assim que ele autorizasse.

O jipe encostou a poucos metros do helicóptero. O general e seu refém desceram e, com a arma apontada contra a cabeça do oficial, eles entraram no helicóptero. O general ligou os motores e, quando estava pronto para decolar, abriu a porta e empurrou o oficial para fora. O oficial entrou no jipe e se afastou rapidamente, enquanto o general decolava, tentando sair do espaço aéreo da base.

O soldado com o lança-míssil mantinha o helicóptero na mira e estava pronto para atirar.

Em um gesto inesperado, mas previsto pelo coronel Prado, o general fez uma curva longa e voltou em direção à base novamente, indicando que lançaria o helicóptero contra os soldados que estavam no pátio em frente ao prédio do escritório central, repetindo o que faziam os japoneses camicases na Segunda Guerra Mundial.

No chão, os soldados se movimentaram buscando proteção, e o coronel, que a tudo acompanhava com um binóculo, deu ordem para calibrarem o alvo.

O soldado, com o lança-míssil no ombro, enquadrou o helicóptero no visor do equipamento.

– O alvo está na mira, coronel.

– Disparo autorizado, soldado.

O míssil acertou em cheio o helicóptero, que explodiu no ar, espalhando pedaços de metais por todos os lados da pista de pouso da Base Aérea Simón Bolívar. Era o fim do general Hector Amon e de seus delirantes planos de poder.

[78]

A operação foi um sucesso, exceto por não terem conseguido prender o perigoso e cruel Ricco Cameron, que continuava foragido. Mas todos os outros objetivos foram cumpridos como planejado. Não contavam com a morte do ministro Enrico Maya e do general Hector Hamon, mas eles mesmos foram os arquitetos do fim que tiveram.

Blummer chegou à casa na ilha acompanhado do juiz Érico Galletti e do general Caetano Mendes. Encontrou todos sentados na sala, conversando sobre o resultado das operações realizadas. Eles se cumprimentaram.

Eliza deu um abraço apertado em Blummer, que lhe fez um afago carinhoso no cabelo.

– Está tudo bem, querida. O juiz Galletti e o general Mendes estão aqui para ver o que tem neste laptop.

Blummer entregou o laptop para Isabella, dizendo:

– Era do ministro Enrico Maya. Acho que os planos da quadrilha estão todos aí. Use uma luva para não deixar digitais.

Todos foram para o escritório e sentaram-se em volta da mesa. Ela colocou uma luva de borracha, tirou o laptop do plástico, abriu e ligou. Em poucos segundos o sistema estampou na tela um pedido de senha de acesso.

– Hum! Sabia que não seria tão fácil.

– Você consegue resolver? – indagou Blummer.

– É só uma questão de tempo.

Isabella dedilhava o teclado com muita habilidade, mas não conseguia desbloquear o acesso. Decidiu abrir o drive de CD e introduziu um disco, desligou o laptop e ligou novamente, para reinicializar com o disco que havia introduzido. Pronto! Estava dentro do sistema operacional. Agora tinha mais recursos para encontrar a senha e acessar as áreas em que estavam os arquivos protegidos.

O juiz Galletti e o general Mendes, sentados ao lado, esticavam o pescoço, tentando acompanhar os movimentos de Isabella. Era praticamente impossível. Ela deslizava os dedos sobre o teclado em uma velocidade espantosa, até mesmo para os olhos treinados de Blummer, que também tentava interpretar o que ela fazia.

Quando o desânimo começava a rondar... bingo! A tela escureceu e apareceu uma pequena janela no centro: ACESSO AUTORIZADO.

– Vamos lá, baby! – expressou Isabella entusiasmada.

Surgiram diversas pastas na tela, quase todas relacionadas aos planos da quadrilha: FPDM, Vírus, Drones, McNickson, U-235, Petrov, Cameron, Amon, Carter, Tagliatti, Stabler, Callahan, SN, Schelman, Auditor, entre alguns outros nomes desconhecidos. Uma pasta chamou especial atenção: Dia X.

Isabella conectou o computador no projetor e direcionou as imagens ampliadas para a tela grande na parede, para que todos pudessem ver ao mesmo tempo.

Estavam ansiosos em conhecer quais eram os objetivos da quadrilha. Certamente não era apenas enriquecer. *O que pretendiam com os drones e o vírus?*, essa era a principal resposta que todos queriam encontrar.

E tudo estava armazenado naquele laptop sobre a mesa. Os planos eram terríveis, de uma monstruosidade indescritível.

O ministro Maya guardava um dossiê completo de todos os envolvidos e dos objetivos planejados. Talvez para ter uma carta na manga e não ser surpreendido por uma traição: as chantagens preparadas contra o ministro de Minas e Energia Jorge Stabler e contra Max Schelman; os motivos da ordem dada para os assassinatos do auditor

João Carlos Albertin e do próprio Schelman, ambos executados por Ricco Cameron; o desvio de dinheiro na Siderúrgica Nacional, através de pagamentos de comissão a *offshore* Steel Corporation & Co.; o desvio da produção de urânio, vendido ao contrabandista de armas Ian Petrov; a falsificação de documentos para a criação da Fundação FPDM; as contratações do engenheiro alemão Mikhail Schroeder, para desenvolver e fabricar os drones, e da bioquímica Karina Dimitrovich, para desenvolver e produzir o vírus mortal.

Encontraram um relatório completo sobre todas as maldades praticadas por Ricco Cameron e Octávio Carter, que foram cúmplices em muitas ações, inclusive no sequestro de Eliza Huppert e no atentado contra Samuel Blummer.

Também uma lista completa com a identificação individual de cada integrante do grupo de mercenários que estavam alojados na fazenda Paraguaçu e a participação de cada um nas ações planejadas e que seriam cumpridas com o apoio dos militares da Base Aérea Simón Bolívar.

Na pasta Dia X estava armazenada a informação mais estarrecedora.

Em sua longa existência, Caliel viveu incontáveis experiências com a natureza humana. Conhecia como ninguém do que o homem era capaz por dinheiro e poder, essa perseguição obstinada por valores tão insignificantes na esfera celestial. Mas até ele se surpreendeu com o que viu. O plano era monstruoso.

Ficaram boquiabertos com a frieza e a crueldade das ações planejadas pelo general. Isabella sentiu o golpe mais do que todos.

– O que houve, Isabella? Você não está se sentindo bem? – perguntou Caliel.

– Estou bem, apenas indignada com a insanidade dessas pessoas. Eu nunca poderia imaginar que chegariam tão longe por ambição e poder.

– Mostraremos a todos que o mal feito nunca prospera nem ficará impune – respondeu Caliel, sereno em suas convicções.

– Foi apenas um momento de fraqueza, quando a gente perde um pouco as esperanças no ser humano.

– Tenha confiança, minha querida. O bem sempre triunfará sobre o mal, mesmo quando tudo parece perdido.

• • •

A corrupção sistemática na Siderúrgica Nacional tinha o objetivo de financiar o apoio dos políticos ligados ao governo. Mas os recursos obtidos com a venda ilegal de urânio para o mercenário russo Ian Petrov destinavam-se a um objetivo muito mais nefasto: financiar um plano para destruir instituições e a estrutura política do país, para que o grupo liderado pelo general Hector Amon e pelo ministro Enrico Maya assumisse o poder, introduzindo uma nova estrutura de governo, sem qualquer tipo de oposição.

Os drones, preparados para espalhar o vírus mortal que haviam desenvolvido na fundação FPDM, seriam utilizados para atacar as principais fontes de poder no país, tendo como alvos: o Congresso Nacional, o Palácio da Justiça, câmaras legislativas nas diversas regiões do país, sedes dos partidos políticos e instalações dos principais jornais e redes de TV. A monstruosa carnificina estava prevista para acontecer em duas semanas, em um único dia. Pretendiam aproveitar o período de intensas atividades no Congresso, nas câmeras legislativas e no Judiciário, que antecede o recesso de trinta dias que sempre ocorre nessa época do ano.

Mais um pouco e o caos não teria sido evitado.

Planejavam assassinar friamente milhares de cidadãos, causando um caos que levaria a uma completa desorganização. O plano era deixar o país acéfalo de instituições democráticas, uma situação propícia para a tomada do poder pelo grupo do general Amon.

Apenas alguns poucos escolhidos seriam avisados para se afastarem das áreas que seriam atacadas. Eram aliados de confiança, que aceitariam o comando sem contestações. Uma lista pequena, mas suficiente para manter o país funcionando.

Pretendiam ordenar ao presidente Cárdenas que ele decretasse estado de sítio e, assim, dominar os poucos parlamentares que restariam no Congresso para, em seguida, controlar o processo eleitoral e eleger Enrico Maya o novo presidente da República. O passo seguinte seria mudar a Constituição, implementando novas regras para o exercício do poder no país.

Os registros mostravam os detalhes técnicos e as características dos drones comandados por controle remoto, bem como o funcionamento do frasco pulverizador contendo o vírus mortal. Tudo comandado à distância pelo grupo de mercenários, com o apoio logístico dos militares da Base Aérea Simón Bolívar. Os drones se autodestruiriam assim que cumprissem os ataques planejados, param não deixar qualquer rastro.

Encontraram, também, os planos para debelar eventuais focos de resistência em qualquer região do país, através da estrutura de combate mantida na Base Aérea Simón Bolívar.

Os ataques seriam tão devastadores que o grupo imaginava que não haveria qualquer resistência. De uma hora para outra, o país estaria completamente dominado.

Agora tudo se encaixava. O objetivo principal era tomar e manter o poder pela força, exterminando uma grande parte dos políticos mais importantes e figuras representativas dos meios de comunicação nas diversas regiões do país, além de esfacelar o Poder Judiciário.

Tinham aliciado um grande número de comandantes militares e esperavam ter o apoio das Forças Armadas para colocar ordem no país e estabelecer um novo sistema de governo que chamaram de "reforma da democracia", mas praticamente sem nenhuma oposição. Esse era o plano.

Os drones seriam operados pelos mercenários. E, tão logo terminadas as ações, eles seriam colocados em um avião para saírem do país sem deixar rastros. Mas também seriam traídos por seus contratantes. Estava planejado que o avião onde estariam seria abatido por um caça da força aérea, antes mesmo de sair do espaço aéreo de Costa do Sul. Seriam identificados como terroristas internacionais e receberiam toda a culpa do monstruoso ataque, com o objetivo de desestabilizar o governo e as instituições do país.

No caso de alguma resistência da comunidade internacional sobre o novo governo que pretendiam implantar, reagiriam anunciando o recente acordo militar assinado com a Rússia e a China.

O plano tinha sido minuciosamente calculado, menos a possibilidade de tudo dar errado.

Não havia mais dúvidas. Eram todos criminosos da mais alta periculosidade. As provas eram irrefutáveis. Não havia como se safar das acusações que seriam formuladas pela justiça.

O juiz Érico Galletti, presidente do Superior Tribunal de Justiça, e o general Caetano Mendes, presidente do Superior Tribunal Militar, tinham tudo do que precisavam para instruir as peças acusatórias.

•••

No final do mesmo dia, o general Caetano Mendes, o juiz Érico Galletti e o general Ulisses Câmara, presidente do Clube Militar, foram recebidos em uma audiência no Palácio Presidencial, por Inácio Cárdenas, presidente da República.

O encontro foi a portas fechadas e terminou no início da madrugada, quando todos os acordos foram finalmente fechados entre eles, algo que teria repercussão logo nas primeiras horas da manhã.

A imprensa noticiava as prisões do ministro da Justiça e do diretor da Agência Federal de Investigação, as mortes do ministro da

Defesa Hector Amon, em confronto com soldados da Base Aérea de San Martin, e do ministro da Casa Civil Enrico Maya, tratada como suicídio, e, ainda, a explosão que destruíra a Fundação FPDM, em San Martin.

O presidente Cárdenas entrou em rede nacional para fazer um pronunciamento à nação. Explicou os acontecimentos e se esforçou para transmitir tranquilidade e segurança ao povo, afirmando que estava tudo sob controle e que a quadrilha de corruptos que agia dentro do governo havia sido completamente desarticulada.

•••

Nos dias que se sucederam, a situação foi voltando ao normal. O presidente nomeou novos ministros, e o novo ministro da Justiça nomeou Xavier Martinho como novo diretor-geral da Agência Federal. Isadora Dumont foi promovida como chefe da Equipe de Operações Táticas, Aaron Hades teve seu processo disciplinar definitivamente cancelado e foi definitivamente reintegrado à Agência Federal.

O ministro de Minas e Energia pediu demissão e não foi formalmente acusado de nenhum crime. Vários funcionários da Usina de Produção e Armazenagem de urânio em Santa Fé foram demitidos. Nenhum deles sofreu qualquer acusação formal de estarem envolvidos no esquema de corrupção que havia funcionado por tanto tempo. O governo preferiu abafar os desvios de urânio para não sofrer reprimendas ou sanções internacionais.

O contrabandista e mercenário russo Ian Petrov desapareceu como por encanto, sem deixar nenhum rastro.

Quatro diretores da Siderúrgica Nacional foram demitidos e estão respondendo processos por corrupção passiva e formação de quadrilha. Os membros do conselho foram todos substituídos e estão sendo processados por negligência no cumprimento de suas atribuições.

O ex-ministro Enzo Tagliatti e o ex-diretor Octávio Carter foram transferidos para uma prisão federal e estão respondendo a processos por crime de corrupção ativa e passiva, formação de quadrilha, cúmplices em sequestro e assassinatos, desvio de dinheiro público, falsidade ideológica e uso indevido das prerrogativas de cargo público.

Os agentes federais que foram afastados da Agência e presos por tentarem evitar a prisão de Carter estão sendo processados por obstrução à justiça, por crime de corrupção e abuso de poder.

O chefe da segurança da Fundação FPDM, Raphael Bayne, continua preso na 4ª Delegacia, em San Pietro. Ainda sem ter seus delitos adequadamente fundamentados, não queriam expor as atividades desenvolvidas pela Fundação. Seu advogado tentava um acordo para ele responder processo apenas por obstrução à justiça.

O coronel Magno Callahan, ex-comandante da Base Aérea Simón Bolívar, e os vinte oficiais que serviam com ele estão presos na Base Aérea de Santa Cruz, em San Sebastian. Serão levados à corte marcial por corrupção, traição à pátria e por violarem regras de conduta das Forças Armadas.

Os dezenove mercenários sobreviventes foram deportados aos seus países de origem, onde eram todos procurados pelos mais variados crimes. Ricco Cameron continuava sendo procurado por integrar a rede de corrupção e pelo assassinato do auditor João Carlos Albertin e de Max Schelman, o ex-presidente da Siderúrgica Nacional.

O delegado Cardoso, titular da delegacia de San Martin, foi advertido por seus superiores e teve de lidar com um isolamento forçado, sendo transferido para uma insignificante cidade no extremo sul da Província do Centro-Oeste.

Todos os integrantes da diretoria do Partido Social Trabalhista e do Partido Democrata foram exonerados das suas funções e estão sendo processados por corrupção. Os partidos foram multados e penalizados com a perda das receitas provenientes dos recursos públicos por um período de quatro anos. Mais de uma centena de políticos, ligados ao PST e ao PD, estão sendo processados por uso de caixa dois em suas campanhas. Estão prestes a perder o mandato e serem condenados à prisão.

• • •

A equipe continuava alojada na casa da ilha. Tinham receio de que Ricco Cameron pudesse reaparecer para se vingar de Eliza, que havia produzido a matéria jornalística que desencadeou o desbaratamento do esquema de corrupção no Governo Federal.

Blummer estava cada vez mais angustiado com o sumiço de Cameron, ele sabia que a vingança era um sentimento latente na alma perversa do anjo desertor.

– Preciso voltar ao jornal, Sam. Ainda quero publicar minha matéria – pediu Eliza.

– Tenho que falar com você sobre isso, Eliza. Estou um pouco sem jeito, porque acho que não vai gostar – respondeu Blummer.

– Mas do que você está falando, Sam?

– Meu bem, não será possível publicar sua matéria. Esse foi um pedido do juiz Érico Galletti. Eles fizeram um acordo com o presidente da República.

– Mas que acordo é esse, Sam? A matéria é minha, e eles não podem me envolver nesse acordo!

– Calma, meu bem. Eu explico. Sua matéria iria expor o desvio de urânio, o que seria demasiado embaraçoso para o país na esfera internacional. O país correria o risco de sofrer sanções econômicas internacionais, pela negligência do governo no controle da produção de urânio.

– É verdade, Sam, mas isso aconteceu mesmo e seria certo que todos soubessem, e que esse governo fosse responsabilizado por essa negligência. Se isso ficar encoberto, nosso digníssimo presidente vai continuar governando como se nada tivesse acontecido – concluiu Eliza, um pouco irritada.

– Não, Eliza. Aí é que está a questão principal do acordo que foi feito.

– Então me explique, Sam. Qual foi esse acordo, afinal?

– O presidente vai apresentar sua renúncia em algumas semanas, junto com uma declaração de que se retirará definitivamente da vida pública por questões pessoais. Mas, por enquanto, isso é um segredo de Estado.

– Você acha mesmo que ele vai cumprir essa promessa?

– Se ele não cumprir, será processado por crime de responsabilidade, por ter negligenciado suas obrigações de presidente da República.

– Bem, se é assim, e se o objetivo principal é evitar prejuízos ao país, não me parece que eu tenha o direito de dificultar as coisas. Mas é uma pena, porque fiz um trabalho muito bom e seria ótimo publicar.

– Eu sei, meu bem, mas acho que você pode pensar em alguma forma de usar isso tudo sem fazer os pilares da República estremecerem.

– Está certo, Sam. Acho que não tenho alternativa. Não posso ignorar um pedido do juiz Galletti, afinal, ele foi nosso principal aliado para derrotar a quadrilha que estava instalada no governo. Mas o que eu queria mesmo era voltar logo para casa e retornar ao meu trabalho no jornal – completou Eliza, com tristeza na voz.

– Tenha calma, meu bem. Não vai demorar e vamos pegar Cameron. Aí sim tudo voltará a ser como antes. Tenha um pouco mais de paciência – pediu Blummer, acariciando carinhosamente o rosto de Eliza.

Blummer tinha a intuição de que Ricco Cameron ainda estava no país, provavelmente perto da fronteira, por onde poderia escapar com facilidade se a situação se complicasse para ele.

A Agência Federal policiava todos os pontos de saída do país, aeroportos e postos de controle das fronteiras. As instruções eram: "Atirem para matar, o homem é um terrorista perigoso".

Isabella também se empenhara: tinha criado um programa de busca, com fotos de Cameron, monitorando automaticamente as imagens de diversos satélites que cobriam as regiões de fronteira. Tudo na esperança de localizar Cameron o mais rápido possível.

[79]

Samuel Blummer e Eliza conversavam na varanda quando Isabella chegou apressada.

– Venha ver, Sam. Acho que encontrei Ricco Cameron.

Blummer entrou na casa, seguido por Eliza e foram ver as imagens que estavam na tela do monitor.

As imagens mostravam Ricco Cameron sozinho em uma lancha de pesca, no rio San Lorenzo.

– É ele mesmo, Isabella. Mas onde é esse lugar?

– Ele está em um hotel de pesca a trinta quilômetros de San Diego, bem perto da fronteira na região sul do país – respondeu Isabella.

– Vou atrás dele agora mesmo. Veja qual é o próximo voo para San Diego e me compre uma passagem, Isabella – pediu Blummer, ouvindo em seguida a voz de Caliel.

– Calma, Haamiah! Não vai precisar da passagem – expressou Caliel enquanto entrava calmamente na sala.

– Preciso ir atrás dele, Caliel.

– Você vai. Aliás, nos vamos.

– Não estou entendendo.

– Sartore nos levará até lá de helicóptero.

– Ótimo! Então vamos nos preparar para partir o mais rápido possível – expressou Blummer, ansioso, quando Sartore entrava no escritório.

– Precisamos que nos leve a San Diego, Sartore. Em quanto tempo estaremos lá? – perguntou Caliel.

– Três horas e meia. Temos que pousar em San Juan... para reabastecer.

– É melhor sair no início da madrugada, Haamiah. Chegaremos antes do nascer do sol, um pouco antes de Cameron sair com o barco para pescar no rio.

– Está certo. Então vamos esperar. Isabella, fique de olho nele; não queremos que ele desapareça – pediu Blummer.

– Pode deixar. Agora que sei onde ele está, ele não me escapa mais – respondeu Isabella, confiando no seu programa de localização.

Todos descansavam em seus aposentos, menos Blummer, que saiu para dar uma volta pelo jardim, tomar ar, olhar as estrelas e refletir sobre o confronto com Cameron.

Caminhando entre os canteiros de flores, deparou com o amplo gramado ao lado da casa. Sentou-se sobre a grama umedecida pelo orvalho da noite e iniciou a meditação que os Anjos Guardiões costumam fazer antes das batalhas. Nesse exercício, reproduziu na mente todo o arsenal de movimentos, defesas, habilidades e golpes de ataque que treinara ao longo de milhares de anos. Exercitou, também, a força mental para se manter forte e decidido, mesmo diante das maiores adversidades. Ele se conectou com o mundo celestial para acumular energia e proteção cósmica.

Haamiah, o mais graduado entre os Anjos Guardiões da Terra, estava pronto para enfrentar seu inimigo e certo de que, desta vez, ele não escaparia.

•••

Eram 2h30 da madrugada quando Sartore deu partida no helicóptero e os motores começaram a roncar. Digitou no GPS as coordenadas informadas por Isabella e logo apareceu na tela a rota que deveria tomar. Fez contato com a torre de controle de San Pietro e informou sua licença, registrou seu horário de decolagem, curso, altitude de voo, e destino intermediário e final – tudo como mandavam as exigências das autoridades de trafego aéreo.

Hades deu um abraço e desejou sorte ao amigo. Ele queria ir junto, mas não era prudente deixar Eliza e Isabella sozinhas na ilha.

Blummer se despediu de Eliza com um abraço apertado. Ela estava tensa e preocupada. Para ela, Cameron era um homem assustador e sentia calafrios só de imaginar Blummer tendo que enfrentá-lo. Blummer embarcou no helicóptero, e Caliel logo em seguida. Sartore travou as portas, levantou o manche e decolou. A lua cheia e as estrelas iluminavam a noite. Eliza ficou olhando para o céu até não mais enxergar o pequeno ponto de luz vermelha piscando.

[80]

Ainda estava escuro quando Blummer avistou ao longe as luzes que iluminavam o elegante hotel, a poucos metros da margem do rio San Lorenzo. Caliel colocou a mão sobre seu ombro e olhou firme em seus olhos:

– Está chegando a hora, Haamiah.

– Estou ansioso para enfrentá-lo, Caliel. Não se preocupe, estou bem preparado.

– Eu sei, Haamiah! Não estou preocupado. Irei à frente para garantir que ninguém mais esteja no píer quando vocês se enfrentarem. – Falou isso e, em seguida, desmaterializou-se.

Sartore pousou o helicóptero no centro de um amplo gramado nas proximidades do hotel. Os primeiro raios de sol refletiam nas águas do rio. Era a hora que os pescadores partiam com seus barcos, carregando a esperança de que no fim do dia trariam um belo exemplar para mostrar aos amigos.

Blummer desembarcou do helicóptero e Sartore logo em seguida.

– Boa sorte! Não se preocupe, meu amigo, você é um enviado do Criador. Ele está com você.

– Obrigado, Sartore – respondeu Blummer, saindo na direção das margens do rio.

O píer deveria estar repleto de pescadores, mas naquele dia estava quase vazio. Apenas um único pescador organizava suas tralhas e se preparava para sair com seu barco.

Haamiah o avistou de longe. Com seus olhos de lince, confirmou que se tratava do inimigo e caminhou em sua direção.

O Anjo do Mal pressentiu que não estava sozinho. Levantou a cabeça para olhar e se surpreendeu quando avistou Haamiah, o mais temido entre os Anjos Guardiões da Terra, em pé, no início do píer.

Ele estava envolto por uma luz prateada, como se estivesse ainda mais protegido pelas forças celestiais. O anjo desertor não esperava confrontar o guardião novamente.

Com o semblante fechado e o olhar implacável, Haamiah tirou a adaga celestial da cintura e avançou lentamente em direção ao Anjo do Mal.

O anjo desertor estava surpreso e atônito. Sentiu que o guardião estava mais forte do que das outras vezes. Parecia indestrutível, apesar de estar em um corpo humano. Observou que ele carregava uma adaga celestial nas mãos e logo calculou que seria um adversário quase impossível de ser vencido.

O desertor estremeceu. Após tantos anos espalhando o terror e sempre vitorioso em todos os combates que tivera pela frente, enfrentava agora um adversário poderoso. Pela primeira vez, o Anjo do Mal sentiu o gosto amargo do medo.

Mas ele sabia que não tinha saída. Teria que enfrentar seu algoz. Não havia como fugir. Ele se levantou, tentando demonstrar confiança.

– Você veio procurar a morte para seu corpo humano, guardião?

– Ao contrário, Aziel. Eu a trouxe para você – respondeu Haamiah, com voz firme.

Ricco Cameron abriu uma bolsa de armazenar varas de pescar e tirou uma reluzente espada celestial.

Era uma lâmina especial, forjada no Quartel dos Guardiões, que Aziel havia recebido quando terminou seu treinamento. Ela foi materializada na Terra para ajudá-lo na missão que deveria cumprir em Cuba e ele a guardou desde então, juntamente com a flecha celestial que usou contra o guardião na Fundação FPDM.

– Desta vez estou mais preparado para você, guardião lacaio de Camael. Vou arrancar sua cabeça e jogar para as piranhas.

– Isso é o que nós vamos ver, canalha – respondeu Haamiah, andando em direção a Cameron e parando a poucos metros de distância.

O Anjo do Mal sabia que não tinha escolha. Teria que atacar sem dar trégua e cortar a cabeça do Anjo Guardião. Estava inseguro sobre se poderia superá-lo, mas o pouco do orgulho celestial que ainda lhe restava o impedia de fugir.

Ricco Cameron, o desertor Aziel, empunhou a espada com a mão direita, rodopiou com ela sobre a cabeça e desceu em direção ao solo, cruzando por duas vezes em frente ao próprio corpo, tentando mostrar habilidade para manipular a arma. Deu um salto para cima e voou em direção a Haamiah com a espada no ar, desferindo um potente golpe visando o pescoço do guardião.

Haamiah não se moveu do lugar, tampouco se esquivou. Com exímia habilidade, manipulava a adaga celestial de uma mão para a outra, esperando o golpe da espada do desertor. Quando as lâminas se chocaram, ouviu-se um magnífico estrondo, como se fosse um raio e um trovão ao mesmo tempo.

Cameron, o Anjo do Mal, foi jogado longe junto com sua espada, que se espalhou pelo chão em vários pedaços. Haamiah continuava em pé, caminhando em sua direção.

O anjo desertor usou então sua arma mais perigosa. Acumulou energia na palma da mão, apontou para Haamiah e soltou seu raio de energia cósmica na direção do seu peito. O que se viu foi a mais magnífica demonstração do poder das forças celestiais que protegiam o guardião. Haamiah continuava avançando, envolto por uma luz prateada que se transformou em um escudo protetor. Os raios de Cameron não conseguiam romper essa barreira celestial e, aos poucos, foram perdendo força, até se esgotarem totalmente.

Haamiah avançava. Ao Anjo do Mal só restava usar as próprias mãos para penetrar no peito do guardião e tentar arrancar seu coração.

Enrijeceu os dedos, que pareciam lâminas afiadas, e esperou que ele se aproximasse. Quando achou que estava perto o suficiente, desferiu o golpe que seria fatal, não fosse a admirável habilidade do guardião, que girou o corpo, deixando a mão do oponente se perder no vazio.

Tendo a ofensiva frustrada, em uma fração de segundo o anjo desertor saltou para trás, rodopiando no ar e se afastando do guardião. O desertor andava para trás sem tirar os olhos do guardião, que levantou a palma da mão para cima e começou a produzir uma bola de fogo, esta cada vez mais intensa à medida que a manipulava com o movimento dos dedos.

O fogo mudou de cor. Era de um alaranjado intenso e brilhante. Com grande precisão, o guardião atacou. Lançou a esfera de energia cósmica de alta potência, atingindo em cheio o peito do anjo maldito, que foi lançado a metros de distância. Ele se estatelou no chão, sem forças para reagir. Estava gravemente ferido.

O guardião se aproximou e parou na frente do Anjo do Mal, que estava ajoelhado, tentando levantar-se. Subjugado e exaurido de forças para continuar lutando, pediu clemência. Da mesma forma como fazem os covardes quando vencidos.

– Estou vencido, guardião. Peço que poupe a vida desse corpo que ocupo e prometo reparar todo o mal que fiz.

– É muito tarde para se arrepender, anjo desertor. O mal que você fez é irreparável e minhas ordens são para mandar você de volta ao mundo celestial, onde prestará contas dos seus pecados – respondeu implacável o guardião Haamiah. Em seguida, fez um movimento rápido e preciso com a adaga, cortando o pescoço de Cameron, separando a cabeça do resto do corpo.

Haamiah pegou a cabeça de Cameron caída no chão e a atirou no meio do rio. Em poucos segundos, as piranhas chegaram e a devoraram.

Uma substância escura começou a se desprender do corpo de Cameron, aglomerando-se no ar como um espectro com a aparência do anjo Aziel. Em poucos segundos, ela desapareceu no ar. Com sua força celestial, Haamiah ergueu o corpo de Cameron do chão e o arremessou para o meio do rio.

Mais uma vez as piranhas usufruíram de um inesperado banquete. Ricco Cameron, o desertor Anjo do Mal, estava definitivamente acabado, e o guardião Haamiah tinha, enfim, concluído sua missão.

Quando se retirava do píer, encontrou Caliel e Sartore, que a tudo assistiam de longe.

Recebeu um afetuoso abraço do amigo.

– Missão cumprida, Haamiah! Finalmente eliminamos o erro do passado, e Aziel já foi recebido pelos guardiões, que o levarão ao Reformatório Celestial.

– Sim, Caliel, missão cumprida. Obrigado por tudo que você fez. Agora podemos voltar para casa.

– Vamos voltar, Haamiah... Vamos voltar para casa.

– Mas, antes, quero lhe devolver isso. Ela já cumpriu sua tarefa. – Blummer devolveu a adaga celestial para Caliel, que a ergueu com as duas mãos em direção ao céu e, como por encanto, ela se desintegrou.

Caliel sabia que a missão do Anjo Guardião havia terminado, mas ele ainda tinha que cumprir o ritual de separação das duas consciências que carregava: a de Samuel Blummer e a do Anjo Guardião Haamiah. Porém, deveria manifestar o desejo de fazê-lo; do contrário, surgiria um bloqueio mental que impediria a separação, como havia acontecido no caso de Cameron cinquenta anos atrás.

A escolha era parte do livre-arbítrio concedido pelo Criador, mas o desastre daquela situação não poderia mais se repetir.

[81]

Samuel Blummer e Caliel estavam sentados um ao lado do outro, na parte de trás do helicóptero que Bruno Sartore pilotava de volta a San Pietro.

– Agora que terminou, Caliel, você precisa me dizer o que devo fazer para ter unicamente a consciência de Samuel Blummer de volta.

– Eu estava esperando você me pedir, Haamiah.

– Quando podemos fazer isso, Caliel?

– Podemos começar agora mesmo, e, quando pousarmos na ilha em San Pietro, estará terminado.

– Mas antes gostaria de fazer uma pergunta, Caliel.

– Então faça, Haamiah.

– Eu vou esquecer tudo aquilo que vivemos nestes dias?

– Não, Haamiah. Como Samuel Blummer, você se lembrará de tudo o que aconteceu, menos das coisas que fez usando seus poderes celestiais. Essas passagens não serão memorizadas pelo seu cérebro humano e ficarão esquecidas.

– Então, vamos em frente. Diga-me o que devo fazer.

– Feche os olhos, relaxe o corpo e tente dormir – ordenou Caliel.

Blummer atendeu. Esticou as pernas, acomodou o corpo e fechou os olhos. Caliel colocou a palma da mão direita sobre a cabeça de Blummer, emitindo uma suave luz azul. Ficou assim por alguns segundos e, quando retirou a mão, Blummer dormia profundamente.

Blummer ainda dormia quando Sartore manobrou o helicóptero para pousar no gramado ao lado da casa na Ilha das Araras, em San Pietro. Com o leve impacto do aparelho com o solo, Blummer começou a despertar. Caliel se aproximou, soprando suavemente seu rosto, e ele, finalmente, acordou.

– Acho que dormi demais, Caliel. Não sei o que houve.

– Não se preocupe, Sam. Você estava muito cansado. Esses dias foram muito difíceis. Vamos sair, que Eliza o espera.

O processo de separação das consciências havia terminado, e Samuel Blummer não tinha mais conhecimento dos poderes celestiais que estavam camuflados em sua alma, voltando a predominar em seu comportamento sua consciência humana.

Antes de desembarcar, Blummer manifestou uma dúvida:

– Mas, afinal, o que aconteceu com Ricco Cameron? Eu me lembro de que cheguei para prendê-lo no píer às margens do rio San Lorenzo, mas não me recordo do que aconteceu depois.

– Vocês lutaram e você o feriu com seu punhal. Ele tentou fugir, mas escorregou na ponta do píer e caiu no rio. O sangue atraiu as piranhas e ele foi devorado em poucos segundos – explicou Caliel, tendo que mentir para não confundir a cabeça do amigo.

– Foi uma morte horrível, mesmo para um canalha como ele. Mas por que será que apaguei isso da memória?

– Talvez porque tenha sido uma cena muito chocante, Sam. Não se preocupe com isso. Esse tipo de coisa acontece.

– Está bem. É melhor esquecer. Vamos descer, estou com muita saudade de Eliza. Parece que não a vejo há muito tempo.

Eliza já estava esperando, ansiosa, em frente à porta do helicóptero. Abraçou e beijou Blummer, como se fizesse muito tempo que não o via, e ele correspondeu com o mesmo entusiasmo.

– Ah, meu amor! Que bom que você está de volta! Eu estava muito preocupada.

– Acabou, meu anjo. Agora você não corre mais nenhum risco e nossa vida vai voltar ao normal – explicou Blummer, envolvendo de novo Eliza em um abraço amoroso e protetor.

– Agora tenho certeza de que tudo voltou ao normal. Você me chamou de meu anjo depois de muito tempo.

– Desculpe, querida. Eu não tinha percebido que fiquei tanto tempo sem chamá-la assim. Acho que foi a tensão desses dias difíceis pelos quais passamos.

Os amigos observavam o importante reencontro de Eliza com o verdadeiro Samuel Blummer, que somente ela conhecia. Todos estavam felizes e aliviados com o final da difícil missão que haviam enfrentado.

Hades estava ansioso; queria saber o que fora feito de Cameron:

– Me conte logo, meu amigo. Você pegou o desgraçado?

– Sim, Haaron. Pegamos o maldito – respondeu Blummer, explicando que Cameron havia sido devorado pelas piranhas quando tentava fugir ferido.

– Essa é a melhor notícia que eu poderia ter, Sam! Agora sim tudo está terminado. Mas, caramba! Ainda estou inconformado de ter ficado de fora dessa. Pegou o cara e eu não estava lá para ver.

– Me desculpe, amigo, mas esse era um assunto que eu tinha que resolver sozinho.

– É, eu sei. Está tudo bem. O importante é que está terminado.

Todos se abraçaram, e Blummer agradeceu a lealdade do amigo. Fez, também, um especial agradecimento a Isabella, por todo apoio, competência, dedicação e comprometimento com a equipe. Ela retribuiu:

– Eu é que tenho que agradecer, Sam. Foi um privilégio ter passado esses dias com todos vocês. Para mim foi uma experiência extraordinária, que levarei para o resto da vida. Ainda mais por ter tido a oportunidade de trabalhar de novo com o Anjo Protetor de todos nós, nosso bom amigo Caliel.

– É verdade, Isabella. Ainda bem que temos Caliel do nosso lado – respondeu Hades, sorrindo e olhando para o local onde fora ferido pela flecha celestial.

– Eu que o diga, Aaron! Até agora não entendi como Caliel tirou aquela bala da minha cabeça – expressou Blummer, passando os dedos sobre o local onde a bala tinha penetrado em seu crânio.

– As coisas acontecem de acordo com os desejos do Criador, meus amigos. Nós somos apenas instrumentos da vontade Dele – expressou Caliel.

Blummer deu um longo abraço em Bruno Sartore e agradeceu por ele disponibilizar tantos recursos patrimoniais e financeiros; sem isso eles não teriam conseguido.

– Não me agradeça, Samuel. Tudo o que tenho é permitido pelo Criador. Nada mais justo que eu ofereça o que recebi aos propósitos que Ele planejou – respondeu Sartore.

– Meus amigos, eu ficaria com vocês por muito mais tempo, mas estamos ansiosos para retomar a rotina de nossas vidas. Se permitirem, queremos nos despedir e voltar para nossas casas – pediu Blummer, que foi de imediato apoiado por Eliza.

– Sim, meu amor! Vamos para casa! Eu adoro todos vocês, mas o que mais quero nesse momento é minha liberdade de volta – manifestou Eliza, com o semblante iluminado de felicidade.

– É claro, meus amigos! É hora de a vida voltar ao normal. Fico feliz de tudo ter terminado bem e agradeço a cada um pela importante contribuição que deram para o sucesso da nossa missão. Estejam certos de que o Criador creditou pontos positivos para cada um de nós – discursou Caliel.

Eliza deu um abraço apertado em Caliel e, quando o soltou, passou delicadamente a mão sobre seu rosto enquanto lágrimas escorriam dos seus olhos. Caliel a puxou de volta para outro abraço, acariciando suavemente seus cabelos.

– Não chore, querida! Os dias de tristeza se foram.

– Não é tristeza, Caliel. É a emoção de ter tido o privilégio de ter um anjo como você ao nosso lado.

– Eu estarei sempre com todos vocês, minha querida, esteja certa disso.

– Obrigada, Caliel... obrigada por tudo que você fez.

Enquanto Blummer e Eliza arrumavam os poucos pertences que tinham, Hades convidou Isabella para sair e caminhar no jardim. Ele precisava falar com ela. Era agora ou nunca.

[82]

Caliel e Sartore pressentiram o assunto e saíram discretamente de perto para não atrapalhar a conversa.

– Você vai voltar para sua casa no sul? – perguntou Hades.

– Sim, Aaron. Tenho que voltar. Mas ainda ficarei alguns dias por aqui. Tenho que tomar algumas providências junto com meu pai. Resolver questões relacionadas aos imóveis e acertar algumas pendências – respondeu Isabella.

– Sente-se aqui comigo, Isabella – pediu Hades, indicando um dos bancos no meio do jardim. Hades segurou as mãos dela e a olhou profundamente nos olhos. A situação chegava a ser engraçada. Depois de viver tantas aventuras com as mais lindas mulheres que haviam passado por sua vida, ele estava trêmulo e indeciso como um colegial, e não sabia bem como começar o que pretendia falar.

Ela sentiu a forte emoção que ele estava vivendo e com um gesto calmo e singelo acariciou seu rosto com uma das mãos. A inesperada demonstração de carinho o encorajou.

– Não posso ficar longe de você, Isabella. Eu relutei muito para decidir dizer o que sinto, mas a verdade é que me apaixonei por você desde o primeiro momento em que a encontrei. Isso nunca tinha me acontecido antes.

– Você não tem ideia de quantas noites eu sonhei com você me dizendo isso, Aaron. Não sei por que demorou tanto – respondeu Isabella.

Hades, então, tomou-a nos braços com um longo e apaixonado beijo.

Ficaram no jardim namorando, lembrando os olhares de um para o outro durante o tempo em que trabalharam juntos e fazendo confidências sobre os sentimentos que vivenciavam.

– Você terá que aceitar um convite para ir jantar na minha casa. Minha tia Zilda quer muito conhecê-la. E depois do jantar teremos algum tempo para fazer planos para o futuro – especulou Hades.

– Por que não? Se sua tia vai estar por perto para me proteger, eu aceito – respondeu Isabella com um sorriso maroto no rosto.

– Não se preocupe. Você não correrá nenhum risco.

– Ah, que pena...

– Quero dizer... Só aqueles que você quiser.

– Eu quero correr todos os riscos! Não temos tempo a perder! – respondeu ela, jogando-se nos braços dele.

– Então, está combinado. Eu venho buscar você hoje, às dezenove em ponto – confirmou Hades, entusiasmado e feliz por, finalmente, ter tido coragem de declarar seus sentimentos e deixar para trás seus dias de solteirão convicto.

Blummer e Eliza estavam prontos para partir e foram para a sala a fim de se despedir.

– Obrigado, Caliel. Sem você não teria sido possível. Espero que você continue por perto. Todos sentiremos muito a sua falta – expressou Blummer.

– Fique em paz, Sam. Não se preocupe, que as forças celestiais estão de olho em você. E, se precisar, é só me chamar – respondeu Caliel.

Hades e Isabella entraram na sala abraçados. Blummer olhou para eles e não conteve o comentário:

– Ufa! Até que enfim vocês resolveram assumir que estão apaixonados um pelo outro!

Todos riram e se abraçaram. Em seguida, Blummer e Eliza se despediram. Hades e Isabella se ofereceram para levá-los de volta para casa.

Blummer abriu a porta do apartamento de Eliza e entrou com as sacolas que carregava nas mãos. Eliza veio logo atrás e tinha lágrimas nos olhos.

– Quando estive amarrada naquele porão pensei que nunca mais fosse voltar para casa e nem ver você de novo, Sam.

Blummer a envolveu com um carinhoso abraço e a segurou apertado ao peito enquanto ela soluçava baixinho.

– Chore um pouco, meu anjo. Coloque para fora toda a emoção que você segurou durante os dias difíceis que passamos. Mas agora estou aqui e você está em casa de novo.

Ficaram por alguns minutos abraçados, e Eliza foi aos poucos se recompondo. Enxugou as lágrimas e pediu para andar pelo apartamento para rever todas as suas coisas. Parou na frente da estante da sala e ligou o aparelho de som para ouvir sua emissora favorita. A música se espalhou pelo apartamento, apagando as lembranças ruins que insistiam em permanecer na sua mente.

Sentou-se na cabeceira da cama na confortável suíte, olhou para Blummer e lhe estendeu a mão.

– Neste momento não quero pensar em mais nada. Quero apenas o seu abraço, seus beijos e...

Ela não conseguiu terminar a frase. Blummer a envolveu nos braços e a beijou. Sentiram os lábios quentes e úmidos um do outro. Os corpos estremeceram delicadamente, estimulados pelo desejo acumulado em tanto tempo de desencontro.

Por obra do acaso ou, talvez, por uma conspiração do mundo celestial, a programação do rádio anunciou: "Ouçam agora 'Have you ever really loved a woman?', na voz de Bryan Adams".

Passaram o resto do dia confinados, como se lá fora o tempo tivesse parado. Pelo menos durante aquelas horas, não se lembraram daqueles terríveis dias que tinham ficado para trás. Apenas no início da noite Eliza visitou os pais, no apartamento que ficava no mesmo prédio onde morava.

[EPÍLOGO]

Seis meses se passaram e a vida tinha voltado ao normal. O país vivia uma fase de tranquilidade após a renúncia do presidente Inácio Cárdenas, que se retirou da política e escolheu viver recluso em uma fazenda, no interior da Província de San Juan. Todos os envolvidos no esquema de corrupção que existia no Governo Federal foram julgados, condenados e cumpriam penas nas prisões.

Os políticos iniciavam suas campanhas para as eleições que se aproximavam. A sociedade expressava uma mudança de atitude em relação à corrupção, repudiando os integrantes do Partido Social Trabalhista e de grande parte dos políticos de partidos aliados, sobre os quais pesavam suspeitas de serem partícipes na corrupção e no uso indevido do dinheiro público.

A senadora Laura Schelman deixou o Partido Democrata e se filiou ao Partido da Social-Democracia. Era candidata à reeleição, e as pesquisas mostravam que era mais uma vez favorita a uma vaga no Senado. Ela tratou do que acontecera com o marido de forma sincera e transparente. Por nenhum momento ocultara a verdade. Os eleitores reconheceram sua lucidez e força de caráter naquele momento tão difícil. Passaram a se identificar ainda mais com ela.

•••

Era domingo. Eliza estava ansiosa em uma importante livraria em um dos principais shoppings de San Pietro, onde esperava as portas se abrirem para dar início à tarde de autógrafo do lançamento de seu livro.

Como não fora possível a publicação da sua matéria jornalística, Eliza decidira alterar os nomes dos personagens e adaptar os fatos, produzindo uma ficção baseada nas experiências que ela própria havia vivido.

– Calma, meu anjo. Vai correr tudo bem; o livro será um sucesso – pediu Blummer, passando suavemente a mão sobre o rosto de Eliza.

– Estou calma, Sam. Apenas um pouco ansiosa sobre as críticas que farão ao meu livro. Sou jornalista, mas ainda principiante como escritora.

– Não se preocupe com isso, meu bem. O livro é ótimo e certamente vai ter boa aceitação do público. Isso é o mais importante.

– Você está certo, Sam. O mais importante ainda é que estou me sentindo bem por ter feito este trabalho. É uma forma de mostrar para as pessoas até onde chega a ambição pelo poder, mesmo que seja através de uma suposta ficção.

Eram catorze horas quando as portas da livraria se abriram. Havia uma grande aglomeração de pessoas esperando na frente. Foram entrando e logo sendo orientados pelos organizadores a se manterem em fila que a autora do livro *Delírios do poder* atenderia a um de cada vez.

Eliza ficou quase seis horas seguidas dando autógrafos e atendendo às pessoas, que demonstravam grande interesse pelo conteúdo do livro. Estava muito animada com o número de exemplares vendidos já no lançamento.

Quando viu que havia atendido ao último leitor da fila, levantou-se para tomar um pouco de água e, quando voltou, teve uma agradável surpresa.

– Aaron e Isabella! Que bom que vocês vieram! Estava sentindo falta de vocês! – exclamou Eliza.

Logo Blummer se aproximou para cumprimentar e abraçar os amigos.

– Não deixaríamos de vir, Eliza. Fazemos questão de partilhar esse momento com você e desejar muito sucesso ao seu livro – falou Hades.

– Obrigada, Aaron. Vocês sabem que são protagonistas nessa história e espero que eu tenha feito justiça a cada um dos personagens – agradeceu Eliza.

– Mas me diga, Isabella... Samuel me contou que vocês vão se casar. Fiquei muito feliz por vocês dois. Formam um par perfeito!

– É verdade, Eliza. De repente descobrimos que não podemos nos separar mais, e Aaron resolveu pedir transferência para a unidade da Agência Federal na Província do Sul, onde moram minha família e também alguns parentes dele. Assim que sair a transferência, vamos marcar o casamento – respondeu Isabella, abrindo um imenso sorriso de felicidade.

– Ah! Que bom, Isabella! Sentiremos falta de vocês dois, mas saber que estão felizes é o que mais importa para nós.

– E você e Sam? Ainda não marcaram o casamento?

– Não, Isabella. Na verdade, somos um pouco contrários a essas formalidades. E também achamos muito bom cada um morar em sua casa. Isso dá um pouco mais de tempero ao relacionamento. Por enquanto estamos bem assim – respondeu Eliza, quando sentiu alguém se aproximar pelas suas costas.

– Eu também vim lhe desejar sucesso, minha querida.

Eliza reconheceu a voz de imediato.

– Caliel! Nosso Anjo Protetor! Você também veio! Agora sim o dia está completo. Estamos todos reunidos de novo – respondeu Eliza, dando um carinhoso e apertado abraço em Caliel, que retribuiu o afeto.

– Parabéns, Eliza! Tenho certeza de que você fez um ótimo trabalho. Certamente o livro será um enorme sucesso e transmitirá uma importante mensagem: *O poder embriaga e produz delírios seguidos de maldades, até despertar a reação das forças do bem, para então cumprir sua previsível decadência.*

– Nossa, Caliel! Parece até que você já leu o livro! – reagiu Eliza.

– Não, ainda não li. Mas não esqueça que nós vivemos esse livro, minha querida.

– É verdade, Caliel. Nunca irei me esquecer disso – concordou Eliza, dando um longo abraço no amigo, o mais sublime representante dos Anjos Celestiais.

FONTE: Electra
IMPRESSÃO: Paym

#Talentos da Literatura Brasileira
nas redes sociais

novo século®
www.novoseculo.com.br